Molly Moon
detiene el mundo

Georgia Byng

¡Déjate caer por fueradeclase.com un portal para gente como tú!

Primera edición: septiembre 2003
Segunda edición: noviembre 2003

Visita:

www.fueradeclase.com/mollymoon

Título original: *Molly Moon Stops the World*
Traducción del inglés: Isabel González-Gallarza
Ilustración de cubierta: David Roberts

© Georgia Byng, 2003
© Ediciones SM, 2003
   Impresores, 15
   Urbanización Prado del Espino
   28660 Boadilla del Monte (Madrid)

ISBN: 84-348-9610-9
Depósito legal: M-43595-2003
Preimpresión: Grafilia, SL
Impreso en España / *Printed in Spain*
Imprenta SM - Joaquín Turina, 39 - 28044 Madrid

Para Tiger, por ser un brillante rayo de sol.

Capítulo 1

Davina Nuttell estaba sentada en el asiento trasero de su limusina, leyendo un artículo que habían escrito sobre ella en una revista dedicada a los famosos. En las fotos salía su cara regordeta y sonriente, rodeada de carteles de todas las películas y las obras de teatro en las que había actuado.

«*La superestrella Davina Nuttell*, leyó, *vuelve a los escenarios de Broadway con el gran éxito* Estrellas en Marte. *Después de que Molly Moon dejara la obra y abandonara Nueva York, Davina Nuttell era la actriz más indicada para recuperar el papel protagonista.*»

Davina echaba chispas. Estaba harta de que se mencionara el nombre de Molly Moon en la misma frase que el suyo.

—Pare en la heladería de la avenida Madison –apremió al conductor de la limusina.

Este asintió y se las apañó para cruzar cuatro carriles atestados del ruidoso tráfico de Nueva York.

Davina se sentía particularmente nerviosa. Necesitaba un helado grande y dulce. Había tenido un mal día en el teatro de Broadway donde estaba ensayando una nueva canción para el musical *Estrellas en Marte*. Para empezar, le dolía la garganta y no había podido llegar a las notas más altas. Y luego había ocurrido aquel horrible incidente que tanto la había turbado. Davina arañó furiosamente la tapicería de cuero color crema. No solía echar de menos a sus padres, pero se alegraba de que esa noche, por una vez, estuvieran en casa.

¿Cómo se atrevía ese extraño hombre de negocios a entrar en su camerino sin permiso? Davina no entendía cómo había podido pasar el control de seguridad. Y qué descaro pensar que ella aceptaría posar para los anuncios de su maldita línea de ropa de La Casa de la Moda. ¿Acaso no sabía que tenía que hablar con su agente? Y qué poco glamurosa había resultado la salida de Davina del teatro. Se había marchado del edificio corriendo como una loca, sin ni siquiera darle tiempo a maquillarse, y se había tirado sin más dentro de su limusina.

El repulsivo señor Cell le había dado escalofríos y no se lo podía quitar de la cabeza. Sus ojos parecían haberse quedado grabados dentro de los de Davina, como cuando miras al sol fijamente durante demasiado tiempo y, después, una vez que cierras los ojos, tras los párpados sigues viendo un disco luminoso. Cada vez que Davina cerraba los ojos, veía sus pupilas de loco mirándola fijamente. Recordó la fuerza con la que le había agarrado el brazo, obligándola a mirarlo. Durante un momento lo hizo, pero luego consiguió zafarse de sus garras y escapó.

Davina hizo un esfuerzo por tranquilizarse, admirando la fotografía de la revista. Qué brillantes y alegres parecían sus ojos azules. Eran verdaderamente bonitos, no como otros que Davina recordaba bien. Los ojos juntos y de color verde oscuro de Molly Moon. Entonces, ¿por qué cuando oía ese nombre le rechinaban los dientes de envidia? Molly Moon no era más que una don nadie, fea, bizca, desaliñada, escuchimizada y con la nariz chata. Davina no sabía qué podía haber visto la gente en esa niña. Pero lo que sí sabía era que Molly Moon le había robado el papel, había ganado miles y miles de dólares que tendrían que haber sido suyos y había encandilado a todo el mundo. Aunque Molly Moon se había ido de la ciudad, la gente seguía hablando de ella como de "la estrella del siglo XXI", un título que le debería haber correspondido a Davina.

La limusina se detuvo delante de su heladería favorita de la avenida Madison. Davina se abrochó su abrigo negro de armiño y se puso los guantes a juego. Al salir del coche, el frío aire de la noche la golpeó en la cara. La actriz le hizo un gesto condescendiente a su chófer para indicarle que volvería andando a su casa. Disfrutando con el sonido que hacían sus tacones de aguja al golpear el suelo de la acera, Davina entró en la heladería.

Allí pidió la especialidad de la casa. Se llamaba copa arco iris, y sus bolas de helado reunían todos los colores del arco iris. Decidida a borrar de su mente cualquier pensamiento sobre Molly Moon, sacó su pluma chapada en oro y se puso a ensayar su firma en una servilleta de papel. ¿Debía mantener su letra con florituras, o cambiar de estilo?

Cuando llegó la enorme copa de helado, se la comió entera, hasta la última cucharada.

Veinte minutos después, de camino a su casa, sintió que le dolía la tripa. Entonces se dio cuenta de que una fría noche de marzo no era la época más adecuada para comerse un enorme helado tan frío.

Se preguntó qué podría hacer cuando llegara a casa. No tenía ningún amigo al que llamar. A Davina no le gustaba mucho eso de tener amigos. No le gustaba sentirse obligada a compartir cosas, ni la idea de que alguien no estuviera de acuerdo con ella.

En la distancia se veía la alta torre del edificio de apartamentos en el que vivía. «Qué extraño», pensó. Normalmente, la fachada estaba iluminada con unas luces verdes. ¿Se habrían estropeado? Así, tan sombrío, el edificio tenía un aspecto muy soso. Se quejaría al portero en cuanto le viera. Ahí estaba justamente, de pie junto a la entrada, con su batuta para llamar a los taxis.

Davina cruzó la ancha avenida. La puerta del edificio estaba a menos de cien metros, pero eran unos cien metros muy oscuros y solo se veía un punto de luz, allí donde una farola reflejaba sobre la acera una mancha anaranjada. Davina caminó hacia allí. Le gustaban las luces que le recordaban a los focos de un escenario.

En el trozo de suelo iluminado resaltaba algo blanco y rectangular. Basura, se figuró la actriz, otra cosa más de la que quejarse. Sin embargo, conforme se iba aproximando, Davina se dio cuenta de que no era basura. Era un sobre. Al acercarse vio algo muy extraño. El sobre llevaba su nombre escrito.

«¡Otra carta de un admirador!», pensó encantada.

Se quitó el guante, recogió el sobre del suelo y sacó la carta. Entonces leyó:

Querida Davina:
Lo siento mucho, pero sabes demasiado.

*

De pronto, una pesada mano la agarró del brazo. Levantó la mirada y vio una cara sonriente que le era familiar. Davina se quedó petrificada por el miedo. Su cuerpo se congeló. Sintió como si sus oídos hubieran dejado de funcionar. Ya no percibía los sonidos de Nueva York. Era como si ni los taxis, ni el tráfico, ni las sirenas ni las bocinas existieran ya. Lo único que oía Davina era su propia voz, sus gritos mientras la arrastraban hacia un coche aparcado. Miró suplicante al portero uniformado que, allá a lo lejos, había levantado su batuta para llamar a un taxi. Volvió a gritar.

—¡Socorro! ¡Ayúdeme!

Pero el portero no hizo caso. Permaneció inmóvil, mirando para otro lado. Davina se retorcía dando patadas en una pugna desesperada por liberarse. Sintió que alguien la metía a empujones en el interior de un Rolls-Royce sin el menor miramiento, como si fuera un perro abandonado al que introducen en una camioneta para llevarlo a la perrera. El coche se alejó en la noche llevándose a la chica.

Capítulo 2

Molly Moon lanzó un paquete gigante de cereales con miel desde la estantería del supermercado. La caja voló por los aires, y con ella voló también la gruesa abeja dibujada en el envase. Era el primer y último vuelo de su vida antes de aterrizar con un crujido en el carrito.

—¡Canasta! Me anoto veinte puntos –dijo Molly con satisfacción. Una lluvia de chicles Rompemandíbulas cayó sobre el carrito desde el otro lado de la estantería de los cereales.

—¿Cómo puede Ruby mascar tantos chicles? –preguntó una voz de chico desde el otro pasillo–. Solo tiene cinco años.

—Los utiliza para pegar sus pósteres en la pared –contestó Molly, empujando el carrito metálico hacia la zona de pescado en conserva–. A mí lo que me gustaría saber es cómo puede Roger comer tantas sardinas. Y además se las toma frías, directamente de la lata. Qué asco. No se pueden pegar pósteres en la pared con sardinas.

—Me apunto diez puntos por los chicles, multiplicado por dos, Ojos Verdes, porque los he encestado desde el otro lado del pasillo –el chico de la voz ronca emergió de detrás de una pila gigante de latas de judías. Su rostro moreno estaba enmarcado por un gorro blanco con orejeras y en el carro metió una gran botella de zumo de naranja concentrado.

—Gracias, Rocky –dijo Molly. Era su bebida favorita. Le gustaba tomárselo tal cual, sin diluirlo en agua.

Molly sacó un boli de la oreja, desenredándolo de entre sus rizos despeinados, y apuntó sus tantos en una vieja libreta.

Molly: ~~45 100 140 175~~ 210
Rocky: ~~40 90 133 183~~ 228

—Vale, listillo, esta semana ganas tú. Pero yo seré la campeona antes de Semana Santa.

Luego, Molly consultó su lista. Ponía:

Lista de la compra de La Casa de la Felicidad:

Cosas rollo:

patatas	nabos	cebollas	lechuga
tomates	berenjenas	apio	pollo
costillas	salchichas	leche	pan
mantequilla	café	té	harina
azúcar	cereales con miel		copos de avena
guisantes congelados		nata	10 latas de sardinas
huevos	alpiste	comida para perros	comida para ratones
pistachos.			

Cosas guay:
~~Skay~~   refrescos   ~~patatas fritas~~   ~~galletas~~
~~ketchup~~   nubes de azúcar Moon
chocolatinas Paraíso   ~~zumo concentrado de naranja~~
~~galletas de queso~~ pica-pica   revistas   regalos
~~chicles Rompemandíbulas~~
*   palomitas de maíz*
~~espuma y cuchillas de afeitar~~
bombones   ~~brillo de labios~~   ~~pasta de dientes blanqueadora~~

La Casa de la Felicidad era el orfanato donde vivían
Molly y Rocky. Cuando Molly Moon era un bebé, alguien la había abandonado en la puerta del orfanato
metida en una caja de caramelos de la marca Moon, y
de ahí venía su nombre. Hasta hacía poco tiempo, el
orfanato se llamaba Hardwick House, y como sugiere
un nombre tan feo, había sido un lugar horrible. Pero,
justo antes de Navidad, a Molly le ocurrió algo espectacular que cambió su vida. En la biblioteca de la ciudad vecina de Briersville encontró un viejo libro de
tapas de cuero, el libro del hipnotismo del doctor Logan. Este libro le cambió la vida por completo. Tras
aprender los secretos explicados en el libro, y tras descubrir que ella poseía poderes hipnóticos increíblemen-
te eficaces, Molly dejó el orfanato y se marchó a Nueva
York acompañada por la perrita Pétula. Allí se sirvió
del hipnotismo para conseguir el papel protagonista en
un musical de Broadway llamado *Estrellas en Marte*.
Molly engañó e hipnotizó a centenares de personas y
ganó mucho dinero. Pero un estafador llamado profesor
Nockman descubrió su secreto. Secuestró a Pétula y
chantajeó a Molly para que robara un banco para él.
    Todo aquello fue espantoso. Hasta que apareció
Rocky y la ayudó a librarse de Nockman. Molly se
marchó de Nueva York, llevándose consigo el dinero

14

que había ganado y un gran diamante que había ido a parar a su bolsillo el día del robo del banco. De vuelta en Hardwick House, las cosas empezaron por fin a mejorar. Molly echó a la malvada dueña del orfanato, cambió el nombre del edificio y contrató de forma permanente a una amable viuda aunque algo chiflada, la señora Trinklebury. Esta ya había trabajado en el orfanato cuidando de los niños. La chica le contó que el dinero que había traído de América era de un rico benefactor que quería financiar el orfanato. Después, también había hipnotizado a Simon Nockman, el ladrón de bancos, y se lo había traído a Inglaterra para que fuera el ayudante de la señora Trinklebury. Nockman se había convertido en todo un experimento viviente. Molly esperaba que al estar con alguien tan amable como la señora Trinklebury, y al haberlo hipnotizado para que hiciera buenas acciones, pronto se reformaría y se convertiría en una buena persona de verdad. Por ahora, el experimento estaba resultando un éxito.

Molly comprobó su lista. Ya lo tenían casi todo.

Toda la comida sana, la verdura y la fruta que les había encargado la señora Trinklebury estaba aplastada en el fondo del carro, debajo de la leche y los refrescos. Encima había puesto las compras especiales: los regalos para los seis niños del orfanato que no se encontraban en la ciudad.

Gordon Boils y Cynthia Redmon estaban fuera en un curso. Gordon, que quería tener aspecto de chico duro, había decidido raparse el pelo al cero. Molly había comprado espuma y cuchillas de afeitar para él, y bombones para Cynthia.

Hazel Hackersly y Craig Redmon, el gemelo de Cynthia, asistían a un curso de bailes de salón, y Molly les mandaba de regalo brillo de labios y pasta blanqueadora de dientes.

Jinx y Ruby, los dos pequeños, que tenían cinco años, se encontraban en la preciosa granja porcina de la hermana de la señora Trinklebury. Molly les iba a enviar un paquete con chicles y palomitas de maíz.

Molly se rascó la cabeza, esperando no haber cogido piojos otra vez.

—Ya solo nos queda comprar cosas para los que se han quedado en casa. Roger necesita piojos... o sea, quiero decir, pistachos. No sé dónde tengo la cabeza...

—Pobre Roger, él sí que ha perdido la cabeza –dijo Rocky, metiendo unos paquetes de frutos secos en el carrito. Tenía razón, Roger Fibbin de verdad había perdido la cabeza. Desde Navidad, parecía como si el chico ya no entendiera el mundo que lo rodeaba. Se pasaba la mayor parte del tiempo subido en lo alto del gran roble del orfanato.

—Es verdad –corroboró Molly–. Ya tenemos mi *ketchup* y el alpiste para el señor Nockman... También los polvos pica-pica para Gemma, y las galletas de queso para Gerry. Ya solo nos queda coger nuestros caramelos y las revistas de la señora Trinklebury.

Molly empujó el pesado carrito por el pasillo hacia las cajas, y de paso cogió un paquete de caramelos de café con leche, una bolsa de piruletas y un paquete gigante de nubes de azúcar Moon.

De la estantería de periódicos, Rocky eligió las revistas *El Mundo de los Famosos* y *La Casa de las Estrellas*.

DAVINA NUTTELL, SECUESTRADA, proclamaba en uno de sus titulares el *Briersville Evening Chronicle*, pero Rocky no miró los periódicos. Molly y él fueron apilando sus compras en el mostrador de la caja. Una bonita joven de cabello rizado y manos finas empezó a teclear precios en su caja registradora. Molly observó su rostro sencillo de chica de campo y su bata de nailon. Comparada con la gente que salía en las portadas de papel cuché de las revistas que tenía delante, esa chica casi parecía de otra especie humana.

EDICIÓN ESPECIAL DE LOS PREMIOS OSCAR, proclamaba uno de los titulares de la revista *El Mundo de los Famosos*, junto a un primer plano de una mujer de melena dorada y rizada, y una sonrisa tan llena de dientes que a Molly le pareció que le habían puesto alguno postizo solo para la foto. Sus labios eran como brillantes babosas rosas, y sus ojos parecían los de un leopardo. Molly conocía muy bien ese rostro. Todo el mundo lo conocía.

SUKY CHAMPAGNE, NOMINADA PARA UN OSCAR DE LA ACADEMIA, NOS ENSEÑA SU COLECCIÓN DE ZAPATOS.

La señora Trinklebury se iba a poner muy contenta. Su momento preferido del año era cuando se acercaba la noche de los premios de la Academia, la noche en que Hollywood hacía entrega de los galardones más importantes –los Oscar– a las personas de más talento de la industria del cine. No solía hablar de nada más durante varias semanas.

En *La Casa de las Estrellas* salía una foto de un señor que parecía más un dios que un hombre. Su piel era tan oscura como el carbón y llevaba una túnica. Estaba de pie en lo alto de un acantilado, cara al sol, junto al mar, y sus trenzas rastas ondeaban maravillosamente al viento.

—Si yo llevara una túnica como esa, sería igualito que él –dijo Rocky con una sonrisa irónica–. Solo necesito dejarme crecer un poco el pelo.

—Y los músculos –completó Molly.

HÉRCULES STONE NOS INVITA A SU VILLA DE MALIBÚ, se leía junto al brillante estómago del actor.

Durante un momento, Molly sintió una punzada de

17

nostalgia. Si hubiera proseguido su carrera de estrella en Nueva York, tal vez ahora estaría junto al mar, en California, y saldría en la portada de *La Casa de las Estrellas*. Su talento hipnótico habría podido llevarla hasta lo más alto; pero había renunciado a su vida de fama y riqueza para volver a casa y estar con su familia y sus amigos. Ahora era una persona normal y corriente, como la cajera del supermercado. Molly le tendió dos billetes nuevecitos. En su cabeza calculó rápidamente cuánto dinero quedaba en la hucha del orfanato y se mordió el labio. El dinero que Molly había traído de Nueva York estaba desapareciendo a pasos agigantados. Siempre había tantas cosas que pagar: arreglos en la casa, muebles, comida, ropa, facturas...

Pero entonces Molly dejó de preocuparse al recordar el precioso talismán que colgaba de su cuello. Se llevó la mano al pecho para acariciar el bulto duro, en forma de almendra, que sobresalía por debajo de su camiseta: un enorme diamante que seguramente valdría una fortuna.

Molly cogió la vuelta, dejó escapar un suspiro de felicidad y, al salir de la tienda, metió todas sus monedas en el vaso de cartón de la mendiga loca que estaba siempre sentada en la puerta, hablando sola, envuelta en un sucio saco de dormir.

—Gracias, hija mía —contestó ella con una sonrisa que dejaba ver sus dientes torcidos.

A Molly no le gustaba que la gente la llamara "hija mía", porque ella no era la hija de nadie, era huérfana. Pero se sintió mal por haber pensado esto de la pobre mujer que dormía en la calle, junto a la puerta del supermercado.

—De nada —contestó—. Feliz año... quiero decir... feliz mes de marzo.

Capítulo 3

La señora Trinklebury había aparcado su viejo coche de color verde oliva, con la pintura toda oxidada, en el aparcamiento que había junto al río Briers. Molly y Rocky empujaron el carrito por la calle principal, pasaron por delante de la tienda de cámaras fotográficas, de la pastelería y de la carnicería, donde solían comprar sabrosos recortes de carne para su perrita Pétula. No tardaron nada en llenar el maletero con las bolsas de la compra. Luego, Rocky se fue a devolver el carrito y a la ferretería, a comprar unas tuercas.

Molly abrió la puerta delantera del coche, se sentó en el asiento del copiloto y se abrochó la cazadora vaquera. Pellizcando la goma espuma blanca que se escapaba por los rotos de la tapicería de vinilo blanco, se puso a pensar en qué podía hacer durante el resto del fin de semana.

Podía ayudar a Rocky a construir un *kart*, o incluso acercarse al picadero y apuntarse a una clase de equitación. A lo mejor a los niños les apetecía ir a bañarse a la piscina municipal de Briersville. Pero ninguna de esas actividades apetecía de verdad a Molly, porque lo que realmente quería hacer, lo que llevaba meses deseando, era practicar un poco sus dotes de hipnotismo. Pero no podía hacerlo. Se lo había prometido a Rocky. Molly sabía por qué se lo había prometido: ella y Rocky habían comprendido que el hipnotismo era una herramienta peligrosa que siempre los metería en líos, y no era algo que ninguno de los dos debiera utilizar para su propio provecho. Rocky podía hipnotizar a la gente mediante su voz. En cambio, Molly no había aprendido a hipnotizar correctamente con la voz, porque cuando descubrió el libro, alguien había arrancado las hojas de los capítulos dedicados a esta técnica. Pero sus poderosos ojos tenían un talento hipnótico muy superior a la voz de Rocky. El hipnotismo le había cambiado la vida, no solo por lo que había logrado poniéndolo en práctica, sino también porque, por primera vez en su vida, había experimentado lo que se siente cuando se tiene un talento especial. Molly echaba de menos esa sensación tan agradable. La vida sin el hipnotismo no era muy emocionante. Aquella promesa la estaba volviendo loca.

Había otra cosa que intrigaba a Molly desde Navidad. La persona que había hecho posible que Molly encontrara el libro del hipnotismo había desaparecido. El nombre de esta misteriosa mujer era Lucy Logan, y trabajaba en la biblioteca de Briersville. Era la biznieta del famoso autor del libro. Lucy había hipnotizado a Molly para que encontrara el libro en su biblioteca y para que, después de aprender las lecciones y correr muchas aventuras, se lo devolviera. Molly pensaba que Lucy era una persona absolutamente genial; sin lugar a dudas, el adulto más especial que había conocido en su vida. Sentía que debía estarle muy, muy agradecida, y estaba deseando hacerse amiga suya. Pero ahora Lucy Logan había desaparecido. Había presentado su dimisión en la biblioteca y se había marchado.

La luz brumosa de marzo se reflejaba sobre la fría superficie del río, donde nadaban un pato y un mugriento cisne. Molly los contempló, tratando de no pensar en el hipnotismo ni en la desaparición de Lucy. Se preguntó dónde estaría su nido y, de pronto, como si su mente hubiera trepado por una escalera, se puso a pensar en algo que estaba a muchos peldaños de distancia de los patos. Todo había comenzado cuando la mendiga la llamó "hija mía". Sin querer, Molly comenzó a elucubrar sobre quiénes serían sus padres biológicos.

Esta pregunta era como un mosquito que a veces trataba de colarse para merodear en su vida. Cuando las preguntas se le metían en la sangre, Molly era incapaz de apartarlas de su cabeza.

Si estaba de buen humor, solía imaginar que sus padres eran personas interesantes y divertidas que, por algún terrible motivo que escapaba a su control, habían perdido a su bebé. Cuando se sentía deprimida, pensaba que sus padres eran unas personas horribles que, al nacer, habían querido ahogarla como a un gatito. Pero fuera cual fuera su estado de ánimo, pensar en ellos siempre resultaba frustrante. Y es que, por mucho que se esforzara en imaginar a sus padres, Molly era consciente de que nunca sabría quiénes eran.

Cerró los ojos y trató de calmar su agitada mente.

Era un ejercicio que se le daba muy bien, pues había perfeccionado desde muy niña el arte de soñar despierta. Al cabo de pocos segundos ya había conseguido una respiración pausada y tranquila, y se imaginó a sí misma fuera del coche de la señora Trinklebury, elevándose en el cielo como una nube, siguiendo el curso del río Briers, ascendiendo a la cumbre de las colinas hasta llegar a la fuente del río, en la cumbre del pico más alto. Molly se vio planeando en el cielo. Sentía el peso de la tierra, y lo antiguas que eran las montañas que sobrevolaba. Recordó entonces lo inmenso que era el mundo, y lo insignificantes que resultaban sus preocupaciones comparadas con él.

Sintiéndose mucho mejor, volvió a abrir los ojos. Luego cogió una barra de pan que sobresalía de una bolsa y partió el cuscurro. Abrió una botella de *ketchup* y dejó caer un poco de salsa sobre el pan. Durante unos minutos, la chica disfrutó de su aperitivo favorito contemplando el río.

La orilla más lejana bordeaba los jardines de unos chalets adosados, los cuales estaban protegidos por altos setos. Molly se había imaginado muchas veces lo agradable que sería vivir en uno de ellos. Había un jardín más grande que los demás. Parecía corresponder a dos chalets juntos. Fue entonces cuando Molly se percató de una novedad.

En este jardín había ahora unos densos setos verdes, podados en forma de pájaros y otros animales, que Molly nunca había visto antes. En lo alto de uno de estos setos había un enorme pájaro con una larga cola, hecho también de hojas y de ramas, y junto a él se veía un seto en forma de liebre agazapada, con un par de largas orejas. En lo alto de un arbusto de tejo estaba sentado un tremendo perro con grandes ojos hundidos, que parecía vigilar la casa.

El sol de primavera jugueteaba con el brillante follaje del arbusto en forma de perro. Entonces, un rayo de sol saltó sobre una ramita, a la altura de la boca del perro, y a Molly le pareció que el animal le sonreía.

Recordó entonces lo emocionante que había resultado hipnotizar por primera vez a Pétula, la perrita del orfanato. Eso sucedió en el mes de noviembre. Suspiró y se metió en la boca el último trozo de pan con *ket-chup*. ¡Qué difícil era mantener su promesa de no hipnotizar a nadie! Era como tener que aguantarse las ganas de hacer el pino cuando acabas de aprender a hacerlo, o como resistir el impulso de saltar cuando tienes el poder de dar saltos de gigante. Molly estaba deseando volver a experimentar la "sensación de fusión" que recorría su cuerpo cuando ponía sus ojos hipnotizadores a plena potencia.

En ese momento, cuando el sol se reflejó en las hojas que formaban la pupila del perro, y pareció que el animal le guiñaba el ojo, de pronto Molly tuvo una idea. «Prometí no hipnotizar a nadie», pensó. «Pero nunca prometí no hipnotizar objetos».

La sensación de fusión era fantástica. Cuando la tenía, Molly se sentía como si la fuerza de un sol tropical fluyera por sus venas. La voz que oía dentro de su cabeza siguió animándola.

«Venga, Molly, inténtalo. Así recuperas un poco la práctica. Hipnotiza al seto en forma de perro. ¿De qué tienes miedo? ¿De que cruce el río de un salto y te muerda?». Molly se quedó mirando el seto. ¿Hipnotizar a un arbusto? No se podía hipnotizar a un arbusto.

«Claro que no», le dijo la voz de su mente. «Pero ya verás qué sensación más agradable».

Así pues, Molly bajó el cristal de la ventanilla y concentró su mirada, como solo ella sabía hacer, sobre el seto en forma de perro. Notó en su interior la lejana sensación que hacía que todo lo que no fuera el perro se volviera borroso. Luego trató de percibir dentro de ella el arbusto y las ramas, y cuanto más miraba al seto, más percibía que las hojas del arbusto la absorbían y más ahogados le llegaban los sonidos de la ciudad.

Molly tuvo remordimientos de conciencia. Rocky se disgustaría si supiera lo que estaba haciendo. Tendría que hacerlo rápidamente, antes de que volviera. Esperó a que la sensación de fusión recorriera despacio su cuerpo. Durante un momento no ocurrió nada. Entonces empezó a notar que chispas de una extraña electricidad viajaban por su espina dorsal hasta llegar a su cabeza y a las cuencas de sus ojos, donde giraban y vibraban. Fue como si su mente se volviera efervescente y le pareció que unos intensos ruiditos chisporroteaban en sus oídos. Unas corrientes de electricidad recorrieron su cuerpo de arriba abajo.

Pero esta vez había algo diferente, Molly no sabía el qué. Era muy extraño. La sensación que crecía en su interior no tenía nada que ver con la de fusión a la que estaba acostumbrada. Mientras Molly observaba fijamente al perro, con los ojos vibrantes, le pareció que la sensación cambiaba. En lugar de un cálido cosquilleo, la chica sintió unas heladas punzadas bajo la piel, y al instante todo su cuerpo se cubrió de carne de gallina. Molly suspiró sorprendida y salió del trance inmediatamente.

Desde la otra orilla del río, el fuerte ruido que producían unas tijeras de podar llegó a sus oídos. Entonces, Molly vio una gran herramienta metálica que estaba cortando las hojas del pico del gran arbusto en forma de pájaro. Molly no alcanzaba a ver al jardinero, pero quienquiera que fuera, parecía muy concentrado en mantener sus arbustos bien cuidados y en controlar el crecimiento desordenado de las criaturas hechas de tejo y de aligustre.

Molly vio por el espejo retrovisor la gruesa silueta de la señora Trinklebury, envuelta en su abrigo de punto, que se acercaba al coche cargada con bolsas llenas de ovillos de lana. Los experimentos hipnóticos de Molly tendrían que esperar.

Conforme se iba acercando, la chica vio que la señora Trinklebury parecía muy nerviosa.

—Mira qué noticia tan te-terrible –declaró, dejando caer un periódico sobre las rodillas de Molly.

El titular proclamaba:

DESAPARECE LA ACTRIZ DAVINA NUTTELL

Debajo del titular se veía una foto de la joven actriz y cantante, vestida con traje de cosmonauta en su papel en *Estrellas en Marte*.

«Davina Nuttell desapareció en la puerta de su residencia en Manhattan. En la escena del delito se encontró uno de sus guantes de armiño. El departamento de policía de Nueva York está investigando lo que parece un secuestro.»

La señora Trinklebury estaba preocupadísima.

—Po-pobre niña. Po-pobres padres. ¿Te lo puedes imaginar, Molly?

Molly se lo imaginaba perfectamente. Ella misma lo había experimentado, pues su perrita Pétula había sido secuestrada en Nueva York. Pero también conocía a la famosa Davina Nuttell, con lo que la noticia le causó aún más impresión. Aunque Davina no le había caído muy bien, ahora se sentía verdaderamente preocupada por ella.

—¡Es horrible! –exclamó.

—Como ves, Molly, la vida de los famosos no siempre es tan divertida –observó la señora Trinklebury, y moviendo la cabeza muy angustiada, le plantó un sonoro beso en la frente.

—Te-tengo un poquito de hambre, ¿tú no? Espero que el señor Nockman haya preparado la co-comida.

Mira, he alquilado este vídeo para que lo veamos todos esta tarde. Actúa Gloria Heelheart. Es la película por la que ganó el Oscar a la mejor actriz el año pasado. Es maravillosa. Así nos distraerá y no pensaremos en la pobre Davina.

En el camino de vuelta a casa, la señora Trinklebury trataba de cantar las canciones de la radio para animarse un poco. Estaba encantada de que el niño cantante, Billy Bob Bimble, hubiera llegado al número uno de las listas de ventas con su canción *Hombre urraca*. Así que Molly y Rocky cantaron con la señora Trinklebury:

> *No dejes que te robe el corazón.*
> *Sé fuerte.*
> *Tienes que mostrarte fuerte, ooooooooh.*
> *No dejes que se lleve tu corazón.*
> *Protégelo desde el primer momento, ooooooh.*
> *Sé fuerte.*
> *Es el hombre urraca, ooooooh.*
> *Quiere el sol y las estrellas, y también te quiere a ti, ooooh.*
> *Es el hombre urraca.*

Veinte minutos después llegaron a la Casa de la Felicidad. La fachada del edificio estaba cubierta de andamios. La mitad de la casa lucía un blanco inmaculado, mientras que la otra mitad seguía aún con la vieja pintura gris y desconchada. La señora Trinklebury llevó sus bolsas llenas de ovillos de lana hasta la puerta principal.

Pétula salió a recibirlas como un misil negro y peludo. Saltó al regazo de Molly, meneando su pequeña cola rizada, y dejó a sus pies una piedra de regalo.

Luego se dio la vuelta, cruzó el camino de grava a la velocidad del rayo, entró en la casa y volvió a salir con una carta entre los dientes.

—Gracias, Pétula —dijo Molly echando una ojeada al sobre empapado de babas.

Alguien había escrito el nombre de Molly en claras letras verdes, pero estas estaban ahora borrosas, con lo que solo se leía «Mo///////// ////////N». Y de la dirección no quedaba ni rastro. Era obvio que Pétula llevaba un buen rato cuidando de la carta.

—Ayúdame con las bolsas, ¿quieres, Molly? —le dijo Rocky—. Pesan tanto que me están haciendo heridas en las manos.

Molly se guardó el sobre en el bolsillo y le cogió una de las bolsas. Ese fue el motivo de que no leyera la carta hasta un buen rato después.

Capítulo 4

Durante toda su vida, el hogar de Molly había sido un lugar horroroso. Pero últimamente al edificio le habían estado haciendo un buen lavado de cara. Ahora, la Casa de la Felicidad era totalmente distinta por dentro. Por ejemplo, el salón de paredes revestidas de madera, que antes era un salón de actos lleno de corrientes de aire, tenía alfombras nuevas en el suelo, y nuevos cuadros colgados en las paredes. También habían puesto cómodos sofás y sillones, y mesas llenas de libros. Un fuego de chimenea, que siempre ardía durante el día, mantenía una temperatura muy agradable. Olía a cera para muebles, y aquel día estaba muy bonito, con jarrones llenos de flores rosas que los niños habían cogido en el prado a la entrada del pueblo. En un extremo había una mesa de ping-pong, y en el otro, una cama elástica.

Gemma, que tenía siete años, estaba sentada en una butaca junto a la chimenea. Las llamas del fuego se reflejaban en los cristales de sus gafas, mientras la niña leía una novela de misterio. Cuando Molly dejó la bolsa en el suelo, se oyó un estrépito en la puerta principal.

—¿Cuánto he tardado? –preguntó Gerry, abriendo la puerta con la rueda de su bicicleta. Gemma consultó su reloj.

—Cinco minutos y diez segundos. Peor que la última vez.

—Eso es porque me he resbalado al cruzar el estanque.

Entonces sonó el timbre del comedor.

—Puedes volver a intentarlo después de comer –dijo Gemma levantándose–. A lo mejor necesitas reponer energías.

El señor Nockman se encontraba de pie detrás del mostrador del comedor. El vapor que se escapaba de los platos de verduras, salchichas y patatas subía hasta su cara, haciendo brillar su piel. Tenía muchísimo mejor aspecto que cuando Molly lo conoció. Había adelgazado, se le notaban los pómulos de la cara, y su cutis tenía un aspecto sonrosado y sin granos. El blanco de sus ojos era blanco de verdad, no amarillo e inyectado en sangre como antes, y su calva brillaba limpia y reluciente.

Iba vestido con unos pantalones anchos de franela gris, y una chaqueta azul con cremallera, con una ancha banda roja en la espalda. Posado en su hombro, su periquito favorito, llamado Pollo al Curry, silbaba alegremente, ladeando la cabeza de vez en cuando para darle a su amo un cariñoso picotazo en la oreja. Los niños cogieron los platos de comida que Nockman les tendía y se sentaron a la mesa.

Cuando Molly hipnotizó al malvado Nockman, descubrió que la única criatura a la que este había querido en su vida era un periquito llamado Plumón.

El periquito se murió. Para ayudarle a cambiar sus malvadas costumbres, Molly había ideado para Nockman una terapia especial con la ayuda de periquitos, que parecía estar dando resultados positivos. Cada vez que Nockman hacía algo especialmente amable, algo verdaderamente bueno, le dejaban que se comprara un nuevo periquito. A Molly le preocupaba un poco que la casa se fuera a llenar de pájaros, pues Nockman hacía cosas verdaderamente agradables casi todos los días. Desde Navidad ya se había ganado veinte periquitos. Transcurridos seis meses tendría probablemente doscientos pájaros. Para entonces, las instrucciones hipnóticas de Molly ya habrían perdido efecto, y él se portaría bien por propia iniciativa. Molly estaba convencida de ello.

El nuevo Nockman estaba siempre sonriente. En general, era más feliz de lo que nunca había sido. Sirvió en el plato de la señora Trinklebury tres salchichas en su punto justo de cocción, que había reservado especialmente para ella.

—¿Quierres alubias, querrida? –preguntó con su acento alemán. Molly lo había hipnotizado para que hablara con ese acento.

—Oh, gracias, Simon –le contestó ella, haciéndole una pajarita con una servilleta.

Después de comer, todos se apretujaron en la salita de la televisión. La señora Trinklebury se sentó en el sillón, y los demás se acomodaron en pufs, o en una esquinita del suelo.

Nockman le dio un golpe al viejo vídeo para que funcionara, y la película de la señora Trinklebury, *El verano de los suspiros*, empezó.

Salvo una pequeña interrupción al escaparse tres ratones de Gerry del bolsillo de su camisa, nadie se movió en las dos horas que duró la película. Al llegar a la última escena, en la que Gloria Heelheart se tiraba al mar desde un acantilado, la señora Trinklebury lloró y Molly rebuscó en su bolsillo para darle un pañuelo de papel.

Entonces volvió a descubrir la carta que Pétula le había entregado y salió de la habitación para leerla. Pétula la siguió. Subieron a lo alto de la escalera y allí mismo se sentaron las dos.

Molly abrió el sobre. Dentro había una tarjeta algo mordisqueada con la siguiente dirección:

Calle de la Pradera Inundada, 14
Briersville

Debajo había escrito un mensaje en tinta verde que aceleró el corazón de Molly, y a la vez la alivió muchísimo.

Viernes
Querida Molly:
Perdona por no haberme puesto antes en contacto contigo, pero he estado en el hospital debido a un accidente. No te preocupes, me encuentro bien, pero he estado muy grave.
Ya he vuelto a casa y me gustaría verte. Te contaré todas mis noticias, pero sobre todo estoy deseando que me cuentes tú todas tus aventuras con el hipnotismo.
Hay también algo muy importante que me gustaría que hicieras.
¿Por qué no vienes a tomar el té a mi casa el domingo a las cuatro?

31

¿Te veré pronto? Espero que sí... ¡Con total puntualidad!

   Cordialmente,

                           Lucy Logan

—¡Guau! ¿Qué te parece esto, Pétula? –exclamó Molly, abrazando a la perrita. Estaba encantada. Por fin había retomado el contacto con Lucy Logan. Molly ansiaba volver a verla. Se preguntaba qué la habría impulsado a presentar su dimisión de la biblioteca, y le seguía pareciendo muy raro que Lucy no la hubiera llamado. Pero tal vez había estado todo ese tiempo en el hospital. Molly esperaba que el accidente no hubiera sido muy grave.

Recordó entonces cómo en plena Nochebuena se había dejado llevar hasta la biblioteca, igual que un copo de nieve empujado por el viento. Y todo para devolver el misterioso libro del hipnotismo. Lucy había hipnotizado a Molly para que hiciera eso exactamente, y la había hecho despertar de su trance hipnótico con las palabras "con total puntualidad". Molly sonrió al leer esas mismas palabras en la carta de Lucy.

Molly se preguntó qué querría pedirle Lucy que hiciera. Por su parte, ella quería darle las gracias, contarle sus aventuras en Nueva York, y hablar con ella de hipnotismo. Y también tenía otro motivo importante.

Mantener su promesa de no hipnotizar a nadie estaba sacando a Molly de quicio. ¡Era tan frustrante! La idea de no poder volver a utilizar sus poderes nunca más estaba empezando a hacer que Molly se sintiera desconsolada, como si algo dentro de ella hubiera muerto.

Lucy le había dicho a Molly que ella empleaba el hipnotismo para hacer buenas acciones. Molly y Rocky también habían practicado hipnotismo positivo antes de marcharse de Nueva York. Habían rodado un anuncio televisivo hipnótico llamado "Dales una infancia feliz". Pensaron que gracias a ese anuncio conseguirían que la gente que lo viese se preocupara más por los niños que tenía a su alrededor. La cadena de televisión había prometido emitirlo a menudo, así que probablemente habría tenido buenos resultados. Molly quería pedirle a Lucy que le dijera a Rocky que el hipnotismo generoso y altruista estaba bien. Entonces, tal vez accediera a levantar la prohibición que se habían impuesto. Necesitaba explicarle todo eso a Lucy sin que Rocky estuviera presente.

Por ese motivo, Molly decidió ir sola al número 14 de la calle de la Pradera Inundada.

Capítulo 5

Aquel domingo, la luz de la mañana era tan radiante que las hojas de los árboles que se veían por la ventana de la habitación de Molly parecían mojadas. Respiró el aire fresco y sintió un escalofrío de placer. Esa tarde iba a casa de Lucy Logan a tomar el té.

Justo cuando dos tordos aterrizaron sobre un arbusto de espinas cargado de frutos rojos y empezaron a picotear las bayas, Molly distinguió la silueta delgada de Roger Fibbin escarbando entre las hojas secas y las ramillas partidas que había al pie del árbol. Con su nariz en forma de pico y sus movimientos bruscos, parecía un pájaro picoteando migas de pan. Seguramente estaría buscando un pasadizo mágico para llegar a otro mundo.

Roger se había vuelto un poco loco. Parecía vivir en un mundo de fantasía y terror, donde las hojas y las piedras le susurraban cosas al oído. Recorría la ciudad escuchando mensajes secretos y hacía avioncitos de papel donde escribía frases. Los mensajes decían cosas como: «¡Mandad ayuda enseguida!», «¡Unos extraterrestres se han comido mi cerebro!», «¡Cuidado! ¡Los ciempiés comecerebros están aquí!» y «No os fiéis de las apariencias».

Luego tiraba esos avioncitos por todo Briersville: en los buzones de la gente, en los jardines, en los coches y en las tiendas. Una vez se las apañó para colarse en un cine por la puerta de emergencia, y tiró sobre el público cincuenta avioncitos de papel.

Molly se preguntaba si la extraña costumbre que había desarrollado –alimentarse de los cubos de basura de los habitantes de Briersville– le había producido tal vez alguna infección en el cerebro; pero el médico había dicho que solo necesitaba reposo, buenos alimentos y cariño.

Molly abrió la ventana y lo llamó:

—Roger, ¿estás bien?

Con aspecto nervioso, Roger levantó la mirada y luego dirigió la vista por encima de su hombro para asegurarse de que nadie lo escuchaba.

—Sí, hoy no pueden atraparme.

—¿Te apetece ir a dar un paseo en bici?

—No puedo, Molly. Tengo mucho que hacer. Tal vez otro día.

—Vale, pues avísame cuando puedas ir. Nos lo pasaríamos muy bien.

Cerró la ventana y se preguntó si Roger se recuperaría algún día.

Pasó la mañana y llegó la tarde.

De la Casa de la Felicidad hasta Briersville había un agradable y refrescante paseo cuesta abajo en bici. La cuneta estaba llena a rebosar de tallos verdes de narcisos y margaritas, y el cielo se veía azul. Los árboles en flor se mecían al compás de la clara brisa de marzo. Otros árboles seguían desnudos, pero las yemas de sus ramas estaban teñidas de un rosa oscuro, donde despuntaban ya las hojas nuevas.

Molly cruzó el pueblo de Hardwick, recorrió el camino serpenteante entre campos llenos de vacas, pasó por delante de la Escuela Primaria de Briersville y por fin llegó a la ciudad. Como era domingo, todo estaba muy tranquilo. El Ayuntamiento, con su tejado verde, estaba cerrado, y la ancha calle que daba a la puerta principal se encontraba desierta.

La calle de la Pradera Inundada era una estrecha callejuela empedrada que cruzaba un puente y bajaba luego hacia la derecha formando un recodo. El número 14 era una casita con balcones, en medio de una fila de casas muy antiguas. Molly apoyó la bicicleta en una de las paredes de la casa y, cogiendo el llamador en forma de garra de león, golpeó dos veces. Se bajó la cremallera del anorak, y entonces descubrió en su camiseta una mancha de salsa que se había hecho durante la comida. Intentaba limpiar la mancha con saliva cuando la puerta se abrió lentamente. Molly abrió la boca, dejando caer la camiseta.

Lo que vio entonces la dejó de piedra. Era una figura sacada de una película de terror, pero vestida con la impecable falda plisada y la chaqueta azul de Lucy Logan. Tenía la cabeza cubierta de vendas blancas, salvo la coronilla, en la que se veía un elegante moño. Molly acertaba a distinguir los ojos azules de Lucy Logan, pero el resto de su rostro estaba tapado con una venda.

Lucy se apoyaba sobre unas muletas. En el pie izquierdo llevaba una zapatilla, pero su pierna derecha se encontraba totalmente escayolada, menos los dedos de los pies, cuyas uñas pintadas de rosa asomaban por un agujero practicado en el yeso.

La primera reacción de Molly fue mirarla embobada, y durante un momento se quedó petrificada.

—Oh, Molly, lo siento. Claro, esto tiene que ser una terrible sorpresa para ti.

Molly asintió y consiguió articular:

—¿Se encuentra bien? ¿Qué le ha ocurrido?

Lucy se asomó a la calle y miró nerviosa a izquierda y derecha. Luego empujó a Molly al interior de la casa.

—Ahora te lo cuento todo; pero entra enseguida, se me están enfriando los dedos de los pies.

Molly se encontró en un pequeño vestíbulo. Sobre una mesa de madera de cerezo en forma de media luna vio un reloj. Frente a este había un minúsculo reloj de pared con un péndulo. Lucy cogió el anorak de Molly y lo colocó doblado encima del respaldo de una silla. Molly percibió entonces el aroma de unas tostadas, y se preguntó por qué su anfitriona acababa de comportarse con tanto recelo.

—Ven por aquí, que hace más calorcito –dijo Lucy, moviéndose torpemente sobre sus muletas y conduciendo a Molly por una estrecha escalera hasta llegar a una cocina meticulosamente ordenada. Estaba tan impoluta que Molly se miró la mancha de salsa en la camiseta y se arrepintió de no haberse cambiado de ropa antes de ir a casa de Lucy Logan.

—Siéntate –ofreció Lucy amablemente, invitando a Molly a acomodarse en un banco en forma de cuarto de luna que había junto a la ventana–. ¿Quieres una taza de té?

—Humm, mejor un zumo caliente de naranja, si tiene –dijo Molly, sin atreverse a pedir un zumo concentrado, que es lo que habría preferido. No quería que Lucy pensara que tenía gustos raros.

—Muy bien –contestó Lucy, poniendo agua a hervir.

Molly estaba sentada en el banco, con las manos entre las rodillas, tratando de no mirar los vendajes de Lucy, ni su pierna escayolada. ¿Qué horrible accidente habría tenido? Molly no sabía qué decir y empezaron a sudarle las palmas de las manos, como le pasaba siempre que estaba nerviosa. La mujer rompió el silencio.

—Molly, siento muchísimo no haber estado en contacto contigo durante este tiempo. Te debió de parecer un poco extraño que no te llamara. Ocurrieron dos cosas. La primera es que pasó algo muy grave en mi vida y no se lo podía contar a nadie. Y luego tuve el accidente. Mi coche se incendió. Mi cara está cubierta de graves quemaduras. Aún tengo dificultades para comer. Solo puedo tomar sopa con una pajita y unas galletas que se disuelven en la boca. El humo del incendio me irritó mucho la garganta. Mi voz se ha visto afectada, como ya te habrás dado cuenta. Lo más probable es que me quede ronca para siempre, y ya nunca podré cantar notas agudas. Los médicos dicen que las cicatrices de mi rostro no desaparecerán, y en algunos lugares de mi cabeza, el pelo ya no volverá a crecer. Pero –esbozó una sonrisa torcida– tengo suerte de estar viva, y ahora aprecio mucho más el valor de la vida.

Molly permaneció en silencio, pues estaba tan impresionada que no sabía qué decir. En los últimos meses se había sentido molesta y herida porque Lucy se hubiera olvidado de ella. Nunca habría podido imaginar que le hubiera ocurrido algo tan horrible. Ahora su egoísmo la avergonzaba.

—No se preocupe por no haberme llamado –dijo rápidamente–. O sea, sí que me preguntaba dónde se habría metido, pero, ¿sabe?, he estado muy ocupada reformando el orfanato, cambiando la decoración y todo eso. Y todo ha sido gracias a usted, Lucy. Ahora está todo mucho más cómodo. Todo el mundo es mucho más feliz. El colegio también está mucho mejor porque la señora Toadley se marchó. Bueno, la verdad es que la echaron.

—Según tengo entendido, fue porque iba por ahí diciéndole a todo el mundo lo mala profesora que era –dijo Lucy.

—Y lo era de verdad –aseguró Molly, esperando que Lucy no la regañara por haber hipnotizado a la abusona de la señora Toadley para que se comportara de ese modo–. Pero no he vuelto a hipnotizar a nadie desde que me bajé del avión, antes de Navidad –añadió.

Esperaba que a Lucy le impresionaría su fuerza de voluntad, pero la bibliotecaria la miró enfadada.

—¿Has dejado de hipnotizar? ¿Y eso por qué? ¿Es que no necesitas nada? –Molly se quedó desconcertada.

—Bueno... yo... no me lo había planteado así. Es que le prometí a Rocky que ya no volvería a utilizar el hipnotismo nunca más.

—Oh, vaya –Lucy calló. Luego añadió–: Tráete el zumo y esas galletas. Vamos al salón –cruzó cojeando otra puerta. Molly la siguió, y las maravillas que descubrió distrajeron su atención de los vendajes de Lucy. Aquella habitación era como el santuario del hipnotismo.

En el centro de la sala había una mesa con una espiral de cobre grabada en la madera. Molly observó el dibujo. Le recordaba uno similar pintado en un péndulo que había sido suyo hacía tiempo. El dibujo de cobre parecía atraer su mirada hacia el punto situado en el centro exacto de la mesa. Enseguida se sintió relajada. Pero inmediatamente escapó a aquella sensación.

—¿Es una mesa hipnótica?

—Puede serlo –contestó Lucy.

—Esta vez tengo que tener cuidado con usted –dijo Molly sonriendo–. No puedo creer que me hipnotizara tan fácilmente aquella vez en la biblioteca, en noviembre del año pasado.

—Bueno, como ya te dije entonces, quería que encontraras el libro –explicó Lucy–. No te preocupes, esta vez no necesito hipnotizarte.

—De todas maneras, no podría hacerlo, estoy demasiado alerta –dijo Molly, siguiendo con el dedo la espiral de cobre–. Bueno, eso creo.

Y era verdad. Todo en aquella habitación le recordaba el increíble poder del hipnotismo. Encima de la repisa de la chimenea, sobre un animado fuego, había un retrato de época victoriana de un señor con patillas, vestido con un frac negro y una chistera en la cabeza. Del bolsillo de su chaleco colgaba una cadena dorada, en la que había enganchado un brillante reloj de bolsillo. Molly reconoció enseguida al anciano de la fotografía que había en el libro del hipnotismo.

—Sí, es el gran doctor Logan –declaró Lucy, sentándose en una silla–. Por toda la habitación hay cosas que le pertenecieron, y que hemos ido heredando de generación en generación. La mesa es un buen ejemplo; y en la vitrina que hay a tu espalda guardamos el mismo reloj de bolsillo que aparece en ese cuadro. Lo utilizaba como péndulo. Recorrió toda América y así es como consiguió su fortuna. Tengo muchas fotografías de su espectáculo ambulante de hipnosis. También tenemos su colección de relojes en miniatura. Acércate a verlos.

Molly fue hasta la vitrina. Había antiguas fotografías color sepia con marcos de plata de personas del siglo XIX. En una de ellas se veía al doctor Logan sobre un escenario, en una pose teatral junto a una extraña figura. Era una mujer tumbada, con la cabeza apoyada en una silla y los pies en otra. Su cuerpo no descansaba sobre nada. Habían recogido su largo vestido como un paraguas cerrado para que no arrastrara por el suelo, y su cuerpo estaba rígido como una tabla. Molly sabía que era un truco de hipnotismo llamado "la tabla humana". En otra fotografía titulada "Parque de Briersville" se veía una enorme casa con altas columnas a cada lado de la puerta principal, y suntuosos escalones que bajaban a un camino de grava.

Molly inspeccionó el reloj de bolsillo color dorado, y luego miró los relojes en miniatura. En la pared, junto a la vitrina, había otros tres relojes más. Uno redondo, otro en forma de faro, y otro hecho de peltre. Todos estaban en hora.

—Nunca había visto tantos relojes en una misma casa –comentó.

—Bueno, será porque nunca habías estado en la casa de un coleccionista –contestó Lucy–. Los relojes me recuerdan que la vida es corta y que no debo malgastarla.

Molly se quedó pensando en ello mientras miraba por la ventana del salón. Fue entonces cuando cayó en la cuenta de que el jardín de Lucy era justo aquel que tenía los setos podados con formas de animales. La liebre y el perro se encontraban muy cerca de la ventana, haciendo que la habitación pareciera más oscura de lo normal.

—¡Anda! Justo ayer estuve mirando sus arbustos en forma de animal –exclamó Molly–. Sin saber que eran suyos. ¿Son nuevos? He observado muchas veces estos jardines desde el aparcamiento y nunca había reparado en ellos.

—Sí, son nuevos. Compré los arbustos ya crecidos, y yo misma los podé.

—Me gusta el perro, con esos ojos tan grandes.

Lucy se rió.

—Se supone que es un mono, pero está claro que necesito clases de poda –cogió una galleta–. Sírvete, Molly. Yo no debería, la verdad. He engordado tanto desde el accidente. Me he comido cientos y cientos de galletas –se revolvió incómoda en su silla y se bajó un poco la cremallera de la falda–. Los arbustos están ahí por una razón. Son para que la gente no me espíe.

De pronto, Lucy parecía nerviosa.

—No puedo saber quién me puede estar observando en este preciso momento –Lucy Logan calló un momento y luego dijo, con voz seria–: Molly, tengo muchísimas cosas que contarte esta tarde. Pero antes quiero escuchar todas tus aventuras desde que encontraste el libro. Para mí es muy importante saberlo. Luego te contaré lo que me ha pasado a mí. Pero primero tú. Hace tiempo que tengo muchas ganas de enterarme de tus aventuras.

—Claro –dijo Molly. Los aires misteriosos de Lucy habían despertado su curiosidad, pero se moría también por contarle sus asombrosas experiencias. De modo que empezó a contar la historia por el principio.

—Me lo pasé genial. De hecho, fueron las mejores experiencias de mi vida, y a la vez, las peores...

Lucy Logan escuchaba atentamente, pero sus aventuras en Briersville y en Nueva York no le interesaban tanto como Molly se había imaginado. Lo que más le importaba era saber a quién había hipnotizado Molly, y cómo. Le preguntó cómo había hipnotizado exactamente a todo un público en el concurso de habilidades de Briersville para ganarlo; luego, cómo había hipnotizado a una azafata y al personal del hotel de Nueva York. Quería saber todos los detalles de cómo Molly había hipnotizado al agente Barry Bragg, y cómo se había metido en el bolsillo a todo un público de neoyorquinos en el espectáculo *Estrellas en Marte*. Quería saber con pelos y señales los métodos que Molly y Rocky habían utilizado para robar el Shoring Bank, después de que Nockman los chantajeara. Sus preguntas eran tan exhaustivas que casi parecía un examen.

—De modo que devolviste al banco las joyas y todo el dinero –dijo por fin–. Qué tremenda honradez la vuestra. Poca gente habría hecho una cosa así.

Molly no dijo nada. Sus dedos fueron a parar automáticamente al diamante que colgaba de su cuello. Decidió no hablarle a Lucy de él, al menos por el momento. No quería que la regañara.

—Lucy –dijo entonces, limpiándose la boca en la manga–, ¿y qué hay de usted? Ahora le toca a usted contarme sus aventuras hipnóticas.

—Por supuesto que lo haré –contestó la mujer, dándole otro mordisco a una galleta–. Pero no ahora –sus ojos azules se posaron sobre Molly desde detrás de la cortina de vendas blancas y dijo con voz muy seria–: Molly, ahora no tenemos tiempo para mis historias. La misión especial que me obligó a dimitir de la biblioteca es muy grave. Por eso no he estado en contacto contigo. No quería que te vieras involucrada y ponerte en peligro. Pero ha llegado el momento de que sepas lo que ha estado ocurriendo –Lucy Logan suspiró hondo–. Pensabas que venías a mi casa a merendar y a pasar una tarde entretenida, pero te he hecho venir aquí para pedirte que hagas algo muy, muy importante. Lo siento muchísimo, pero no me queda otro remedio. Se nos acaba el tiempo.

Molly tragó saliva. No le gustaba el cariz que estaban tomando las cosas.

Lucy se levantó.

—Por favor, ven conmigo.

Molly la siguió fuera del salón, por un pasillo en el cual había por lo menos media docena más de relojes de pared. Unos escalones de cemento bajaban hasta un sótano. Lucy los bajó despacio, cojeando.

Abajo había una puerta con cuatro cerraduras. Dos eran de combinación, y las otras dos se cerraban con llaves normales. Molly se preguntó qué podría necesitar tanta protección.

—Aquí dentro hay secretos que se deben mantener ocultos —explicó Lucy—. Secretos que te van a interesar. Entra.

Capítulo 6

Lo que Molly encontró en el sótano no era en absoluto lo que podía haber imaginado. Ella asociaba a la bibliotecaria con estanterías de libros antiguos y archivos con carpetas, no con ese espacio de alta tecnología y sus estanterías de archivadores metálicos. En la pared más alejada había una pantalla de plasma. Unos focos disimulados en el techo iluminaban la moqueta gris y hacían brillar la superficie de una mesa situada en el centro de la sala, sobre la que destacaban un teclado blanco, un ratón de ordenador sobre una alfombrilla de terciopelo y dos bonsáis. Bajo la pantalla se veía una vitrina que contenía seis pares de minúsculos zapatitos de colorines.

—Ah, esos son antiguos zapatos de loto chinos –explicó Lucy al ver que Molly los estaba observando–. Algunos de ellos son de la dinastía Tang del sur, del año 920. Los llevaban niñas a las que se vendaban los pies para que no les crecieran nunca. ¿A que son preciosos?

—¿Fue a China en el transcurso de sus... aventuras? –preguntó Molly, algo incómoda al ver los extraños zapatitos.

—No –Lucy se sentó en una silla giratoria de cromo, y con un gesto invitó a Molly a hacer lo mismo. Encendió el ordenador. Se oyeron unos pequeños zumbidos que provenían de una pared cubierta por un equipo de acero, y entonces apareció en la pantalla un menú con muchas carpetas de archivos.

—Molly –empezó diciendo Lucy con tono solemne–, dimití de mi puesto en la biblioteca porque hace un año descubrí algo. Y me he pasado cada minuto de los últimos meses investigándolo. Se trata de algo aterrador que está ocurriendo en el mundo. Algo que te afectará a ti, a mí y a todos.

Fuera lo que fuera esa cosa tan terrible de la que hablaba Lucy, Molly sabía que no quería tener nada que ver con ella. Se secó las sudorosas palmas de las manos en su pantalón vaquero mientras la bibliotecaria seleccionaba con el ratón una de las carpetas que se veían en la pantalla del ordenador. Se titulaba "LA". Salió entonces una foto de la portada del *Los Angeles Times*. El titular decía así: «Se sospecha que la actriz Davina Nuttel ha sido secuestrada». Molly reconoció el rostro familiar de la actriz, que sonreía abrazando a un perrito.

—Supongo que estarás al corriente de esta noticia –dijo Lucy–. La policía no consigue dar con ninguna pista. La pobre niña ha desaparecido por completo.

—Pobre Davina –se compadeció Molly–. No se puede decir que fuera una persona muy agradable, pero espero que se encuentre bien.

—Pues yo me temo que no se encuentra nada bien –contestó Lucy–. También me temo que la policía no está investigando este caso de secuestro de la forma que debería. Creo que a Davina la ha secuestrado alguien que tiene mucha influencia sobre el departamento de policía, con lo que no corre ningún riesgo de que lo puedan detener.

—¿Quién es ese alguien? –preguntó Molly–. ¿Cómo lo sabe?

—Antes de decirte quién creo que es, quiero enseñarte unas cuantas cosas.

La pantalla se llenó de una serie de fotos. Curiosamente, eran fotos de anuncios publicitarios. Primero salió un coche deportivo rojo de la marca Primoturbo; luego, una máquina cortacéspedes Segaguay; después, un ordenador Compucell, y por último, un helado Paraíso. Imágenes de distintos objetos que no guardaban ninguna relación entre sí desfilaron ante los ojos de Molly. Reconoció muchos de ellos. Una pluma estilográfica azul y plateada de la marca Inspiración, una navaja Ris Ras, un vestido de lunares de La Casa de la Moda, una lata de sopa de la marca Marinerita, un paquete de cereales Pop de trigo y miel, un rollo de papel higiénico Septickex, un tarro de crema para el cutis Espacio Frío, un yogur Vidabuena y una botella de lavavajillas Espumoso. Molly se preguntaba qué podrían tener que ver esos objetos cotidianos con el terrible secuestro de Davina Nuttell.

Lucy preguntó de pronto:

—¿Cómo eliges las cosas que compras, Molly?

—¿Sabiendo lo que quiero comprar? –contestó Molly, sin saber si esta sería la respuesta acertada. Una lata de Skay saltó a la pantalla, como para tratar de ayudarla.

—¿Pero cómo sabes lo que quieres? –preguntó Lucy–. Hay tantísimas cosas maravillosas. Por ejemplo, mira todos estos caramelos –la mujer pulsó con el ratón y aparecieron en la pantalla docenas de marcas de golosinas. Chicles Rompemandíbulas, pastillas de café con leche Cucú, gominolas Paraíso–. ¿Cómo sabes qué chucherías comprar?

—Bueno, sé cuáles me gustan.

—Sí, pero antes de tomar por primera vez las chucherías que ahora sabes que te gustan, ¿qué te llevó a querer probarlas?

—¿Que me habían hablado de ellas?

—¿Quién?

—Amigos míos.

—¿Y...?

—¿Los anuncios de la tele?

—Eso es –contestó Lucy.

Molly se preguntaba qué querría decir Lucy. No le parecía que los anuncios fueran muy buenos. Hubo un tiempo en que la chica pensaba que el refresco Skay le cambiaría la vida, y todo por su fantástico anuncio. Pero solo había conseguido hacerle eructar. ¿Acaso no eran todos los anuncios herramientas para comerle el coco a la gente?

—Es bueno que comprendas que los anuncios tienen el poder de hacer que la gente compre determinadas cosas –explicó Lucy–. Y ahora quiero que mires estas caras.

En la pantalla apareció una selección de rostros famosos que Molly reconocía en su mayoría. Había estrellas de cine, cantantes y famosos en general. Gloria Heelheart, la reina de Hollywood; Suky Champagne, la joven actriz; Billy Bob Bimble, el niño cantante; Hércules Stone, Cosmo Ace, el boxeador King Moose, y Tony Wam, el karateca.

—Me pregunto –dijo Lucy, deteniéndose sobre una foto de una mujer pelirroja de grandes ojos castaños– si sabes lo que le gusta comer a esta mujer después de ir al gimnasio.

Era una pregunta extraña, pero entonces Molly se dio cuenta de que sabía exactamente lo que a Stephanie Goulash, la famosa cantante, le gustaba comer. Hazel había apuntado en la lista de la compra de la semana pasada justo la misma marca de barritas de cereales que le gustaban a Stephanie.

—Energía Ligera –contestó Molly, sintiéndose como en un concurso de la tele.

—Totalmente correcto –aprobó Lucy–. ¿Y qué me dices de este actor de cine, Hércules Stone? ¿Qué desodorante utiliza?

—Superguay –Molly pronunció la palabra antes incluso de haber caído en la cuenta de que conocía la respuesta. Craig siempre estaba hablando de Hércules Stone, de lo que comía, de lo que vestía, y de lo que se echaba en sus famosas axilas.

—Bien –volvió a aprobar Lucy–. Así que ves cómo estos famosos, al igual que los anuncios, también le muestran a la gente lo que debe comprar.

Molly asintió.

—Y como tú, millones de personas saben estas cosas. Y eso es lo que me preocupa.

Molly no entendía por qué tenía Lucy que preocuparse por eso. A lo mejor era un poco anticuada y pensaba que los famosos no debían dejar que la gente se metiera en su vida privada. ¿Pero qué demonios tenía esto que ver con el secuestro de Davina?

Lucy puso un vídeo con grabaciones de anuncios. Había un anuncio de las barritas Energía Ligera que terminaba con la imagen de una minúscula Stephanie Goulash sentada en una versión gigante de la famosa barrita. En otro, Hércules Stone blandía una barra de desodorante Superguay como si fuera una espada, luchando contra un grupo de monstruitos verdes. Veinte grabaciones que anunciaban desde pintalabios hasta lavadoras, pasando por ordenadores, en los que salían famosos del mundo del espectáculo, deportistas y personas del mundo de la televisión. Molly los reconocía a casi todos.

—Y aquí viene lo más importante –añadió Lucy–: Todos los productos anunciados los fabrican empresas que pertenecen a la misma persona. Cada vez que se vende uno de estos productos, el mismo hombre se hace cada vez más rico.

—Entonces ya tiene que ser muy rico –observó Molly.

—¿No te parece una extraña casualidad que tantos famosos elijan anunciar sus productos? –preguntó Lucy–. Ninguno de ellos promociona ningún producto de otra empresa.

—Bueno, supongo que les pagará montones de dinero para que lo hagan –dijo Molly.

—No creo que les pague –negó Lucy, y girando bruscamente su silla, se volvió para mirar a Molly directamente a la cara–. Creo que los hipnotiza.

—¿¿¿Qué???

—Molly, supongo que ya te habrás dado cuenta de la herramienta tan poderosa que puede ser el hipnotismo. Tienes que saber que si va a parar a las manos equivocadas, podría ser un arma muy peligrosa.

Molly asintió despacio. No quería oír lo que venía a continuación.

—Hace tiempo que sospecho –prosiguió Lucy– que algún día alguien intentará ganar muchísimo dinero recurriendo en secreto al hipnotismo. Mi bisabuelo siempre temió esta posibilidad. Tenía razón. El don de poder hipnotizar puede recaer tanto en buenas como en malas manos. Las personas malvadas que tienen el don de hipnotizar son muy codiciosas y destructivas. Este magnate es un hombre muy peligroso.

En la pantalla aparecía una imagen gigante de la cabeza y los hombros de un hombre alto y elegante, de pelo cano, que lucía una gorra de béisbol y estaba agarrado del brazo de dos jugadores de béisbol muy famosos.

—Es el dueño de la empresa que fabrica las zapatillas de deporte Cohete, las chocolatinas Paraíso, las barritas Energía Ligera y todos y cada uno de los productos que has visto hoy en este ordenador. Es un multi-multi-millonario. Es tan rico, Molly, que en un solo día gana más dinero que toda la gente de Briersville junta durante un año entero. Se llama Primo Cell.

Molly se quedó fascinada mirando otras fotografías del elegante magnate de piel bronceada. Tenía la cara ancha, una gran nariz, una fina barbilla y una boca de labios gruesos. Ninguno de estos rasgos destacaba especialmente, excepto sus ojos. Uno era turquesa; el otro, marrón, y juntos eran asombrosamente magnéticos y seductores. Molly solo deseaba contemplarlos. Ahí estaba el magnate durante un safari, abrazando a un cachorro de león, y en otra foto, el mismo hombre se encontraba en la cesta de un globo, a mil pies por encima del suelo. Había vídeos en los que se le veía salir de restaurantes, y en fiestas con los famosos que Molly había visto antes en la pantalla del ordenador: Suky Champagne, Hércules Stone, Gloria Heelheart, Stephanie Goulash y Cosmo Ace.

—Primo Cell es un hipnotizador, estoy segura –declaró Lucy–. Yo también lo soy, y tengo mucho talento. Mi conocimiento de este arte me hizo sospechar de él hace ya algún tiempo. Desde entonces lo he estudiado con detenimiento. En esta habitación puedo ver canales de televisión de todo el mundo. Cuantas más cosas descubro, más confirmo mis sospechas. Deja que te diga otra cosa más. Hace doce años, este hombre era un total desconocido. Mira.

Apareció entonces una fotografía en la que se veía al mismo hombre, mucho más joven, vestido con unos vaqueros y una camiseta, con un cartel que decía: HAGA QUE SUS MASCOTAS SEAN VEGETARIANAS. COMPRE "RICACOMIDA PARA MASCOTAS".

—Su primer negocio fue un ridículo fracaso.

—Sin embargo, era una buena idea –comentó Molly, pensando en lo mucho que le gustaban a Pétula las fresas.

—Por eso la marca se llamaba "Ricacomida". Compara a ese hombre con el actual Primo Cell. Se está haciendo más rico y más poderoso cada día que pasa. Este hombre ahora posee cientos de empresas, y millones de personas en todo el mundo compran sus productos. Los actores los anuncian encantados, cuando normalmente preferirían estar muertos antes de que les vieran haciendo cosas así. Mira esta foto de Hércules Stone lavando los platos con el detergente Espumoso. No le está haciendo ningún bien a su carrera. Se supone que es el típico hombre glamuroso que nunca tiene que mover un dedo. No haría este anuncio si no le obligaran a hacerlo de alguna manera, si no le hubieran hipnotizado para hacerlo.

La mente de Molly funcionaba a mil por hora. Le estaba resultando difícil comprender el razonamiento de Lucy.

—¿Y no puede acudir a la policía?

—Ya lo hice. Fue una estupidez por mi parte. Por supuesto, pensaron que estaba loca. «¿Pero qué chaladura es esta?», dijeron. Una semana después tuve el accidente –Lucy se estremeció al recordarlo–. Fue una gran suerte poder salir de ese coche en llamas. Si no hubiera acudido a la policía, nada de eso habría ocurrido, estoy segura. Primo Cell se guarda bien las espaldas, Molly. Una persona como él, que esconde secretos así, tiene que hacerlo. Tiene gente bajo su poder, en las altas esferas del departamento de policía aquí y en Estados Unidos. Estoy totalmente convencida de que si vuelvo a denunciar mis sospechas, tendré otro accidente. Pero Cell se aseguraría de que esta vez no escapara con vida.

»Las cosas se están poniendo peor. La influencia de Cell se extiende como una plaga. Controla la mente de la gente, de cerca y de lejos; y la gente no lo sabe. Nuestras mentes deberían ser libres, Molly. Lo que más miedo me da es que Cell pueda tener mayores ambiciones que la de ganar dinero. La gente importante ya está diciendo que debería presentarse a las elecciones para ser presidente.

—¡Qué! ¿El presidente de Estados Unidos?

—Exactamente. ¿No querrías tú ser presidente si fueras una loca obsesionada con el poder, y fueras capaz de conseguir que la gente hiciera todo cuanto se te antojara? –Molly sabía que era cierto–. Todavía no tengo pruebas de que se vaya a presentar a las elecciones este año. Pero es muy posible. Podría conseguir que la gente lo apoyara, y tiene todo el dinero necesario para financiarse una campaña electoral.

Una idea dejó perpleja a Molly.

—Pero, Lucy, los efectos de la hipnosis no duran mucho tiempo. Primo Cell no podrá mantener a miles de personas bajo su control. Tendrá que seguir hipnotizando una y otra vez a todos esos famosos, a los policías, a los políticos y a todos los demás –Lucy asintió.

—Sí, eso sería lo lógico, pero Cell tiene ya a mucha gente bajo control, y algunas personas llevan años así. Creo que ha encontrado, no sé cómo, una manera de mantener a esa gente hipnotizada permanentemente.

53

Creo que ha descubierto una nueva forma de hipnotismo mucho más poderosa que la nuestra.

Molly hizo una mueca mientras digería estas palabras. Era una idea aterradora.

Lucy aún no había terminado.

—También estoy segura de que Primo Cell está detrás de la desaparición de Davina Nuttell. En mi investigación descubrí que Cell planeaba lanzar este año una nueva línea de ropa para niños a través de su empresa La Casa de la Moda. Encontré varias fotos suyas en los periódicos en las que se le veía saliendo del teatro Manhattan después de haber asistido a distintas sesiones del musical *Estrellas en Marte*. Supongo que quería que Davina promocionara La Casa de la Moda, igual que otros actores le ayudan a vender sus productos. Mi instinto hipnótico me dice que algo le salió mal. Tal vez Davina no estuviera de acuerdo con sus planes. Tal vez descubriera su secreto. Tal vez, de alguna manera, extrañamente, resistiera a sus poderes de hipnosis. Fuera cual fuera el motivo, tengo la corazonada de que tuvo que librarse de ella. Este secuestro marca un giro espantoso en los delitos de Cell. Controlar las mentes de la gente ya es malo de por sí, pero secuestrar niños es mucho peor. Este hombre está fuera de control.

Si alguna vez habéis montado en una montaña rusa, sabréis cómo es esa terrible sensación que uno tiene cuando la máquina sube despacito la pendiente antes de lanzarse en picado hacia abajo. Sientes en el estómago oleadas de pánico. El instinto le decía a Molly que se estaba preparando una caída vertiginosa. Se agarró con fuerza a los brazos de su silla.

Lucy le puso la mano en el hombro, como si quisiera prepararla.

—Debemos descubrir cómo funciona este tipo de

hipnotismo y cómo consigue Cell mantener a sus víctimas bajo control de forma permanente.

—¿Debemos? –preguntó Molly con un hilo de voz.

—Molly, tú tal vez no seas consciente de ello, pero tienes muchísimo talento para el hipnotismo. Posees un don muy especial. Tu actuación en Nueva York fue absolutamente asombrosa. Solo alguien tan bueno como tú puede hacerle frente a Primo Cell. Él es un maestro en este arte, no cabe duda. Cualquier persona con un talento menor que el tuyo no tendría nada que hacer a su lado. Pero tú eres fantástica. Nunca había conocido a nadie con tus poderes. Eres lo suficientemente buena como para poder ser de gran ayuda en este asunto, Molly. Y porque puedes ayudar, debes hacerlo. Si no lo haces, ocurrirán cosas espantosas en el mundo. Y piensa en la pobre Davina.

Molly enrojeció al oír las alabanzas de Lucy, pero al mismo tiempo le daba miedo lo que suponía que iba a escuchar a continuación.

—¿Qué quieres que haga?

—Quiero que vayas a Los Ángeles, en Estados Unidos, al centro de operaciones de Primo Cell —entonces apareció en la pantalla una fotografía de un edificio de oficinas de fachada azul oscuro, con palmeras delante–. Aquí es donde trabaja. Y esta es su casa –Molly vio en la pantalla una gran casa oculta tras una cortina de cedros, una alta valla y una enorme verja metálica–. Lo primero y lo más importante: tienes que descubrir si Cell está detrás del secuestro de Davina. Y luego, encontrar dónde la tiene escondida. Ayudarla si puedes. Investigar a Cell. Hablar con algunos de los famosos que han caído en sus redes. Y luego informarme de todo –Lucy hizo una pausa–. Tendrás que recurrir al hipnotismo para conseguir la información. Pero sé que puedes hacerlo. ¿Lo harás, Molly?

Molly pensó en lo desgraciada que había sido su vida antes de encontrar el libro del hipnotismo. Y lo feliz que era ahora. Le debía esa felicidad a Lucy. ¿Cómo podía negarse a ayudarla? Pero cuando dirigió su mirada a la infranqueable verja de acero y pensó en la amable bibliotecaria pugnando por escapar de su coche en llamas, tembló de miedo. No quería ir a Estados Unidos y enfrentarse a ese peligroso hombre; pero pese al temor que recorría todo su cuerpo, se sorprendió a sí misma asintiendo con la cabeza.

—Lo haré –contestó. Pero no pudo evitar añadir–: ¿pero y qué pasa si Primo Cell me hipnotiza a mí?

—No te voy a decir que no vayas a correr ese riesgo, Molly. No voy a fingir que esto no es peligroso. Pero si eso ocurriera, te aseguro que haré lo posible para salvarte.

Molly frotó una y otra vez sus manos sudorosas en los pantalones.

—Probablemente te parecerá que esta misión te viene grande –le dijo Lucy–. Pero no es así. Eres un genio del hipnotismo. Y eres una fantástica arma secreta. Te diré por qué.

»Hace ya muchos años, mi madre me dio un consejo. Me dijo: «Ten siempre una buena máscara tras la que ocultarte, Lucy. De esta manera, si alguna vez son necesarios tus poderes, podrás actuar sin que nadie sospeche nada». Lucy Logan, la bibliotecaria tan insignificante y poquita cosa, ha sido una apariencia perfecta tras la cual esconderme todo este tiempo.

»Hay mucha gente como yo, con profesiones que no llaman la atención y que fingen ser personas con muy poco poder. Pero ninguna de ellas es tan indicada para esta misión como tú. Tú, Molly, tienes la mejor máscara para esta misión. Puedes investigar a Cell sin despertar la más mínima sospecha porque tú, Molly, eres una niña. Primo Cell nunca sospecharía de una niña.

Molly se sentía como si acabara de tomarse una pastilla que iba a cambiar su vida por completo.

—¿Cuándo salgo para Los Ángeles? –preguntó.

Capítulo 7

Era una suerte que Molly llevara un faro en su bicicleta, porque ya era bien entrada la noche cuando se marchó de casa de Lucy. Enganchó el maletín que esta le había dado a la parte trasera de su bici, recorrió Briersville y siguió pedaleando con esfuerzo colina arriba.

Se sentía engañada. Ella había llegado a casa de Lucy con ganas de escuchar historias sobre el hipnotismo. En lugar de eso, Primo Cell le había robado la tarde. El personaje ya había empezado a disgustarla.

Lo que le había contado Lucy le parecía algo irreal. Era como si alguien reuniera pruebas irrefutables de que todos los pájaros son en realidad extraterrestres, que están aquí para tomar el control del mundo. Uno dudaría de que esta información fuera cierta, aunque los hechos estuvieran ahí delante para respaldarla. Así es como se sentía con respecto a Primo Cell. Sin embargo, Molly sabía por propia experiencia lo fácil que era controlar a la gente. En lo más profundo de su ser, creía que todo lo que le había contado Lucy era cierto.

La chica no se detuvo a pensar en lo que podría ocurrir si Primo Cell la sorprendía investigándolo. Si había secuestrado a Davina y se había deshecho de otras personas, entonces era un chiflado, y además, un chiflado peligroso. En ese momento, a Molly le habría gustado tener un coche muy veloz con un montón de artilugios, como los de los agentes secretos. Pero en vez de eso, solo contaba con una bicicleta.

Sin embargo, había dos cosas que entusiasmaban a Molly: Lucy le había dado permiso para hipnotizar, y además se iba de viaje a Los Ángeles.

En La Casa de la Felicidad, Gemma y Gerry limpiaban la jaula de los ratones. Los dos niños estaban a punto de descubrir algo muy extraño.

Los diez ratones de Gerry correteaban en su caja de cartón con aire perplejo.

—¿Cuándo fue la última vez que limpiaste esta jaula? –preguntó Gemma, arrugando la nariz por culpa del fuerte olor.

—He limpiado la parte sucia cuatro veces desde Navidad. Lo otro no lo he tocado porque no se ensucia.

—¿Y por qué no se ensucia?

—Porque ahí es donde duermen los ratones.

Gemma alargó la mano y sacó un puñado de paja y de trapos. Gerry cogió un montón de papeles que había en la esquina limpia.

—¿Lo ves? –dijo–. Este papel está nuevecito, solo un poco mordisqueado por el borde –entonces dejó caer el papel al suelo.

—Hay algo escrito –observó Gemma, recogiéndolo y reuniendo los fragmentos de papel–. Aquí pone «El

Libro del Hip...», el resto no lo puedo leer, se lo han comido los ratones. En este trocito pone «Explicación de un antiguo arte». ¿Tú qué crees que significa?

—Ni idea –contestó Gerry, escurriendo una esponja y limpiando con ella la jaula–. ¿Tendrá algo que ver con pintar cuadros de una forma antigua?

—Es una fotocopia –declaró Gemma, pasando las páginas con cuidado–. Trata de... trata de hipnotismo. ¿De dónde has sacado esto, Gerry? ¿Hay más papeles como estos? –Gemma miró en el fondo de la jaula.

—Supongo, pero me parece que lo tiré. ¿Qué es eso del hipnotismo?

—Ya sabes, eso de que duermes a una persona y luego le dices que haga cosas. ¿Dónde encontraste estos papeles?

—En una papelera. Hace la tira de tiempo.

—¿De quién era esa papelera?

—No lo sé, sería de Ruby, o de Rocky, son los que más papel utilizan... Rocky siempre tira las letras de las canciones que se inventa. Pensé que esto era de una canción. Ay, pero Gemma, no leas eso ahora, has dicho que me ibas a ayudar con los ratones.

Gemma estaba demasiado enfrascada en su lectura como para seguir ocupándose de los ratones.

—Esto puede ser importante –murmuró–. Me voy arriba al desván a leerlo tranquilamente. Luego puedes venir tú también cuando termines de limpiar.

Veinte minutos después, Gerry y Gemma estaban sentados en el oscuro desván, iluminando con una pequeña linterna el montón irregular de trozos de papel.

—¿De verdad crees que podríamos aprender a hacerlo? –preguntó Gerry.

—Podemos probar con tus ratones –contestó Gemma.

—¿Ahora? Tengo a Víctor en el bolsillo.

—No, antes tenemos que aprender bien. Qué pena

que aquí no estén todas las lecciones. Gerry, esto es alto secreto. ¿Entendido?

—Entendido –corroboró Gerry, y chocaron sus puños para sellar el pacto.

Molly llegó a La Casa de la Felicidad ansiosa por hablar con Rocky. Esperaba que no se hubiera marchado a dar uno de sus largos paseos. No estaba en el cuarto de la tele, donde la señora Trinklebury se encontraba viendo un programa sobre labores de punto. Al final lo encontró en la cocina leyendo un periódico, con Pétula sentada en su regazo. A su lado, Nockman estudiaba un manual sobre doma de pájaros.

—Eh –susurró Molly desde la puerta.

—Oh-oh –dijo Rocky cuando Pétula y él salieron al pasillo y Molly lo agarró de la manga y se lo llevó corriendo arriba–. ¿Qué pasa? ¿De dónde has sacado ese maletín?

Molly lo condujo hasta el alféizar que había al final del pasillo del último piso y le hizo sentarse. Allí le contó en voz baja todo lo que había ocurrido en casa de Lucy Logan. Rocky escuchaba, haciendo muecas mientras intentaba seguir lo que Molly farfullaba apresuradamente. Entonces ella abrió el maletín y le enseñó las fotografías y los mapas del barrio de Primo Cell en Los Ángeles.

—Lucy piensa que ser un niño es como llevar un disfraz –concluyó Molly–, porque Cell nunca sospecharía que un niño pudiera estar investigándolo.

Rocky se encogió de hombros.

—A mí toda esta historia me parece una locura. No me la creo.

—En realidad no quieres venir; por eso no te la quieres creer.

—¿Y por qué voy a tener que ir? –preguntó Rocky, levantando la voz.

—Más te vale venir –declaró Molly, con voz serena pero firme–. Tienes que ayudarme, Rocky. Yo no soy la única que sabe hipnotizar.

—Pero yo no soy ni la mitad de bueno que tú, Molly.

—¿Así que sí que te crees esta historia?

—Yo nunca he dicho eso.

—Bueno, aunque no te la creas, disfrutarías de unas vacaciones en Los Ángeles –dijo Molly con aplomo.

—Pero...

—¿Desde cuándo rechazaría Rocky Scarlet un viaje a la soleada ciudad de Los Ángeles? –le instó Molly–. Seguro que allí no tienes asma.

—Pero...

—Rocky, no pienso ir allí sola de ninguna manera –dijo Molly, más alto de lo que hubiese querido–. Mira, allí hace mucho mejor tiempo que en Inglaterra y además hay playas. Solo estaremos un mes más o menos. No puedo hacerlo sin ti, Rocky. Ven conmigo, por favor.

De repente, Pétula se sentó y agitó la cola con fuerza. Había alguien al fondo del pasillo.

Gerry y Gemma se acercaron tímidamente. Desde el interior del desván habían oído la última parte de la conversación entre Molly y Rocky, y ahora, aunque avergonzados de que los hubieran pillado escuchando, estaban muertos de curiosidad.

—¿Qué vacaciones? ¿Qué playas? ¿Adónde vais a ir? Nosotros queremos acompañaros –dijo Gemma.

—Sí –corroboró Gerry–. No podéis dejarnos aquí. La última vez que nos dejasteis aquí solos fue horrible. ¿Os acordáis?

—No podéis venir –empezó diciendo Molly. Luego

se detuvo. Gemma y Gerry nunca habían ido de vacaciones a ninguna parte. Se los imaginó en una playa, con cubos y palas; o en el mar, saltando entre las olas, o en una visita guiada por uno de los estudios cinematográficos de Los Ángeles, y se enterneció. Seguramente les encantaría, y no veía por qué habrían de ser un estorbo. De hecho, podía ser una ventaja que vinieran.

—¿Sabes, Rocky?, si la señora Trinklebury viniera también para cuidar de ellos, pareceríamos una familia de vacaciones. Y Nockman también podría ayudarnos –Molly estaba pensando que la experiencia delictiva de Nockman podría serles muy útil. Se le daba especialmente bien forzar cerraduras. Molly sumó en su cabeza el dinero del orfanato al dinero que Lucy le había prometido. A ello le añadió todo aquello que Lucy le había sugerido que podían conseguir gratis gracias al hipnotismo.

—¿Y qué pasa con los demás? –objetó Rocky–. Todos vuelven de sus cursos la semana que viene.

—¿Por qué no le pedimos a la hermana de la señora Trinklebury que los acoja a todos en su granja durante un tiempo? –sugirió Molly, que lanzó una mirada persuasiva a Rocky, y este asintió inmediatamente.

—Tendré que ir a hablar con el señor Struttfield –dijo Molly, pensando en que tendría que hipnotizar al director de su colegio–. De acuerdo, Gemma. Cuando la señora Trinklebury termine de ver su programa en la tele, le diré que nuestro benefactor nos ha pedido que vayamos todos a Los Ángeles.

Rocky sonrió de oreja a oreja.

—Y yo voy a buscar un hotel agradable para todos nosotros, y que Nockman se encargue de los billetes de avión. Saldremos lo antes posible.

—¿Eso quiere decir que nos vamos? –preguntó Gerry, que no estaba muy seguro.

—Claro que sí, nos vamos todos a L. A. –afirmó Rocky.

—¡Yupiiiiiiiiiiiiiiiiiiiii! –gritó Gerry–. ¡Yupiiiiiiiiiiiiiiii! –y sin saber qué hacer con toda esa alegría, se puso a saltar como un canguro que ha tomado demasiada cafeína–. ¡ELE-A, ELE-A, ELE-A! –gritaba, corriendo sin parar de un extremo al otro del pasillo. Entonces se detuvo un momento.

—¿Dónde está ELE-A? –preguntó.

—L. A. es lo mismo que Los Ángeles –le explicó Rocky–. Está en California, en Estados Unidos.

—¿En Estados Unidos? ¡Qué guay! –después de eso, Gerry ya no pudo estarse quieto. Bajó la escalera dando brincos, siguió saltando en el vestíbulo y volvió a subir y bajar dando botes, gritando–: ¡Ya no iremos al cole! ¡NO IREMOS AL COOOOOLE!

Gemma les dio mil veces las gracias a Molly y a Rocky y luego se fue corriendo a su habitación a hacer la maleta.

—Es la decisión correcta –dijo Molly–. Porque si no los lleváramos con nosotros, y allí nos ocurriera algo malo, entonces ya sí que nunca podrían irse de vacaciones.

—¿Y qué podría ocurrirnos? –preguntó Rocky, arqueando las cejas.

—¿Lo mismo que a Davina? No sé. Pero este señor Cell es un loco muy poderoso. Y un fantástico hipnotizador. Ay, madre, Rocky, ¿en qué nos estamos metiendo?

—En problemas –contestó Rocky con naturalidad.

—Sí, en mil toneladas de problemas –convino Molly.

Capítulo 8

Durante los tres días siguientes, Molly asistió a una erupción de actividad en La Casa de la Felicidad.

La señora Trinklebury estaba tan encantada con la idea de marcharse de vacaciones, que tiró su delantal al fuego para celebrarlo. Estaba emocionadísima con lo de ir a Los Ángeles y a Hollywood, la capital del mundo del cine, hogar de las estrellas a las que veneraba. Albergaba esperanzas de conocer a algunas de ellas.

A Gerry le preocupaban un poco sus ratones, y se pasó mucho tiempo construyéndoles una jaula portátil, mientras Gemma ocupaba las horas tumbada en su cama, leyendo las páginas fotocopiadas del libro del hipnotismo, que guardaba debajo de su almohada.

—¿Tú crees que el agua del mar estará calentita, Rocky? –preguntó Gerry mientras buscaban unas maletas en el trastero.

—¿Calentita? Estará ardiendo. Vamos a Los Ángeles, Gerry. Está en el Pacífico, en la costa oeste de Estados Unidos. Es un lugar desértico. Allí no llueve casi nunca. En marzo, la temperatura puede alcanzar los treinta grados. O sea, que hace más calor que en Briersville en pleno verano.

—Si es un desierto, entonces ¿cómo es que la gente puede vivir allí? ¿Qué beben? No puede haber mucha gente –comentó Gerry, contemplando un agujero que había en la madera del rodapié–. ¿Sabes?, ahí dentro hay un ratón.

—Hay un montón de presas en las montañas de detrás de la ciudad –explicó Rocky–, y grandes embalses, que es de donde sacan el agua. Nockman me dijo que Los Ángeles tiene ocho millones y medio de habitantes. Por cierto, en todo Estados Unidos hay doscientos setenta millones.

—¿Y cuántos ratones hay en Estados Unidos? Eso es lo que quiero saber yo –dijo Gerry.

—Billones, supongo –Rocky sacó un baúl metálico cubierto de polvo. El baúl estaba oculto detrás de una capota de cochecito de niño de un color rojo desvaído.

Cuando bajaron cargados con el baúl y las tres viejas maletas, se dieron cuenta de que el baúl estaba cerrado. De modo que Nockman probó numerosas combinaciones y finalmente metió una ganzúa en las cerraduras, hasta que consiguió abrirlo.

A Nockman no le hacía muy feliz la idea de regresar a Estados Unidos. Allí era donde había pasado toda su vida, y no quería recordar su terrible pasado y los delitos que había cometido. Le preocupaba caer en la tentación de volver a hacer algo malo; pero la señora Trinklebury, que le estaba ayudando a reformarse, dijo que sería positivo para él. De modo que Nockman construyó con sumo cuidado una jaula de viaje para sus periquitos. Molly le había dicho que el benefactor del orfanato se ocupaba de arreglar las gestiones necesarias para el transporte de todas las mascotas. Nockman la creyó automáticamente. Siempre respetaba lo que Molly decía, aunque no sabía muy bien por qué. Se alegraba de que sus pájaros pudieran viajar, porque de no ser así, él no hubiese querido ir.

Había que arreglar dos asuntos mediante hipnotismo. De uno se ocuparía Rocky, y del otro, Molly.

El reto de Rocky consistía en encontrar habitaciones de hotel donde todos ellos pudieran alojarse. Su viaje a Los Ángeles coincidía con la temporada más ajetreada del año. Solo faltaba una semana para la noche de los premios de la Academia de Cine, en la que los mejores actores y actrices, directores, productores y demás recibirían las preciadas estatuillas doradas que premiaban su trabajo. Todas las habitaciones de todos los hoteles de la ciudad estaban reservadas desde hacía meses.

—Odio tener que hacer esto —dijo Rocky descolgando el teléfono—. Por nuestra culpa, hay gente que va a perder sus reservas.

—¿No te preocupa que se te haya podido olvidar cómo hipnotizar a larga distancia? —preguntó Molly, pero Rocky negó con la cabeza.

—Hipnotizar es como montar en bicicleta, ¿no te parece? Una vez que has aprendido, no lo olvidas nunca —Molly admiraba la seguridad de Rocky y se quedó muy impresionada cuando, diez minutos más tarde, salió del cuarto de la tele con la noticia de que ya tenían reservados dos *bungalows* y una habitación en un hotel llamado Castillo Marmoset.

—Solo me ha hecho falta un poquito de tiempo —dijo Rocky—. En cuanto me escuchan un rato, entre mis manos todos se transforman en un trozo de plastilina.

Molly, sin embargo, estaba nerviosísima con el reto que le correspondía a ella. Tenía que ir a ver al director del colegio e hipnotizarle con el fin de que les diera permiso a Rocky, Gemma, Roger, Gerry y a ella misma para marcharse a Los Ángeles, y al resto de los niños del orfanato para que se quedaran en la granja de la hermana de la señora Trinklebury. A Molly le preocupaba haber perdido sus poderes hipnóticos, sobre todo desde que había experimentado esa helada sensación de fusión al tratar de hipnotizar al arbusto.

No tenía motivos para preocuparse, porque una vez en el despacho del director no necesitó fulminar al señor Struttfield con sus ojos verdes.

Empezó explicándole que el viaje a California era fundamentalmente educativo. Habían estado estudiando en clase los terremotos, el desierto y el Parlamento norteamericano, que allí recibía el nombre de Congreso, de modo que el viaje sería muy informativo. Y añadió que como la mayor parte de este transcurriría durante las vacaciones de Semana Santa, solo perderían algunas semanas de clase.

—A los otros niños les han pedido que se queden en una granja de cerdos, donde aprenderán muchas cosas sobre esos animales... ya sabe, cosas sobre cerdos, sobre porquería, sobre estiércol y sobre... esto, sobre agricultura, eso es. También es muy educativo.

Parece ser que al señor Struttfield se le antojó una idea espléndida, porque dijo:

—Estoy muy impresionado de que hayas venido tú misma a pedirme permiso, Molly. Me gusta que los alumnos tengan iniciativa. Un buen jugador de golf tiene iniciativa. Vamos, que si quieres que la bola vaya en una dirección determinada, tienes que aprender a golpearla. No hay que esperar que otro lo haga por ti... ¿no te parece?

—Sí, señor.

—Si quieres saber mi opinión, pienso que las granjas deberían ceder sus tierras a los campos de golf, ¿no crees, Molly? –Molly no dijo nada.

—De modo que os vais todos a Los Ángeles y a una granja. Bueno, pues espero que tengáis una experiencia muy educativa y, si podéis, jugad un poco al golf por mí, ¿eh?

—Gracias, claro que sí, señor.

Dicho esto, sonó el teléfono y, al descolgarlo, el señor Struttfield le hizo una seña a Molly para indicarle que podía irse.

Molly no se lo podía creer. Le había convencido para faltar a clase sin tener que recurrir al hipnotismo, a no ser que su mera presencia provocara algún tipo de efecto hipnótico. No sabía exactamente por qué el señor Struttfield había resultado tan fácil de convencer, pero, sintiéndose muy satisfecha consigo misma, Molly volvió a su aula.

Y así fue como por fin, unos días más tarde, llegó un minibús a La Casa de la Felicidad, y a bordo subieron treinta y ocho pasajeros (cinco niños, dos adultos, veinte periquitos, diez ratones y un perro). Incluso Roger estaba contento, pues, según dijo, se alegraba de alejarse de las voces que oía dentro de su cabeza.

Cuando llegaron al aeropuerto, la señora Trinklebury era presa del pánico. Nunca había volado en avión, y estaba muerta de miedo. El señor Nockman le cogió la mano y le explicó que al año moría más gente por culpa de una coz de burro que de un accidente aéreo. Molly llevó a su pandilla hasta el mostrador de facturación y muy pronto todos facturaron el equipaje.

Molly había advertido a Gerry y a Nockman de

que no deberían decir bajo ningún concepto que sus mascotas iban en el avión, porque si no, las gestiones del benefactor no servirían de nada. Ambos prometieron no decir ni una palabra. Los ratones y los periquitos estaban metidos en dos cajas con agujeros, para que así pudieran respirar, junto a la cesta de viaje de Pétula en el carrito de Molly. Todos los demás pasaron por el control de pasaportes y de rayos X, y de ahí, a la zona de tiendas libres de impuestos del aeropuerto.

Molly sintió que se mareaba. Se arrepintió de no haber ensayado sus poderes hipnóticos con el señor Struttfield. En ese momento, solo conseguiría pasar el contenido de su carrito por los rayos X si sus poderes hipnóticos seguían siendo tan buenos como siempre.

Uno de los policías que accionaba la máquina de rayos X le hizo un gesto para que se acercase. Dentro de la cesta de viaje, Pétula daba vueltas y vueltas tratando de encontrar una postura cómoda. Molly tragó saliva y empujó el carrito hacia el policía.

Mientras se acercaba, se concentró en provocar la sensación de fusión y cargó su mirada de fuerza hipnótica. Molly ya no necesitaba recurrir a la antigua forma de hipnotizar, utilizando un péndulo o hablando despacio con una voz monótona que incitaba al trance. Ella utilizaba su propio talento especial, que era eficaz en solo unos segundos. Ese era el método idóneo para ese momento. Había dos policías, uno que vigilaba la pantalla de la máquina de rayos X, y otro que cacheaba a los viajeros para asegurarse de que no llevaran armas ocultas. Necesitaba mirarlos a los dos a la vez, una sola vez, para que ambos cayeran bajo su control inmediatamente.

De hecho, Molly estaba tan decidida a que sus poderes hipnóticos funcionaran que calculó mal la fuerza de su mirada. Cuando miró a los ojos de los policías, la poderosa mirada que les lanzó podría haber hipnotizado a dos elefantes. En un segundo, los dos policías sentados detrás de la máquina se pusieron muy tiesos, como si hubieran recibido una descarga eléctrica, y el que cacheaba se sintió de pronto tan relajado que empezó a tararear una canción a pleno pulmón.

—¡Silencio! –susurró Molly. Miró a su alrededor nerviosa para asegurarse de que nadie los estaba observando. Y como no vio a nadie, durante unos segundos pudo disfrutar de la cálida sensación de fusión, feliz de que hubiera regresado, dejándose invadir por ella de pies a cabeza.

—Bien, vosotros dos –dijo tranquilamente–, me vais a dejar pasar sin examinar mi equipaje. Cuando me haya ido, pensaréis que habéis comprobado mis maletas y que todo estaba en orden. Luego os despertaréis. ¿Está claro?

Ambos policías asintieron. El momento de tensión había pasado. Molly franqueó el control y llegó a la zona comercial. Riéndose entre dientes, se dirigió hacia una tienda de máquinas fotográficas. Necesitaba una cámara miniatura y muchos carretes.

Desde el interior de su cesta, Pétula reconoció los aromas del aeropuerto, y se preguntó dónde la llevaría Molly esta vez. Dentro de su oscura caja, los periquitos oían los murmullos y zumbidos de la terminal de salida, pensando que eran extraños trinos de pájaros. Los ratones trataban de dormir en su nido, pero les resultaba difícil, pues un lejano gigante no cesaba de anunciar acontecimientos.

«Los pasajeros del vuelo con destino a Los Ángeles, embarquen, por favor, por la puerta número tres.»

El vuelo no se pareció en nada al viaje solitario de Molly a Nueva York antes de Navidad. Aquel fue caótico y ruidoso. Cuando el *jumbo* despegó, la señora Trinklebury se puso a recitar a gritos sus oraciones, y estuvo así durante la mayor parte del vuelo.

Cuando el avión había recorrido la mitad del trecho sobre el Atlántico, Gerry perdió un ratón. Se trataba de Víctor, su mascota preferida, que se escapó y se dirigió al servicio, y allí se quedó encerrado con una peluda mochilera. Cuando esta salió despavorida del retrete, diciendo que había visto una ardilla, Víctor regresó tranquilamente al asiento de Gerry.

—Señora, es imposible que pudiera subir a bordo una ardilla –le aseguró la azafata a la mochilera–. Es un vuelo muy largo. Tal vez debería usted beber un poco de agua y hacer algunos de los ejercicios que recomendamos.

En una situación normal, Molly habría querido bajarse de un avión así, pues la señora Trinklebury le hacía sentir un poco de vergüenza ajena; pero en esta ocasión le habría gustado que el vuelo no terminara nunca, para retrasar así la peligrosa investigación de Primo Cell, y así se lo hizo saber a Rocky.

—Si tú tienes miedo –le contestó este–, piensa en lo aterrorizada que estará Davina, dondequiera que se encuentre. Si sigue viva, y si Cell la ha secuestrado, te necesita para que la rescates.

—Ella es el único motivo que tengo para ir –dijo Molly–. No pondría en peligro mi vida solo para velar por esas estrellas de cine. Bueno, creo que se lo debo a Davina. Al fin y al cabo, antes de Navidad le robé su papel en *Estrellas en Marte*.

Molly se agachó para meter una rodaja de salami en la cesta de Pétula. Qué bien se portaba la perra carlina en los aviones.

Once horas después, el *jumbo* sobrevolaba las brillantes luces de la ciudad de Los Ángeles. Molly contempló la enorme ciudad que se divisaba por debajo del avión. Parecía extenderse cientos de kilómetros en todas las direcciones. Molly no podía evitar preguntarse dónde estaría Primo Cell en ese momento, en qué preciso lugar entre todos aquellos millones de edificios.

Entonces los neumáticos chocaron contra el asfalto y el avión los depositó a todos en el suelo, sanos y salvos. Todos atrasaron ocho horas sus relojes. Eran las siete de la tarde.

Poco después se encontraban medio dormidos en la sala de recogida de equipajes, esperando a que llegaran sus maletas. Los únicos que todavía tenían un poco de energía eran Gerry y Gemma, que jugaban a sentar a los superhéroes de juguete de Gerry en la cinta transportadora de las maletas.

Molly contemplaba una maletita roja que daba vueltas sobre la cinta. Pese a lo agotada que se sentía, dejó que sus ojos se posaran sobre ella, absorbiendo su superficie rugosa y el color de sus hebillas oxidadas. Durante un momento, Molly tuvo la sensación de que el aeropuerto estaba muy lejos, y era como si la maleta y ella fueran lo único que existía bajo el techo de la terminal. Un segundo después, Molly sintió como si la maleta estuviera dentro de su mente. Era una sensación extraña, pero no del todo nueva. Le recordaba lo que sentía cuando hipnotizaba a una persona. Una sensación escurridiza, que se daba justo antes de que la persona entrara en trance. Entonces Molly podía sentir que su personalidad se debilitaba, y empezaba a pasar a su poder. Era una sensación que formaba parte de la hipnosis. Molly pensó en lo extraño que era sentir eso con una maleta, y entonces, mientras la miraba con ojos soñolientos, la conocida y cálida sensación de fu-

73

sión comenzó a extenderse por su cuerpo. Pero esta vez, un segundo después, la sensación se volvió fría como el hielo. Era exactamente lo mismo que le había ocurrido con el arbusto en forma de perro. Anonadada, Molly dejó de concentrarse en la maleta.

Qué extraño. Era obvio que esto tenía algo que ver con mirar fijamente a un objeto. Molly se preguntaba qué pasaría si dejaba que la helada sensación continuase. ¿Qué podría pasar? ¿Vería entonces que había hipnotizado al objeto en cuestión? Eso era ridículo. ¿Cómo se podía hipnotizar a una maleta? Molly decidió que la próxima vez experimentaría hasta dónde la llevaba la sensación fría de fusión.

Todos reunieron sus maletas y sus jaulas y las colocaron en los carritos de equipaje. Aturdidos y cansados, se dirigieron a la cola de los taxis. Nadie reparó en un mozo de equipaje que se aproximaba a Molly.

—Eh, perdonad –dijo, con una sonrisa feliz por haber reconocido a Molly–, ¿no sois vosotros los chicos que salen en el anuncio de "Dales una infancia feliz"?

Capítulo 9

Molly se quedó atónita. Nunca se le había pasado por la cabeza que el anuncio con fines benéficos que habían rodado en Nueva York antes de Navidad hipnotizando a los telespectadores lo hubiera podido ver la gente de Los Ángeles. ¿Cuántas personas más la habrían reconocido en el aeropuerto?

—Esto, sí... sí, somos nosotros –le dijo con desgana.

—Buen trabajo –dijo el mozo muy sonriente–. ¡Dejadme que os ayude, chicos! –cogió el carrito de Molly y los llevó a la cabecera de la cola para los taxis. Allí cargó su equipaje en una camioneta y se despidió de ellos con un gesto.

—Menos mal que, según Lucy, pasaríamos más desapercibidos por ser jóvenes –se quejó Rocky mientras se sentaban–. Lo más probable es que Primo Cell viera el anuncio, y desde entonces haya estado buscando a dos niños hipnotizadores –Molly estaba demasiado aturdida por el incidente como para decir palabra.

—Bueno, solo podemos esperar que no haya visto el anuncio –trató de tranquilizarla Rocky.

El taxibús salía ya del subterráneo del aeropuerto, dirigiéndose hacia la ciudad de Los Ángeles. Molly, sentada delante con Pétula sobre sus rodillas, se estaba arrepintiendo de haber venido. Para no pensar en Primo Cell, intentó distraerse mirando el paisaje. Pero fue en vano. El taxibús dejó el aeropuerto, pasó por delante de aparcamientos, alambradas y hangares donde dormían aviones *jumbo*, y dejó atrás pequeñas fábricas donde se preparaba la comida que se vendía luego en el aeropuerto. Después pasaron a una carretera que tenía grandes vallas publicitarias a cada lado. Había anuncios de navajas Ris Ras, de la nutritiva sopa Marinerita y del papel higiénico Septickex, en el que se veía al boxeador King Moose peleando contra un rollo de papel gigante. La influencia de Cell se extendía por todas partes. Otro cartel que se veía por doquier era el de un político con un sombrero de vaquero. Debajo de su chaqueta roja, blanca y azul se leía en letras negras: GANDOLLI, PRESIDENTE EN NOVIEMBRE. Molly pensó que, por lo menos, no había ningún cartel que anunciara a Cell como presidente.

El taxibús se metió por la autopista. Todos los coches eran enormes, los camiones eran el doble de grandes que en Inglaterra y había cuatro carriles en lugar de tres. A lo lejos se veían innumerables colinas cubiertas de maleza. Sobre ellas se disponían varias torres de perforación con máquinas que extraían el petróleo del suelo. Cada una tenía el tamaño de una casa pequeña. Parecían pájaros monstruosos con patas metálicas y palas en forma de pico que, con un movimiento de vaivén, se hundían en el suelo una y otra vez.

Mientras Molly contemplaba el movimiento repetitivo de las máquinas, no podía evitar pensar que tal vez Primo Cell ya hubiera distribuido hombres por todo el país para que buscaran, incluso bajo tierra, a los niños que habían rodado el anuncio hipnótico. Probablemente quisiera deshacerse de ellos, como había hecho con Davina Nuttell. Los grandes y despiadados pájaros de hierro la aterrorizaban.

Pronto empezaron a verse pequeños edificios residenciales a ambos lados de la carretera, y luego, otros más grandes. El taxibús recorrió una larga calle comercial llena de concesionarios de vehículos de ocasión y bares. De ahí pasaron a otra calle con tiendas de ropa y restaurantes. Un enorme cartel en el que se veía la cara sonriente de Hércules Stone anunciaba la película *La sangre de un desconocido*. Unas grandes letras proclamaban: NOMINADA PARA TRES PREMIOS DE LA ACADEMIA. MEJOR PELÍCULA, MEJOR ACTRIZ PROTAGONISTA, MEJOR GUIÓN. Molly miró a una persona que hacía *footing* por delante de una tienda de comida rápida llamada Donuts de Urgencia: «Abierta 24 horas, que no cunda el pánico». Pétula irguió las orejas al ver a un grupo de cinco perros a los que sacaba a pasear una mujer en patines.

—Las afueras de Los Ángeles no se terminan nunca –le comentó Molly al conductor.

—¿Las afueras? –preguntó este–. Esto no son las afueras. Esto ya es Los Ángeles. Esta es la ciudad de Los Ángeles, querida.

—¿Pero dónde están los rascacielos? –preguntó Molly, convencida de que el conductor se equivocaba.

—Oh, hay algunos en el centro, pero, muñeca, esta no es una ciudad de rascacielos. Es una ciudad de jardines y bonitos edificios de poca altura, que es lo mejor, porque aquí tenemos terremotos, ¿sabes? Estamos sobre la falla de San Andrés. De hecho, ya casi hemos llegado a vuestro hotel, en pleno centro de Los Ángeles. Es uno de los edificios más altos que encontraréis por aquí.

—Pero en el centro de la mayoría de las ciudades, los edificios están apiñados unos al lado de los otros –objetó Molly.

—Sí, eso es porque en la mayoría de las ciudades hay poco espacio. Esta es una ciudad joven, y siempre hemos tenido espacio para dar y tomar.

Al fondo de la ancha avenida, detrás de una enorme valla publicitaria en forma de botella de Skay, se veían abruptas colinas cubiertas de edificios.

—Allá arriba –señaló el conductor– está la sierra de San Gabriel, y allí –señaló con el dedo hacia atrás– está el valle de la Muerte. Pero ahí no se os ha perdido nada, hace tanto calor que se pueden asar unas chuletas en el capó del coche.

El taxibús se escurrió entre los vehículos y subió por una empinada cuesta al otro lado de la carretera. Molly vio un pequeño cartel semioculto entre las hojas. El Castillo Marmoset. Molly descubrió entonces un edificio que parecía sacado de un cuento de hadas, con torres y torretas. Había diez pisos con pequeños balcones. La entrada tenía forma de cueva y allí en la base esperaban tres hombres para descargar el equipaje del taxibús. Más que porteros, parecían estrellas de cine.

—Bienvenidos al Castillo Marmoset.

Todos estaban muy emocionados por haber llegado, ya que se sentían aturdidos y algo deshidratados a causa del largo vuelo, y además tenían los ojos tan secos como la mojama. Montados en el ascensor que los llevaba a la recepción del hotel, Molly reparó en la pinta tan rara que tenían todos ellos, cargados con cajas llenas de ratones y periquitos. Nockman además lucía una barba de varios días que le cubría la mitad de la cara.

El vestíbulo del hotel era oscuro y muy elegante, con altos techos y suelo de piedra. Junto al vestíbulo había un suntuoso salón abarrotado de gente y de aspecto decadente. Unas cuantas personas miraron con aire desaprobador a la pandilla de niños. Nockman se separó del grupo para buscar el servicio de caballeros.

Entonces, Molly sacó de su mochila los pasaportes de todo el grupo y los extendió sobre el mostrador. Un recepcionista que tenía la piel como la de un aguacate observó con preocupación a Roger, que se había abrazado a una pequeña palmera.

—¿Ese niño os acompaña? –preguntó.

—Sí –contestó Molly, girando la cabeza–. Se tranquilizará enseguida, solo tiene el síndrome de llevo-demasiadas-horas-en-un-avión.

El recepcionista miró a los cinco niños que tenía delante.

—Me temo que no puedo daros las habitaciones hasta que venga un adulto responsable.

—Brrr –gruñó Molly–. Sinceramente, somos tan responsables como los adultos –y para evitar perder aún más tiempo, clavó los ojos en los del hombre hasta dejarlo manso como un corderito, y dispuesto a obedecerla en todo. Luego organizó el tema de las habitaciones. Decidió que Nockman dormiría en el hotel, y los demás se repartirían en los dos *bungalows* del jardín.

La señora Trinklebury llegó justo cuando el recepcionista sonreía obedientemente. Se había retrasado un poco porque había coincidido en el ascensor con Cosmo Ace, el famoso actor, y le había seguido hasta el séptimo piso, donde se encontraba el gimnasio. Allí le había contemplado pedalear sobre la bici estática. Molly se dio cuenta de que a la señora Trinklebury le iba a encantar el Castillo Marmoset.

Nockman cogió la llave de su habitación y desapareció escaleras arriba con su equipaje y sus periquitos. El resto del grupo siguió a un botones.

En los jardines, donde ya había caído la noche, se veían unas estufas de acero en forma de sombrilla que despedían calor sobre los clientes sentados debajo de ellas.

Mientras recorrían un sendero serpenteante entre jardineras con pensamientos, algunos retazos de conversaciones llegaron a los oídos de Molly:

—Dice Steve que le encanta tu guión, pero quiere que lo dirija Spelkman. Eso convencerá a Tinsel Films para rodar la película.
—Pero Spelkman es un bodrio. Sus películas son una basura. No sabe dirigir a los actores. Oh, no, esto es terrible.
—Es la única manera, Randy.

—Eres perfecta para el papel, Sarah.
—Pero yo ya no quiero hacer papeles serios. Soy una actriz cómica –dijo Sarah muy seria.

—Y ahora escúchame bien, Bárbara. No quiero que nadie que coma carne me peine, me maquille o me haga la manicura. ¿Está claro? No quiero nada de esa energía negativa cerca de mí.
—De acuerdo, Blake.

—Bueno, ¿y qué te vas a poner para la noche de los Oscar, Jean? Recuerda que la estarán viendo en todo el mundo.
—Iré lo más ligerita de ropa que pueda. Quiero salir en las pantallas de televisión y que me saquen todas las fotos posibles.

Recorrieron un camino flanqueado por setos de espino y lleno de una densa vegetación formada por palmeras que susurraban mecidas por la brisa. El *bungalow* de la señora Trinklebury y de Roger estaba situado cerca de un jardín con una cascada entre rocas que iba a dar sobre una piscina. Roger dio palmaditas en el tronco de un ficus de grandes hojas y, desde el interior de su jaula, el loro del hotel respondió a su gesto con un graznido.

Los otros siguieron al botones, que los condujo por un camino de piedras hasta la puerta del mejor *bungalow*.

Era perfecto para Pétula, porque tenía delante un jardincito privado con una valla y una puertecita de madera. El *bungalow* era un moderno edificio rectangular cuya fachada principal estaba acristalada. Dentro había un gran salón con un sofá en forma de L y un televisor, y junto a este, una pequeña cocina.

—Vendrá alguien a limpiar lo que ensucien al cocinar –dijo el botones–. Pero por supuesto, si no quieren cocinar, siempre pueden hacer uso del servicio de habitaciones del hotel.

Sobre un mostrador había una cesta llena de caramelos y galletas saladas.

—Rellenaremos la cesta de galletas siempre que lo necesiten.

Gemma se puso a hojear el folleto encuadernado en cuero con fotos del hotel.

—¡Eh, mirad! El hotel tiene una videoteca, y se pueden alquilar cientos de películas. Y también discos... –Gemma se pasó diez minutos al teléfono, llamando a los demás. Pidió comida al servicio de habitaciones y, veinte minutos después, llegó un carrito lleno de platos cubiertos con tapas plateadas. Filetes, patatas, batidos y, como no tenían zumos concentrados, Molly pidió sirope de granadina. El camarero del servicio de habitaciones le explicó que se hacía con granadas, y que era un sirope que normalmente se tomaba mezclado con limonada, y que cuando se mezclaba con gaseosa, en Estados Unidos ese cóctel se llamaba "Shirley Temple".

Molly probó el concentrado de granadina que le habían servido en un vaso lleno de hielo. Sabía que Shirley Temple era una niña actriz de 1930, y entonces se acordó de Davina. Esperaba que se encontrara bien, dondequiera que estuviera. Luego fue a acostar a Gemma y a Gerry.

Molly se despertó en mitad de la noche, con la sensación de que era ya por la mañana. En Briersville ya serían las diez de la mañana. Le costaba volver a conciliar el sueño porque los ratones de Gerry hacían ruido jugueteando en su jaula, y en el jardín crujían las ramas de un árbol.

Molly pensó que ojalá estuviera en ese lujoso hotel para disfrutar de unas vacaciones, y no para embarcarse en una misión incierta. Investigar a Primo Cell ya le había sonado peligroso en Briersville. Ahora, además le parecía imposible. Reflexionó sobre lo que tendrían que hacer exactamente Rocky y ella, ahora que estaban en el territorio de Cell. Decididamente, lo más importante era descubrir si aquel hombre estaba detrás del secuestro de Davina Nuttell, y si así era, encontrar a la niña.

Mientras Molly trataba de conciliar el sueño, dos fotografías de las que le había enseñado Lucy ocupaban su mente una y otra vez. Una era la de Cell vestido con ropa de cazador, con un rifle bajo el brazo y dos faisanes sin vida sobre el hombro. La otra era del mismo personaje en un safari, con un fusil más grande y el pie apoyado sobre el flanco de un gran antílope muerto.

Molly alargó la mano para acariciar a Pétula. Era obvio que Primo Cell disfrutaba matando.

Capítulo 10

Al día siguiente muy temprano, Gerry despertó a Molly llamando a la puerta de su habitación. Llevaba un traje de baño, flotadores en los brazos y un enorme albornoz del hotel que arrastraba por el suelo.

—¿Vienes, Molly? Sirven el desayuno junto a la piscina. Vamos a tomar tortitas.

Durante un momento, mientras el sol bañaba la habitación, Molly creyó que se encontraba en La Casa de la Felicidad en una calurosa mañana. Pero de pronto, el recuerdo de lo que tenía que hacer ese día ensombreció su humor despreocupado. La chica soltó un gruñido.

Media hora después, Rocky y ella estaban sentados en pijama en el suelo de la habitación de Molly. El contenido del maletín de Lucy Logan estaba extendido ante ellos.

—Bien –empezó diciendo ella–, si queremos descubrir algo, tendremos que registrar la casa de Primo Cell, su cuartel general, y tendremos que interrogar a las estrellas de cine que ha hipnotizado. Si hacemos todo eso, tal vez descubramos algo sobre Davina.

—Propongo que llamemos a Nockman y le preguntemos qué necesita para abrir cerraduras y combinaciones de cajas fuertes –dijo Rocky–. Luego, esta noche, cuando la oficina de Cell esté vacía, deberíamos entrar y registrarla. Si Lucy está en lo cierto y Cell planea hipnotizar y mantener en estado de hipnosis a miles, tal vez millones de personas, y si ya tiene a cientos bajo su control, no puede guardar toda esa información en su cabeza. Tendrá que tener archivos, ya sea en papel o en un ordenador. Tiene que haber un lugar secreto donde guarde todos esos datos. Estarán bajo llave en un armario o en una habitación. Apuesto a que en su oficina encontraremos algo que nos indique si está involucrado en el secuestro de Davina Nuttell.

—Pero ¿por qué su oficina? ¿Por qué no su casa?

—Porque por la noche estará durmiendo en su casa, Molly. Despierta.

—Vale, vale –Molly extendió el mapa de Los Ángeles para que pudieran verlo los dos–. El edificio de su oficina está en Westwood, cerca de Beverly Hills. Podemos coger el autobús 67.

—¿El autobús?

—Así no llamaremos la atención. Nos llevaremos a Pétula con nosotros, y así pareceremos dos chicos que pasean al perro con su... hmm... con su tío.

Treinta minutos después, Nockman estaba dócilmente plantado delante de ellos. Llevaba una camisa de manga corta con un estampado de pájaros exóticos y unas bermudas de flores que le había comprado la señora Trinklebury. Estaba ahí con la boca abierta, y

Molly observó que tenía seis o siete empastes. Pétula olisqueó sus pies peludos calzados con unas chanclas.

—Odio tener que hacerle esto otra vez —dijo Molly—. Se estaba portando tan bien. Espero que volverle a hacer entrar en trance no estropee su terapia. Y de verdad espero que volver a delinquir no le haga sentir nostalgia de su antigua vida.

—No estamos obstaculizando su terapia —se defendió Rocky—. Solo va a ser una noche y es por una buena causa. No recordará haberlo hecho.

—De acuerdo —dijo Molly concentrándose—. Nockman, esta noche nos vas a acompañar. Le dirás a la señora Trinklebury que tienes que hacer una gestión para nuestro benefactor, que vas a cambiar las cerraduras de su puerta principal.

—Sí —asintió Nockman.

—Tienes que traerte todo lo que puedas necesitar para abrir cerraduras, para descubrir el código de una caja fuerte y para descifrar las contraseñas de archivos de ordenador. Imagina que vas a robar una oficina ultrasegura. ¿Necesitas algo especial? —Molly calló mientras Nockman pensaba.

—Necesitaré–explosivos.

—Pues me temo que no te los podemos conseguir. Hacen demasiado ruido, y lo destrozan todo.

—Puede-que no sea-posible-abrir ciertas-cerraduras —objetó Nockman mecánicamente y negando con la cabeza. Molly miró a Rocky con preocupación. No podían utilizar explosivos. No querían que Cell supiera que habían estado registrando su oficina.

—Nadie puede enterarse de esto —dijo Rocky.

—Na–die —repitió Nockman.

—Reúnete con nosotros en la puerta del hotel esta noche a las diez —ordenó Molly—. Y ahora vete a pasar el día con tus periquitos y con la señora Trinklebury.

86

En cuanto abandones esta habitación, saldrás del trance.

Nockman asintió como un robot programado y salió pesadamente de la habitación.

Molly suspiró y abrió la puerta corredera. Se imaginaba que allí abajo, en la piscina, el personal del hotel estaría colocando las colchonetas en las tumbonas, y sacando insectos muertos del agua de la piscina con una red.

—Buen trabajo –dijo Rocky entre bostezos–. Pues ya podemos ir nosotros también a la piscina. Tenemos todo el día libre. Quiero practicar unas cuantas zambullidas.

—Ya, y que nos vuelvan a reconocer, ¿no? –dijo Molly en tono cortante–. No sabemos quién puede estar en la piscina. Si Cell es de verdad quien Lucy piensa que es, tal vez tenga espías por todas partes. No podemos correr ese riesgo.

Rocky suspiró exasperado.

—Supongo que tienes razón –cogió una foto de Cell y se puso a dibujarle un pico y unas alas. El loro del hotel graznó en la distancia: «Que pasen un buen día, que pasen un buen día».

Molly cerró las cortinas para que no entrara el sol y, cogiendo el folleto del videoclub del hotel, se resignó a pasarse el día viendo películas.

Capítulo 11

Aquella noche, a las diez en punto, Molly dejó a la señora Trinklebury en el vestíbulo del hotel. Mientras esta se tomaba un cóctel rosa y comía *pretzels*, se sentía feliz al escuchar los cotilleos de Hollywood sobre los Oscar. Ignoraba completamente dónde iban realmente Molly, Rocky, Nockman y Pétula.

Una vez fuera, todos se dirigieron a la parada del autobús que había frente al hotel. Molly y Rocky llevaban sombreros de lona para ocultar un poco sus rostros. Nockman vestía pantalón y jersey negros. Llevaba una pequeña bolsa de lona donde Molly supuso que guardaba sus herramientas.

—Tienes un aspecto... mmm... muy profesional –le dijo.

—Grrracias –contestó Nockman.

—Es su disfraz de ladrón –susurró al oído Rocky a su amiga–. Espero que este aspecto no resulte demasiado profesional. No podemos despertar sospechas. Yo llevaré las herramientas.

Pétula olisqueó el aire. Por alguna razón estaba lleno del rastro de muchos perros. Miró a su alrededor y detrás de ella vio un enorme cartel troquelado, en el que se veía la cara de un perro. Debajo podía leerse: HOTEL Y SALÓN DE BELLEZA PARA PERROS. Aunque Pétula no podía entender el letrero, sí entendía perfectamente los olores caninos que llegaban hasta ella. Su olfato detectó un labrador, un terrier de Yorkshire, un bulldog y un perro oriental. Había otras razas que no reconocía en absoluto. Encima de todos esos olores a perro, también olía a champú, a perfume y a aceites perfumados. Era obvio que ese lugar era un salón de belleza para perros. Pétula esperaba que en cuanto terminaran aquello que estaba poniendo a Molly tan nerviosa, esta la pudiera llevar a aquel salón para que le lavaran y le secaran el pelo.

—¡Guau! –ladró mirando a Molly, para enseñarle lo que había encontrado. Pero ella apenas la oyó. Terroríficas ideas daban vueltas dentro de su cabeza, como un carrusel de serpientes.

Molly pensaba que tal vez Primo Cell tuviera otros hipnotizadores en el edificio, enormes matones que trabajaban por la noche como guardias de seguridad. ¿Qué dirían Rocky y ella si los pillaban? Tendrían que fingir que no eran más que niños del barrio que se habían metido en la oficina para jugar. Pero entonces tendrían que hablar con acento americano, ¿no? ¿Y cómo explicarían lo que hacía allí Nockman, que además estaría hipnotizado y medio grogui? A Molly todo esto le daba tanto miedo como si le hubieran dicho que tenía que tirarse de cabeza a un mar lleno de tiburones.

—¿Tú crees que trabajará hasta tarde? –le preguntó a Rocky muy nerviosa.

—Qué va –le contestó este–. Le gusta salir por la noche con todos sus famosos colegas. O sea, quiero decir, con los famosos a los que ha hipnotizado. Te apuesto lo que quieras a que estará en la ciudad, en algún restaurante de moda.

Ambos sabían que este retrato inofensivo de Primo Cell no correspondía a la siniestra realidad del personaje. Así que ninguno de los dos se sintió aliviado.

De pronto, el autobús azul y blanco los sacó de sus agobios cuando se detuvo en la parada haciendo rechinar los neumáticos. Subieron y compraron los billetes. Molly se alegró de que estuviera prácticamente vacío y oscuro, y de que nadie la reconociera.

El autobús se dirigió resoplando hacia el oeste. A ambos lados de la carretera se erguían interesantes edificios. El Refugio del Vaquero era una cabaña de troncos con resplandecientes luces de neón. La Corona Esmeralda era un hotel en forma de tarta nupcial, con una alfombra que llegaba hasta la carretera, como una playa verde adentrándose en un mar de alquitrán. Pasaron delante de un cartel que anunciaba: «Gandolli, presidente», junto a una valla publicitaria gigante en forma de lagarto encima de una tienda de discos. El reptil color púrpura, sobre el que se leía «Música molona», llevaba gafas de sol y auriculares, y tenía mejor aspecto que el político tan hortera con su sombrero de vaquero. Multitud de personas se arremolinaban frente a la entrada de una sala de conciertos llamada Whisky-a-gogó. En un tablón junto a la puerta se veía quién actuaba esa noche.

—Qué genial, me encantaría entrar ahí –exclamó Rocky.

Molly estaba mirando a una persona sentada bajo un cartel luminoso que decía: «Vendo planos de las estrellas».

—¿Qué son planos de las estrellas? –le preguntó al conductor del autobús.

—Son planos con todas las calles de Beverly Hills y de Hollywood, y te indican dónde viven todas las estrellas de cine –le contestó, volviendo a colocar uno de sus cactus que adornaba el salpicadero.

—¿Qué? –se extrañó Molly–. ¿Quiere decir que los planos te indican exactamente cómo llegar hasta las casas de las estrellas?

—Sí, claro. Puedes ver cómo son por fuera las casas, pero no puedes acercarte a ellas. Tienen guardias y sistemas de seguridad. Si no, los fans se meterían en tropel dentro de las fincas.

Molly estaba atónita.

—¿Ahora estamos en Beverly Hills?

—Sí. ¿Ves qué cuidadita está la calle, con todas esas flores? Y un poco más arriba, todo se encuentra aún más cuidado. Tienen avenidas con palmeras, y parques, y si sigues subiendo colina arriba, te encuentras con las enormes mansiones. Pero nosotros nos dirigimos a uno de los barrios de oficinas –el autobús pasó como una flecha por delante de un gran edificio rosa llamado Hotel Beverly Hills.

—Me costaría el sueldo de dos semanas pasar una sola noche en la habitación más barata –declaró el conductor.

Poco después llegaron a Westwood.

—Ha sido un placer conocerte –dijo el conductor.

Las puertas del autobús se cerraron con un resoplido. Y, como si se sintiera aliviado tras soltar una ventosidad, el autobús se alejó serpenteando carretera abajo. Molly, Rocky, Nockman y Pétula estaban de pie en una ancha acera junto a una calle algo más estrecha llamada Orchid Avenue. Unos metros más abajo se veía un gran edificio que parecía un espejo, pues las paredes eran de cristal azul marino. Era el Cell Centre. Molly lo reconoció inmediatamente. El techo estaba coronado por un emblema dorado gigante: dos garras negras parecían girar alrededor de un enorme disco dorado. Molly se estremeció.

Frente al edificio se extendía un pequeño parque con limoneros. Fingiendo la mayor naturalidad posible, Molly, Rocky, Nockman y Pétula se dirigieron hacia un banco del parque. Pétula empezó a investigar rastros. Era un buen lugar desde el que vigilar la entrada de la fortaleza de Cell.

—Ese símbolo que hay en el techo es como unas garras aferrando una moneda –comentó Rocky.

—O como llamas negras devorando un mundo dorado –sugirió Molly.

—O mejor aún, como pestañas negras alrededor de la pupila dorada de un ojo. Pero si no sabes nada de Cell, entonces te parecerá un dibujo extraño, y ya está.

—Tú no crees que Cell se pueda encontrar en el edificio, ¿verdad? –preguntó Molly.

—Solo hay una manera de averiguarlo.

Capítulo 12

La pequeña expedición subió por el sendero de mosaico que llevaba a la suntuosa e iluminada entrada del edificio de Cell. Bajo sus pies, Molly reparó en el mosaico: una urraca hecha de teselas blancas y negras. Nockman la seguía caminando como un pato.

La puerta de cristal negro se abrió a su paso, y un corpulento guardia de seguridad que llevaba el pelo de punta los miró con unos ojos amenazadores, semiocultos tras unas pobladas cejas.

—¿Puedo ayudarlos en algo? –preguntó con una voz que daba a entender que preferiría estrangularlos.

—Sí, por favor –Molly contestó con mucha educación, pero ardiendo de rabia por dentro. Nunca le habían gustado los adultos groseros y maleducados. ¿Quién se creía esta bestia que era? Con mucho aplomo, levantó sus ojos verdes hacia los del guardia.

El poder hipnótico de Molly le daba mil vueltas al de cualquier hipnotizador normal y corriente. En pocos segundos era capaz de absorber la atmósfera que ro-

93

deaba a una persona y calibrar sus puntos débiles. Era capaz de sentir cuánta presión hipnótica necesitaría esa persona antes de sucumbir. Mientras miraba a los ojos al guardia, el indicador de fusión, igual que un termostato, le dijo que Pelo-pincho estaba en su punto justo de cocción. El hombre estaba ahí de pie, con expresión sobrecogida, como si acabara de ver a una diosa.

—¿Estás solo en el edificio? –le preguntó Molly.

—Sí.

Molly miró a su alrededor buscando cámaras de circuito cerrado y descubrió dos.

—¿Quién visiona las imágenes que graban las cámaras? –preguntó–. ¿Alguien las está viendo ahora mismo?

—No –negó el guardia con la cabeza–. Las imágenes-van a parar-a un banco-de memoria-y solo se visionan-si hay problemas. Como un robo-o algo así. Yo tengo un botón-de alarma-para alertar-a la policía. La policía entonces-llama a la compañía de seguridad-para ver las imágenes grabadas.

—Esta noche no pulsarás ese botón bajo ningún concepto.

—No, señora.

—Bien. Y ahora llévanos inmediatamente al despacho de Primo Cell. ¿Esperas alguna visita esta noche?

—No, señora.

—¿Alguna vez llegan visitantes sin avisar previamente? ¿Se le ocurre a veces al señor Cell pasarse por aquí sin avisar?

—Sí, señora, a veces.

—¿Sabes dónde está esta noche? –susurró Molly.

—No, señora.

—Bueno, creo que será mejor que nos lleves a su despacho.

Tras subir en un ascensor de paredes plateadas, Molly, Pétula, Rocky y Nockman tomaron por un pasillo azul de piedra que los condujo hasta un atrio circular. Allí, en las paredes de mármol se veía el mismo dibujo de las llamas oscuras, o de las garras. Al llegar ante una puerta negra, el guardia de seguridad tecleó un código en la pared. La puerta se abrió suavemente y se encontraron en el despacho de Cell.

La habitación estaba bañada por una luz azul. Era la luz de la calle, que se filtraba a través de los cristales azules del edificio.

—Puedes volver a tu sitio –dijo Molly–. Cuando desaparezcas de nuestra vista, olvidarás que estamos aquí y que te hemos hipnotizado. Te comportarás con absoluta naturalidad. Si llega el señor Cell, deberás llamar a esta habitación sin que él se entere, y avisarnos de que está aquí. Entonces nos marcharemos sin llamar la atención. ¿Cuál es el código que abre la puerta?

—Cero-nueve-seis-cero.

—Bien. Ya puedes irte –el guardia se marchó.

—De acuerdo, ahora pongámonos manos a la obra –dijo Molly–. ¿Dónde guarda sus secretos?

Molly paseó la mirada por la moderna habitación. En un lateral había una cristalera que ocupaba toda la pared y que daba sobre el parque. En otra pared colgaba un enorme óleo con una hermosa urraca sentada en un nido lleno de objetos brillantes –monedas, joyas, preciados objetos dorados y un gran diamante que parecía helado–. La pared de enfrente estaba cubierta de estanterías. El suelo era de rayas blancas y negras. Frente a la ventana había un escritorio lacado en negro de estilo *art déco*, adornado con dos colmillos blancos de elefante que reposaban sobre sendas bases de plata y se elevaban hasta casi tocar el techo.

—Qué horror –exclamó Rocky–. Yo, antes de poner en mi casa un colmillo de elefante como adorno, preferiría que me pegaran un tiro –entonces bajó la vista al suelo y se quedó boquiabierto. Se agachó y acarició la moqueta–. Todo el suelo está cubierto de una moqueta de cebra. Una moqueta de auténtica piel de cebra –Rocky estaba tan horrorizado que era incapaz de expresar lo que sentía. Pétula olisqueó el suelo. Olía a caballo.

Sintiéndose como un pez, a causa de la luz azul que casi parecía líquida, Molly le lanzó un par de guantes de goma de la marca Espumoso.

—Toma –le dijo–. Póntelos. No debemos dejar huellas dactilares –Molly también se los puso y cruzó la habitación hasta el escritorio de Primo Cell. Empezó a abrir todos los cajones. Esperaba encontrar alguno cerrado con llave.

Rocky inspeccionó la estantería buscando una caja fuerte que pudiera estar oculta.

—A lo mejor no guarda nada bajo llave. ¿No hay algún ordenador?

Molly negó con la cabeza y ojeó una carpeta llena de fotografías de esculturas que representaban grandes bestias de acero. Las manos empezaban a sudarle por debajo de los guantes.

Nockman permanecía en silencio junto a ellos, esperando sus instrucciones.

En el último cajón, Molly encontró unos documentos que mostraban el negocio que Primo acababa de comprar. Otros documentos declaraban los beneficios que habían conseguido sus empresas. Las más rentables eran Primoturbo, Compucell y Petróleos Cell, pero incluso las más modestas –Superguay, Vidasana, Ris Ras,

96

La Casa de la Moda y Energía Ligera– generaban montones de dinero. Molly nunca había visto unas cifras tan altas como las que destacaban en los extractos bancarios de Primo Cell. Pero estas cifras no eran lo que ellos estaban buscando.

Había un montón de pruebas de que Cell era inmensamente rico e influyente, y que poseía desde empresas petrolíferas hasta periódicos, pero ninguna que demostrara que era un hipnotizador.

Entonces, cuando Molly estaba a punto de sacar del cajón lo que parecía una libreta de direcciones, sus dedos percibieron el tacto de un suave tejido. Molly lo extrajo. En su mano vio un pequeño guante de armiño negro. Parecía exactamente de su talla.

—Rocky, mira esto. ¿No te parece un...?

Rebuscó en el cajón para encontrar el compañero del guante.

—¿Por qué tendrá Primo Cell un solo guante de niña en su cajón? –murmuró con voz ronca.

Rocky estaba a punto de abrir la boca cuando oyeron voces en el pasillo.

Capítulo 13

M olly empujó deprisa a Nockman para esconderlo detrás del escritorio, y allí los dos se encogieron para meterse dentro del espacio rectangular que había debajo de la mesa. Los tres desaparecieron así de la vista de los intrusos, conteniendo el aliento, como dos pececillos y una babosa sumergiéndose detrás de una roca.

—Y ahora estarás tan callado como... como un muerto –le susurró Molly muy agobiada.

Inmediatamente, Nockman puso los ojos en blanco y sacó la lengua.

—No puede ser Primo Cell –murmuró Rocky–, porque el guardia nos habría avisado.

Las teclas de la combinación electrónica sonaron cuatro veces.

—¡Pétula! –llamó Molly con un hilo de voz. La perrita estaba examinando la crin de la piel de cebra en una esquina de la habitación. Olía a algún lugar cálido y lejano. Escupió la piedra que estaba chupando para poder olisquear mejor.

Se abrió la puerta del despacho y llegó hasta ellos la voz repentinamente alta de una mujer que decía:

—La empresa de papel higiénico Septickex está funcionando bien.

Molly rezó con desesperación por que la perrita se acercara rápidamente, antes de que se encendieran las luces.

—Ha resultado muy útil la campaña publicitaria de ese boxeador... –prosiguió la mujer.

—King Moose –intervino una voz de hombre.

—Sí, eso, de King Moose diciendo que le gusta ese papel porque es lo suficientemente duro.

Las luces brillaron de pronto. Molly tenía tanto miedo que pensó que iba a desmayarse. La vena de su garganta bombeaba sangre con tanta fuerza que le dolía el cuello. Fueran quienes fueran, si se acercaban demasiado a la ventana, verían enseguida a Molly, Rocky y Nockman apretujados bajo el escritorio. En cuanto a Pétula, era un timbre de alarma a punto de activarse.

La pareja estaba de pie junto al cuadro de la urraca.

—¿Has visto el anuncio? –preguntó el hombre.

—¿Ese en el que sale King Moose boxeando contra un rollo de papel de dibujos animados y gana el rollo? Sí, me hizo reír.

—Y eso que tú no te ríes muy a menudo, Sally.

—No hace falta que te pongas borde, Sinclair. Tú tampoco es que seas la alegría de la huerta.

—El trabajo me amarga.

—A lo mejor deberías poner más comedias en tus canales de televisión –sugirió Sally.

—Ya hay un montón de comedias –replicó Sinclair–. Pero yo no tengo tiempo de verlas. Primo me hace trabajar demasiado. Y ahora, ¿podemos darnos un poco de prisa? Seguro que sabes dónde está el archivador, tú vienes aquí todos los días.

No se oía nada salvo el ruido que hacían los archivadores mientras Sally los inspeccionaba. Molly estaba petrificada por los nervios. Rocky contemplaba el suelo, tratando de permanecer inmóvil como una estatua y rezando por haberlo dejado todo en orden después de hurgar en los archivos.

—Es este –dijo Sally–. Es una pequeña empresa que fabrica relojes. Se llama Tempo. Primo me permite llevar el proyecto yo sola. Piensa que podremos conseguir que todos los norteamericanos lleven uno de sus relojes. Me voy a emplear a fondo hasta lograrlo. Convenceré a Tony Wam de que los promocione. «Un golpe de kung fu tiene que llegar justo a tiempo». Será ese tipo de campaña publicitaria. Estoy deseando contárselo a Primo.

—Te preocupa mucho agradarle.

—Mira quién fue a hablar, enchufado.

—No empieces otra vez con eso. Bueno, ¿y qué quieres que haga?

—Pues que nos otorgues unos minutos de publicidad gratis en tu canal de televisión Iceberg, claro –dijo Sally–. Toma, llévate tú estas copias.

Molly se quedó petrificada al ver que los pasos del hombre se acercaban al otro lado del escritorio. El hombre dijo de pronto:

—No me lo puedo creer. Otra vez ha entrado aquí ese perro.

Pétula levantó la cabeza desde su rinconcito junto a la puerta.

—¿Qué perro?

—Pues ese perro de ahí, mira. Me han dicho que ayer entró un perro en el edificio, y míralo, ahí está otra vez. ¿Cómo habrá entrado?

Molly abrió la boca de par en par, pero no emitió sonido alguno.

—Pobrecito. Me pregunto cuánto tiempo llevará ahí. Ven aquí, bonito –Molly oyó a Pétula acercarse a la desconocida. Siempre se moría porque le acariciaran la barriguita.

—Oh, mírala, qué linda. ¿Quieres que te rasque la barriguita? Yo diría que quiere que le hagas una prueba para uno de tus anuncios de comida para perros, Sinclair –Sally se rió–. Ay, pero qué bonita es. Mira qué naricita. ¡Oh, tienes que darle un papel, Sinclair!

—La llamaré para el anuncio de galletas para perros de la semana que viene –dijo Sinclair riéndose.

—¿Me la llevo a mi casa?

Molly se mordió el labio.

—No, Sally. La perrita vive por aquí cerca. Contrólate. La dejaremos fuera del edificio cuando salgamos –tras estas palabras se apagaron las luces de la habitación–. Vamos, perrita –dijo Sinclair silbando. Pétula, por supuesto, no se movía.

—No quiere irse. Antes quiere firmar un contrato –dijo Sally riéndose.

«Vete. VETE», pensó Molly.

Entonces, Sally debió de coger en brazos a Pétula, porque un segundo después, la puerta se cerró y las voces de Sally y de Sinclair se apagaron.

Molly y Rocky aguardaron unos minutos antes de atreverse a salir de su escondite. A la chica le temblaban las piernas. Hasta verse atrapada detrás del escritorio, no se había dado verdadera cuenta de la gravedad de la situación en la que estaban. Miraron por la ventana reptando boca abajo. Pronto vieron emerger del edificio las cabezas de Sally y de Sinclair. La mujer de pelo oscuro dejó a Pétula en el suelo, y luego se rió y señaló a la perrita al ver que esta volvía a dirigirse a la puerta de la oficina. Pétula parecía de verdad una prometedora actriz que no aceptaba un no por respuesta. Sinclair le hizo una seña irritada a la mujer para que entrara en el coche deportivo aparcado junto a la acera. Se alejaron haciendo rugir el motor.

—Brrrrr –se estremeció Molly–. Sigamos con lo nuestro. Tenemos que salir pronto de aquí.

Rocky encogió los hombros dos o tres veces tratando de relajarse.

—¿Tú crees que esos dos eran hipnotizadores? –preguntó.

—A lo mejor estaban hipnotizados. No quiero que le cuenten a Cell que han visto aquí a Pétula –Molly se inclinó sobre Nockman–. Ya puedes volver a la vida, pero en silencio, por favor –Nockman se levantó torpemente–. Tiene que haber otro lugar donde Cell guarde sus secretos –dijo Molly.

—A no ser que lo guarde todo en su casa.

Molly miró el cuadro de la urraca.

Unos minutos después, Nockman estaba en equilibrio sobre una silla con el asiento de terciopelo y, con las manos enfundadas en unos guantes Espumoso, levantó el cuadro de la pared. Allí, como otro cuadro oculto, se veía el frontal de una caja fuerte del tamaño de un horno microondas. En el centro había un dial de cobre con numeritos alrededor.

—Bin-go –exclamó Nockman, golpeando entusiasmado la cabeza contra la caja fuerte.

—¿Sabes abrirla? –preguntó Molly.

—Clarrro que sí –declaró Nockman–. Es una Glock y Guttman de 1965. Una prrreciosidad. Ya he abierrrto tres como esta en el pasado. Son como ancianas adineradas, es difícil seducirrrlas, pero valen su peso en orro.

—¿Su peso en oro?

—En orro, sí.

—No creo que a la señora Trinklebury le hiciera

102

mucha gracia oírte decir eso –dijo Molly, pensando en lo poco que había olvidado sus viejas costumbres delictivas. Nockman parecía avergonzado.

—Pero bueno, ábrela –indicó Molly.

Nockman asintió y acercó torpemente la cara a la caja fuerte, como si fuera a besarla. Se dio un golpe en la nariz. Luego aproximó la oreja al dial de cobre, y con la mano derecha empezó a girarlo.

—Espero que pueda hacerlo estando hipnotizado –dijo Rocky.

—Ajá –se regodeó Nockman, girando el dial cuarenta y cinco grados hacia la derecha.

—Confío en que no esté conectada a una alarma –comentó Molly.

—Mmmmmm –dijo Nockman con aire pensativo, girando el dial seis grados a la derecha.

—¿Cómo lo hace?

—No tengo ni idea. Ojalá se diera un poco de prisa.

—Aaaahhh –gruñó Nockman, como si acabara de descubrir a un zorro metiéndose en el corral de las gallinas.

Mientras Nockman gruñía y hacía girar el dial, Molly sacó de su bolso la microcámara. ¿Qué habría escondido Cell en la caja fuerte? Molly estaba emocionada y, al mismo tiempo, aterrorizada.

De pronto, Nockman suspiró. Giró el picaporte de la caja y se oyó un prometedor sonido metálico.

—Aquí la tenemos –dijo.

La puerta se abrió.

Entonces, su rostro reflejó una gran decepción cuando vio que no había joyas ni diamantes. En su lugar, solo vio cuatro carpetas negras, una encima de otra, como cuatro monstruos dormidos. Nockman se las pasó a Molly.

—Tú primero –dijo esta.

—No, primero tú –contestó Rocky.

Molly abrió una carpeta.

—¡Caramba! –Molly apenas podía creer lo que estaba viendo. En lo alto de una pila de papeles había una fotografía de Cosmo Ace. Al pie se leía: «Campaña publicitaria de Chocolatinas Paraíso». Debajo había columnas de fechas y de cifras. Pero esta no era la cara conocida y sonriente que salía en los anuncios de televisión. Este hombre parecía dormido, o drogado, o... hipnotizado.

—Lucy tenía razón –declaró Rocky en un susurro ronco.

Con manos temblorosas, Molly y él cogieron cada uno una carpeta y se pusieron a hojearlas. Desde luego, habían dado en el blanco. Todas las hojas tenían el mismo aspecto, con el nombre de la persona en lo alto de la página, y una fotografía de carné en la esquina derecha, como un sobre con su sello. Molly y Rocky no podían contener la sorpresa.

—¡Cuántos hay! Ha hipnotizado prácticamente a todas las estrellas de cine.

Algunas páginas tenían una nota manuscrita en tinta roja. Solo decía «Día E».

Molly llegó a la página de Suky Champagne. Le resultaba extraño ver su rostro famoso en el mundo entero retratado en la pequeña fotografía en blanco y negro. Suky Champagne no se parecía en nada a la chica preciosa y alegre que Molly conocía. Esta Suky parecía grogui. Su página también incluía la nota «Día E».

—¿Qué crees que significa esto de «Día E»? –preguntó Molly.

—¿El día en que va a conseguir lo que quiere? No lo sé –contestó Rocky–. Mira, aquí está también Billy Bob Bimble.

—¿Saco una foto de cada documento? –susurró Molly.

—Sí, yo los sostengo y tú sacas las fotos.

De modo que eso fue lo que hicieron. Molly se quitó los pegajosos guantes de goma y empezó a sacar fotos. Imágenes de famosos que Molly reconocía y de otros que no había visto nunca desfilaron ante su cámara, y el *flash* iba iluminando los incrédulos rostros. Ahí estaba Hércules Stone con cara de dormido, Gloria Heelheart con la boca abierta como si comiera moscas. King Moose, con los ojos bizcos, y Stephanie Goulash, sonriente como una muñeca de plástico. Pero en las carpetas no había solo fotos de actores y de cantantes de pop. También había presentadores de la televisión norteamericana, deportistas, locutores, empresarios, directores de periódico, periodistas, artistas, escritores, dueños de restaurantes, médicos, jefes de policía, mandos del ejército y políticos.

—No me extrañaría que quisiera hipnotizar al presidente de los Estados Unidos –dijo Rocky.

Los documentos estaban en orden alfabético, y Molly se dio cuenta de que había muchas páginas en blanco. Estas solo tenían un nombre escrito, pero sin fotografía. ¿Eran esas las personas a las que Primo Cell planeaba hipnotizar? En algunas de estas páginas, la nota en tinta roja decía: ACTIVAR ANTES DEL DÍA E.

—¿Pero qué será esto del Día E? –volvió a preguntar Molly.

—Un día en el que planea algo muy gordo. Tendremos que averiguar el qué.

La peor página que encontraron fue la de Davina Nuttell. En la fotografía salía con una cara como si acabara de ver explotar una bomba. Una cruz de color rojo sangre tachaba la página entera, en lo que parecía la marca de un asesino.

—Oh –dijo Molly con un hilillo de voz–. No pensarás que la ha...

Rocky miraba la página horrorizado.

—De modo que es cierto que Primo Cell tuvo algo que ver con su secuestro. Seguro que lo ordenó él.

—O se encargó él mismo.

—Pero ¿por qué?

—Yo lo único que sé es que estamos jugando con fuego, y deberíamos salir de aquí cuanto antes.

Rocky y Molly trabajaron lo más rápido posible. Se agacharon en el suelo, esperando que los *flashes* de la cámara no se vieran desde la calle. Nockman estaba sentado en una silla de terciopelo, y de vez en cuando decía entre dientes: «tick, tick», o «click, click», o «mmmmm», moviendo los pulgares.

Una hora después, Molly había sacado setecientas sesenta fotos, y habían vuelto a colocar en su lugar el cuadro de la urraca.

—Nunca sabrá que hemos estado aquí –dijo Molly.

—A no ser que nos esté vigilando ahora.

—No me metas miedo –le pidió Molly.

El edificio estaba silencioso como una pirámide, y la calle, tan tranquila como un cementerio. En la distancia se oían las bocinas y las sirenas del tráfico de Los Ángeles. Molly le dio instrucciones al guardia de seguridad de que les llamara a un taxi y de que, cuando se hubieran marchado, olvidara completamente que habían estado allí. Pétula seguía esperándolos en la puerta del edificio. Molly la recogió del suelo y la estrechó entre sus brazos.

—Eres una perrita muy desobediente, Pétula.

De vuelta en el Castillo Marmoset, Molly también le dio instrucciones a Nockman de que olvidara por completo la velada.

—Puedes decirle a la señora Trinklebury que hemos pasado el rato en la casa de nuestro benefactor, que es muy bonita... esto, ya sabes, muy elegante y con muchos muebles caros, y gruesas alfombras, y... puertas. Sí, eso, muchas puertas, y que un sobrino suyo las había cerrado todas con llave, y luego había perdido la llave, así que tú has tenido que abrir cada cerradura y hacer llaves nuevas. Puedes decirle que has conocido al benefactor, pero que fue solo un momentito porque se tenía que ir a una cena de negocios. Di que parecía...

—Un anciano muy amable –sugirió Rocky.

—Sí, con el pelo gris, y con bigote, y que llevaba...

—¿Un traje rosa?

—Sí, di que se parecía a Santa Claus, solo que con traje rosa. Si la señora Trinklebury te pide más detalles, di que no te acuerdas.

Molly no pudo evitar añadir:

—Y, señor Nockman: tengo que felicitarte por lo mucho que has mejorado. Eres una persona mucho más agradable de lo que eras antes. Todos te aprecian de verdad.

Nockman asintió con la cabeza. Entonces, Molly chasqueó los dedos, despertándolo del trance.

Regresaron a su *bungalow* y escondieron los microfilmes en un cajón en la habitación de Molly. Esta encontró el número de teléfono de Lucy dentro del maletín y empezó a marcarlo.

—Lucy se va a quedar atónita –dijo.

—Espero que no le hayan pinchado el teléfono –añadió Rocky.

Solo se oía el sonido de los timbrazos.

—Tendría que estar despierta, en Briersville son las diez de la mañana –dijo Molly. Pero nadie contestaba.

—Supongo que tarda una eternidad en moverse con

esas muletas –dijo Rocky bostezando–. Llámala mañana.

Molly estaba impaciente por contarle a Lucy lo de Davina y las estrellas hipnotizadas. Quería preguntarle qué debían hacer a continuación. Colgó a regañadientes.

—Hasta mañana, nube de azúcar –dijo Rocky mientras se dirigía hacia su cama, tratando de disimular lo asustados que ambos estaban.

Molly nunca se había sentido tan parecida a una chuche, blandengue y sin consistencia. Estaba tan agotada que apenas tenía fuerzas para desnudarse. Se quedó dormida en cuanto su cabeza tocó la almohada.

Capítulo 14

El segundo día en el Castillo Marmoset fue aún más caluroso que el primero. Las temperaturas batían récords. Los clientes del hotel estaban sentados en el vestíbulo, debajo de los ventiladores y abanicándose con los periódicos.

La atmósfera de Los Ángeles también se iba calentando, porque la noche siguiente iba a tener lugar la gala de entrega de los Oscar. En los hoteles y las mansiones elegantes, los famosos directores, productores, actores, guionistas, músicos, abogados y agentes ya se estaban preparando para el gran acontecimiento. Los diseñadores, peluqueros, esteticistas, joyeros, conductores de limusinas, floristas, asesores de imagen y redactores de discursos trabajaban a destajo. Por toda la ciudad se organizaban fiestas, y los nombres de los nominados estaban en boca de todos. Excepto en la de Molly.

Esta cruzó deprisa el vestíbulo del hotel. Desafiando el calor abrasador del mediodía, se había aventurado por las calles de la ciudad hasta un laboratorio fotográfico, para revelar los microfilmes. Ahora, la preciada información estaba guardada en un sobre bajo su brazo. Caminaba cabizbaja, pues cada vez que alguien cruzaba el vestíbulo, cientos de cabezas levantaban la vista para ver si se trataba de algún famoso. Molly no quería que la reconocieran de nuevo, y con todo lo que habían descubierto la noche anterior, se sentía muy vulnerable. No le hubiera extrañado nada encontrar a dos matones de Cell esperándola en la puerta de su *bungalow*. Pero finalmente se reunió con Rocky, sin ningún incidente, en su fresco dormitorio, y ambos se sentaron en el suelo para contar a cuántas personas había hipnotizado Primo Cell.

—En total suman doscientas diecisiete no hipnotizadas, pero hay quinientas cuarenta y dos que ya están bajo su control. De modo que está planeando tener en total –Rocky hizo la suma– setecientas cincuenta y nueve personas hipnotizadas.

—Y además, hipnotizada o no, viva o muerta, también hay que contar a Davina –le recordó Molly con preocupación.

—¿Cómo crees que lo hace? –quiso saber Rocky–. ¿Utiliza un péndulo, o piensas que lo hace con la voz, como yo? ¿O sobre todo con los ojos?

—No tenemos ni idea –dijo Molly, estremeciéndose–. Lo que es seguro es que nunca podremos deshipnotizar a más de quinientas personas.

—Aquí están todas sus direcciones –observó Rocky.

—Puede ser. Pero aunque consiguiéramos deshipnotizar a dos al día, en un año solo hay trescientos sesenta y cinco días. Tardaríamos meses y meses. ¿Y qué pasa si Cell va y las vuelve a hipnotizar otra vez? Y de todas maneras, ¿cómo vamos a hacerlo sin que él se entere? Irá a por nosotros. Nos comerá de un bocado como un cocodrilo se come a un...

—¿A un bebé?

—Sí –contestó Molly, a quien la idea repugnaba.

Recogió las fotografías y las guardó en su caja fuerte. Fuera oía a la señora Trinklebury diciéndole a Roger que no trepara por el árbol hasta tan alto. Molly salió al jardín para ver a los demás en la piscina. Los miraba con envidia.

—Ojalá pudiéramos ir a bañarnos, Rocky. Pero será mejor que llamemos enseguida a Lucy. Tal vez a ella se le ocurra alguna idea sobre cómo deshipnotizar a esos famosos. Oh, sería fantástico no tener nada que hacer, no tener trabajo, no tener... ninguna misión que realizar.

A lo lejos veían a la señora Trinklebury, con un bañador pasado de moda y un sombrero de ala ancha, tumbada en una hamaca. En su regazo tenía una pila de revistas sobre famosos. También lanzaba de vez en cuando migas de galleta a los mirlos. Un camarero vestido de blanco le trajo un gran cóctel de color verde. El señor Nockman estaba en lo alto del trampolín a punto de saltar. Los pies de Roger colgaban de la gruesa rama del árbol que crecía junto a la valla. Estaba colgando avioncitos azules en sus hojas.

El señor Nockman se tiró en bomba a la piscina, salpicando muchísimo. A la zambullida siguió inmediatamente un alarido de la señora Trinklebury.

—Simon, ¿cómo se te ocurre? ¡Me has empapado mi especial de los Oscar!

El rostro de Molly se iluminó de pronto y se volvió hacia Rocky.

—¿Cuándo es la noche de los Oscar, Rocky?

—Pero, Molly, ¿es que no lo sabes? Todo el hotel está con la fiebre de los Oscar. La entrega de los premios es mañana. No me puedo creer que no lo supieras.

—Bueno, sí que lo sabía más o menos –dijo Molly

pensativa–. Es solo que no me había dado cuenta de que faltaba tan poco. ¿Quién asiste a la entrega de los Oscar, Rocky?

—Todo el mundo. Toda la gente importante de la industria del cine.

—Sí –confirmó Molly. Recordó entonces todas las imágenes televisivas que había visto de la gala de los Oscar por la tele. Había tantos premios. Premios para los mejores actores, directores, guionistas, compositores, efectos especiales, diseñadores y productores.

—No sé cómo no se me había ocurrido antes. Es perfecto. ¿En qué otro lugar podríamos deshipnotizar tan rápidamente a todas esas estúpidas estrellas? Nosotros también iremos a los Oscar.

Rocky arqueó las cejas y sonrió.

—Eso suena divertido.

—Sí, para algunos puede que sea divertido, Rocky, el problema es que para nosotros se trata de trabajo. Si es mañana, tenemos que darnos prisa. Si vamos, debemos parecer jóvenes actores. Yo necesitaré un vestido, y los dos necesitaremos zapatos, y tú tendrás que conseguir un esmoquin.

—¿Un qué?

—Es un traje especial que se lleva a una fiesta. Será mejor que vayamos de compras ya mismo. Llamaremos a Lucy más tarde.

Dicho esto, Molly corrió a su habitación para buscar su mochila.

Nunca habrían podido imaginar que, no lejos de allí, unos nuevos alumnos de hipnotismo estaban realizando su primera clase práctica.

—Creo que tenemos que estar muy calladitos si queremos hacer esto –advirtió Gemma, arrodillándose sobre la alfombra. Entonces alguien arañó la puerta. Gerry dejó entrar a Pétula.

—Vale, Pétula, puedes entrar, pero no hagas ruido. La perrita carlina ladeó la cabeza y se tumbó junto a la cama para observar lo que iban a hacer los dos pequeños humanos. Gemma y Gerry se pusieron de cuclillas junto a una jarra de cristal. Dentro estaba Víctor, el ratón más grande.

Víctor se encontraba molesto porque lo habían sacado de su cálida camita de paja y lo habían despertado de su siesta. Mordisqueó un trocito de semilla y lanzó a los dos humanos una mirada amenazadora. Su humano favorito, el niño al que él llamaba "el grandullón", y la niña que solía estar con él lo estaban mirando. Su imagen le llegaba distorsionada a través del grueso cristal. También estaba con ellos la bestia peluda.

—Bien, ya hemos dado el primer paso –dijo Gemma–. Gerry, ¿estás seguro de que los ratones chillan así?

—Sí, es el chillido que emiten antes de irse a dormir –el niño emitió un ruidito agudo y susurrante–. Chiii. Ahora hazlo tú –dijo.

La niña lo imitó.

—Eso es. Muy bien –Gerry estudió las instrucciones de las fotocopias que tenía delante–. Aquí dice: «Imite la voz del animal en tono adormecedor, hasta que el animal entre en tran... en tran...». No me sale esta palabra.

—Trance –Gemma le cogió el papel–. Es como estar medio dormido justo antes de quedarte hipnotizado. Un poco como soñar despierto.

—¿Tenemos que hacer que Víctor sueñe despierto?

—Tenemos que hacer que entre en trance. «Cuando el animal entre en trance, notarás una sensación de fusión». De acuerdo. Vamos a hacerlo.

113

Víctor se rascó la oreja con una de sus patas traseras y se preguntó si todavía habría patatas fritas con sabor a curry escondidas detrás de su rueda de ejercicios. De repente, la niña que estaba fuera empezó a emitir chillidos repetidos, como un enorme ratón.

Después de cinco chillidos, Víctor levantó las orejas. La niña parecía tratar de comunicarse con él en el lenguaje de los ratones. Su tono no era exactamente ratonil. Tenía un fuerte acento humano, pero Víctor la entendía de todas maneras. Parecía decirle algo así como «duooorme, duooorme». Víctor pensó que querría decirle «duerme, duerme». Se molestó un poco. Eso era justamente lo que estaba haciendo antes de que lo despertaran de tan malos modos para meterlo en ese recipiente de cristal.

Pétula estaba tumbada con la cabeza entre las patas. Solía escuchar las conversaciones de los ratones. Lo que es más, Pétula también entendía lo que estaba tratando de hacer Gemma. Cuando vivía en Nueva York con Molly, Pétula había visto, oído y, lo más importante, sentido hipnotizar a mucha gente. Pétula sentía que Gemma estaba tratando de hipnotizar a Víctor. Pero algo le decía que no lo estaba haciendo bien. La voz de la niña era relajante, pero le faltaba ese algo especial que sí tenía la de Molly.

Pétula se inclinó hacia delante hasta ver al ratón dentro de la jarra. Dejó escapar un suave gruñido.

Víctor contempló cómo la bestia peluda se acercaba. Sabía que no era peligrosa, y a menudo se había escabullido por el suelo cerca de ella. Una vez incluso la había pisado sin querer. Pero lo que nunca había hecho era mirarla a los ojos. Esta vez sí lo hizo. Los ojos de Pétula le devolvieron una mirada muy dulce. A Víctor le pareció una experiencia alucinante. Era como mirar a los ojos de un precioso, grande, simpático, relajante, simpático, relajante, sabroso, simpático, precioso, relajante queso. Y cuanto más miraba al queso –¿o era una bestia peluda?–, más sentía Víctor que se caía hacia un lado.

Cuando por fin se desplomó sobre el suelo de la jarra, tan cómodo como si estuviera tumbado en un prado lleno de flores, y sin un solo depredador a la vista, Víctor se sintió como si lo que más hubiera deseado en el mundo hubiera sido estar tumbado en esa jarra, con el queso peludo sentado a su lado para siempre.

—Mira a Víctor –dijo Gemma–. ¡Creo que lo he conseguido!

—¿Quieres decir que Víctor está hipnotizado? ¿Tienes la sensación de visión?

—De fusión –le corrigió Gemma–. No lo sé. Pero supongo que sí. Ahora tenemos que decirle que haga algo, Gerry. ¿Qué se te ocurre?

—Ya lo tengo –dijo Gerry levantándose para encender la radio.

El prado de Víctor se llenó de pronto de una suave música. A través del cristal curvado, vio al grandullón moviéndose al ritmo de la música.

Víctor estaba demasiado relajado como para moverse. Cerró los ojos y se imaginó a sí mismo sentado en un pétalo en forma de hamaca, bajo el gran queso peludo.

Gemma y Gerry se sintieron un poco decepcionados al ver que Víctor no bailaba, pero por lo menos pensaban que lo habían hipnotizado (lo cual, por supuesto, no era cierto).

Capítulo 15

A las cinco y media, Molly y Rocky estaban de vuelta en su *bungalow*. Rocky fue a la cocina a preparar unas bebidas para los dos y Molly consultó su reloj. Se moría de ganas por llamar a Lucy Logan. Calculando la diferencia horaria, la chica pensó que tal vez Lucy seguía despierta todavía. De modo que en cuanto volvió Rocky con un par de vasos de Skay, Molly empezó a marcar el número.

Respondió una voz grave, grogui y medio dormida.

—Lucy, ¿es usted? Soy yo, Molly.

La bibliotecaria tosió y carraspeó varias veces.

—Sí, sí, soy Lucy. ¡Molly! ¿Va todo bien? Me llamas en mitad de la noche.

—Sí, todo va bien –aseguró Molly–. Siento despertarla, Lucy, pero es que hemos descubierto cosas sorprendentes. Tenía toda la razón sobre Primo Cell –Molly entonces se lanzó a una detallada descripción de las últimas veinticuatro horas.

Le contó a Lucy lo que habían encontrado en la

oficina de Cell. Le explicó también que planeaban asistir a la gala de los Oscar para deshipnotizar a todas las estrellas que pudieran; y para averiguar, si era posible, si Davina seguía aún con vida. Molly esperaba que Lucy supiera lo que querían decir las misteriosas palabras "Día E", pero esta no lo sabía. Tras diez minutos, Molly sintió que la conversación llegaba a su fin y entonces preguntó:

—¿Y qué hay de usted, Lucy? ¿Ha tenido algún otro problema?

—Estoy bien. Me resulta difícil conciliar el sueño con estas quemaduras, nada más –la mujer suspiró–. Estoy impresionada por lo bien que lo estás haciendo, Molly. Pero, por favor, ten mucho cuidado. Recuerda, ese hombre no está en sus cabales. Es un monstruo.

—Tendremos cuidado. Y una cosa, Lucy, ¿va a llegar pronto el dinero del que me habló? Siento tener que preguntárselo, pero es que aquí se nos están acumulando las facturas.

—Por supuesto, Molly. Me ocuparé de ello enseguida –luego añadió con cariño–: Dale recuerdos a Rocky de mi parte, y cuídate. Mantente en contacto, adiós.

Molly colgó el teléfono.

—Bueno, ¿qué ha dicho? –preguntó Rocky.

—Te lo diré mientras le mandamos estas carpetas por correo. Pero mira, tenemos toda la tarde para hacerlo, y creo que necesitamos relajarnos un poco. Vamos a la piscina.

—¿Estás segura?

—¿Y por qué no? Si vamos a ir a la entrega de los Oscar, tal vez sería mejor que nos fuéramos acostumbrando a la idea de que puedan reconocernos. Y de todas maneras, aunque hubiera visto el anuncio, estoy segura de que Primo Cell está demasiado ocupado esta semana como para preocuparse por una pareja de hipnotizadores.

Tras una breve visita a la recepción para mandar las fotos a Briersville por correo urgente, Molly y Rocky se dirigieron a la piscina vestidos con los albornoces del hotel. Aunque eran ya casi las seis, seguía haciendo un calor tremendo.

En la piscina no había mucha gente. La señora Trinklebury y Gemma les hicieron una seña desde una mesa a la sombra, donde se estaban tomando unos helados. Molly y Rocky ocuparon unas tumbonas cerca de la cascada de la piscina. Rocky se zambulló en el agua de color azul turquesa, donde ya estaba Roger, y Molly se puso un sombrero de paja. Se dio unas palmaditas en sus piernas flacuchas y rosáceas. Quería que se le pusieran bien morenas antes de ir a darse un baño.

Cerró los ojos. El calor de la tarde, el aroma de la carne en la barbacoa cercana y el dulce trino de los mirlos le hacían sentirse en un letargo agradable. El sol brillaba sobre sus pestañas, y tras estas, todo parecía teñirse de color naranja. Se concentró en el ruido del agua de la cascada y empezó a relajarse.

Un minuto después miró a su alrededor.

De espaldas a Molly, dos ejecutivas estaban sentadas a una mesa bajo una sombrilla. Ambas llevaban elaborados peinados y trajes de chaqueta, uno azul celeste y el otro fucsia. Molly miró el cabello de la del traje fucsia. La mujer tenía mechas blancas y doradas, y llevaba una horquilla de carey que reflejaba los rayos del sol.

La horquilla brillaba a la luz del sol, y cuanto más la miraba Molly, más se parecía el peinado de la mujer a la crin de un hermoso caballo. Los rizos de la mujer caían en cascada sobre su espalda como caracolas de oro.

Entonces, mientras contemplaba el cabello, con el sol golpeando sobre su rostro, Molly detectó una ligera sensación de fusión en su interior. Recordó lo que había ocurrido en Briersville cuando se había quedado mirando el arbusto en forma de perro y la maleta en el aeropuerto de Los Ángeles. Entonces, se preguntó si al contemplar la horquilla de carey volvería a sentir la sensación de fusión fría. Y así fue. La chica sintió el extraño cambio de calor a frío. Pero en ese momento no le molestó demasiado, pues tenía mucho calor.

Cuando Molly empezó a notar el frío cosquilleo que subía por su espina dorsal, se le ocurrió una idea. Tal vez, si dejaba que la sensación fría la invadiera por completo, sus poderes hipnóticos se fortalecerían, al contrario de lo que le había preocupado hasta entonces. Sintiéndose audaz, Molly permitió que la sensación fría de fusión floreciera en su interior. De modo que, contemplando la horquilla de carey como si la quisiera hipnotizar, Molly acogió la sensación. «¿Qué puede ocurrir?», pensó. «¿Podría hipnotizar a la horquilla? ¿Podría hacer que se soltara el cierre, y la horquilla cayera al suelo?».

Al principio, la sensación era apenas perceptible, como un hilillo de agua que recorría su cuerpo. Luego empezó a fluir por sus piernas como un río. Y a continuación, como una repentina ola glacial, invadió todo el resto de su cuerpo, sacudiéndola de los pies a la cabeza. Molly sentía que por sus venas corría el agua helada y efervescente, y el diamante que colgaba de su cuello se volvió tan frío como un glaciar. Era una sensación muy extraña. Molly no se encontraba del todo cómoda, pero no dejó escapar la sensación. Miró fijamente la horquilla. Sentía como si la hubiera hipnotizado. ¿Pero de verdad lo había hecho?

La chica se percató entonces de que todo estaba en silencio. Un silencio absoluto. Ni siquiera se oía el ruido de la cascada. Se preguntó por qué la habrían desconectado. Permaneciendo todavía en su fría burbuja, se dio la vuelta para mirar.

Lo que vio le hizo dar un respingo. Era cierto que el agua de la cascada había dejado de caer. Pero no de una forma normal: la cascada era ahora una sólida hoja de agua, como si de repente hubiera quedado congelada. Solo que el agua no estaba helada, sino que brillaba, como brilla el agua en estado líquido. Molly miró a su izquierda.

Gerry, que antes había estado jugando, permanecía inmóvil como una estatua, en una postura rarísima. Estaba en equilibrio sobre una sola pierna, mientras la otra se mantenía en el aire, pues acababa de dar un puntapié a una pelota. Sus ojos miraban a lo alto, hacia la pelota, que parecía colgar del cielo atada a un hilo invisible. A su izquierda, Gemma le estaba dando un poco de su helado a la señora Trinklebury. La lengua de la mujer asomaba por su boca como un gusano rojo, hundida a medias en la helada textura de color rosa. Gemma se había quedado a punto de hacer un globo con el chicle que estaba mascando, y el señor Nockman le estaba diciendo algo amable, pero sus palabras se habían congelado en el aire. El humo de los cigarrillos de las dos ejecutivas formaba columnas de una sustancia parecida a la de las nubes. El mundo entero estaba inmóvil como una fotografía, una imagen en tres dimensiones.

La sensación de fusión fría había invadido a Molly por completo. Esta solo oía los latidos de su corazón y el jadeo de su respiración la asustaba. Molly sabía que si soltaba la tensión, de la misma manera en que "apagaba" sus ojos al hipnotizar a alguien, la sensación de fusión fría se desvanecería, o por lo menos eso esperaba. Una parte de ella se hallaba petrificada de miedo temiendo que el mundo se quedara así para siempre, mientras que la otra parte estaba completamente fascinada.

Molly buscó a Rocky. De pronto lo vio tumbado en el aire, a medio camino de zambullirse en el agua de la piscina. Pétula jugaba con una piedra, debajo de una mesa junto a la parte donde no cubría el agua. Entonces Molly vio a Roger bajo el agua. Sin oxígeno, se podía estar ahogando. Esforzándose por no sucumbir a un ataque de pánico, Molly concentró su mente y, como si quitara el tapón de un gran recipiente lleno de agua helada, al instante la sensación de fusión fría abandonó su cuerpo en una micra de segundo. Y como si nada hubiera pasado, el mundo volvió a ponerse en movimiento. Rocky se zambulló, Pétula ladró, Roger emergió a la superficie, la señora Trinklebury le dio un lametón al helado y el agua de la cascada volvió a caer sobre la piscina.

El diamante que Molly llevaba alrededor del cuello seguía muy frío, pero ella volvió a sentir el calor del sol y un gran alivio de regresar a la normalidad. Temblándole las piernas, se levantó y se zambulló en la piscina, yendo a parar junto a su amigo. Al incorporarse escupió agua por la nariz.

—Rocky, acaba de ocurrir algo muy extraño.

—Sí, te acabas de tirar al agua con camiseta y sombrero de paja —declaró antes de ponerse a hacer el pino debajo del agua.

Molly se quitó el sombrero y se lo quedó mirando con el ceño fruncido.

—No, no me refiero a eso, Rocky. Rocky, escucha

–lo cogió del brazo y tiró de él–: Me acaba de pasar una cosa extrañísima.

—¿Qué? –preguntó Rocky, haciendo la plancha.

—Pues... –titubeó Molly sin poder apenas contener su susurro–, creo... oh, cuando oigas esto, te va a parecer que me he vuelto loca...

—¿Qué? Dime.

—Creo que acabo de... creo que he... –balbuceó Molly.

—¿Que has hecho qué?

—Creo que acabo de parar el mundo. ¡Creo que he detenido el tiempo!

Capítulo 16

—Yo no he notado nada –dijo Rocky.

—Pues claro que no, tonto. Tú también estabas inmóvil.

—¿Cuándo? Yo no recuerdo que haya ocurrido nada de lo que dices.

—No me estás escuchando –se impacientó Molly–. Tú estabas congelado.

—¿Cómo? ¿A diez grados bajo cero?

—No, no me refiero a congelado de frío, solo inmóvil. Pero yo sí que sentía frío.

Molly señaló a la mujer vestida de rosa.

—Me estaba concentrando en la horquilla de pelo de esa señora, como si intentara hipnotizarla o algo así...

—¿Y por qué hacías eso?

—Porque... Bueno, porque el caso es que la primera vez que tuve esta sensación fría fue en Briersville, pero no te lo conté porque pensé que te iba a parecer que había roto mi promesa de no hipnotizar a nadie. Pero, de verdad, no estaba hipnotizando a personas. Estaba hipnotizando cosas... y eso es lo que hace que aparezca esta sensación de fusión fría.

Rocky arqueó las cejas.

—Bueno, total –prosiguió Molly, tratando de no hacer caso de su mirada recelosa–, que estaba hipnotizando a la horquilla para conseguir la sensación fría de fusión, y esta vez he dejado que me invadiera por completo. Me he ido quedando muy, muy fría, y cuando he levantado la vista, todo... –Molly miró el rostro incrédulo de Rocky–. Te lo prometo, Rocky, todo se había detenido. Tú también, Rocky. Estabas en mitad de una zambullida, parado en el aire. No bromeo. Luego he dejado escapar la sensación y todo ha vuelto a ponerse en movimiento, y tú te has tirado al agua.

Rocky miró a Molly con preocupación.

—¿Has bebido algo del minibar?

—¡No! –Molly miró furiosa a Rocky–. Te estoy diciendo la verdad.

Rocky le puso la mano en el hombro.

—Molly, creo que sería mejor que saliéramos del agua. Sé que crees que lo que ha pasado es verdad, pero tal vez hayas tomado demasiado el sol. A mí me pasó eso mismo una vez que me fui a dar un paseo muy largo y me entró fiebre, y todo parecía...

—Caray, Rocky, a veces me sacas de quicio. Si no me crees, te lo demostraré.

Molly nadó hasta el borde y salió de la piscina. Rocky la siguió.

—Siéntate en esta tumbona –le ordenó–, y mírate los pies.

Rocky la miró preocupado, pero obedeció.

Molly concentró su mirada sobre el salvavidas naranja que estaba enganchado en un poste. En unos segundos empezó a notar otra vez la extraña sensación de fusión fría. Dejó que esa sensación recorriera todo su cuerpo, hasta que el salvavidas empezó a vibrar ante sus ojos y el resto del mundo se volvió borroso. Al final, con un movimiento repentino, el frío la invadió por completo. Como había ocurrido antes, se hizo un silencio total. Molly apartó los ojos del salvavidas, pero una parte de ella seguía concentrada en la sensación de fusión fría, atesorándola en su cuerpo. La niña entonces se imaginó dos guardianes que impedían que la sensación se escapara por sus pies. Requería un tremendo esfuerzo.

Miró a su derecha. Todo estaba inmóvil. La señora Trinklebury examinaba su labor de punto. Gerry se tiraba a la piscina, en medio de un círculo de salpicaduras en forma de pétalos de flor. Roger parecía una estatua en lo alto de un árbol. El encargado de la piscina servía unas bebidas a las dos ejecutivas.

Rocky estaba mirándose los pies. Molly chasqueó los dedos delante de su cara, pero Rocky no guiñó los ojos. Acercó el oído a su boca: ni siquiera respiraba. Molly miró a su alrededor. Le costaba creer que no la estuviera mirando nadie, que ella fuera la única persona que se movía. La única que respiraba. Era aterrador. ¿Y si todo se quedaba así para siempre? Pero Molly sabía que tenía que hacer algo para demostrarle a Rocky que el tiempo se había detenido. Respirando hondo, se puso en pie despacio. Con una enorme concentración, para no disipar la sensación de fusión, se encaminó hacia la cesta de juguetes para el agua. Su cuerpo tiritaba de frío. A cada paso se sentía más asustada. Mantener el mundo inmóvil le costaba un esfuerzo increíble. Molly consiguió avanzar diez pasos. Cogió una rana hinchable, un flotador de pato y una colchoneta en forma de ballena. Volvió junto a Rocky y le puso el flotador en la cabeza como una corona, la colchoneta bajo los pies y la rana en el regazo. Y para asegurarse del todo de que la creyera, cogió de un jarrón tres flores amarillas y le colocó una entre los dedos de los pies, otra entre los de las manos, y la última, en la boca.

Durante un momento se quedó sentada sin moverse, como un insecto confuso, con las antenas alerta, tratando de comprender lo que le estaba ocurriendo. Miró más allá de la piscina. ¿Estaría también inmóvil toda la ciudad de Los Ángeles? ¿Estaría inmóvil el resto del mundo? Era una idea demasiado descabellada. Y sin embargo, Molly estaba segura de que así era. Y entonces, como un animal que presiente una tormenta, Molly sintió otra cosa. Durante un segundo, Molly habría jurado notar un movimiento en alguna parte, en algún lugar fuera del recinto de la piscina. Pero ya no sabía a lo que atenerse. El corazón le latía demasiado rápido y tenía mucho miedo. Deseaba desesperadamente que todo volviera a moverse.

Disipó su concentración y desconectó la sensación de fusión. Simultáneamente, Rocky dio un respingo y apartó los juguetes con un movimiento brusco. Escupió la flor.

—Aaaahhhh –gritó. Se volvió hacia Molly, atónito–. ¿Cómo? ¿Cómo lo has hecho? ¿Cuánto tiempo llevo inmóvil? ¿Cómo lo has hecho, Molly? ¿Has encontrado otro libro?

Molly se fue aquella noche a la cama exhausta y nerviosa. Le asustaba la idea de colarse al día siguiente en la gala de los Oscar, y le preocupaba mucho que los pillaran. Pero lo que más la inquietaba era el nuevo talento hipnótico que había descubierto. En el libro del doctor Logan no se mencionaba en ninguna parte algo relacionado con detener el mundo. Al no poder recurrir a ninguna experiencia escrita sobre el tema, Molly sentía que se estaba adentrando en aguas totalmente desconocidas. No sabía si detener el mundo era una cosa buena o mala. No sabía tampoco si era peligroso. Desde luego, espeluznante sí. Oyó que llamaban a la puerta y enseguida entró Rocky.

—Estoy cansado, pero no tengo sueño —dijo, sentándose en un extremo de la cama.

—Yo igual —contestó Molly.

—He mirado en la tele para ver si la hora es la correcta tanto en Estados Unidos como en el resto del mundo, y he visto que sí. Esto de detener el tiempo es demasiado para cualquiera —prosiguió con preocupación—. Me alegro de que seas tú quien puede hacerlo, y no cualquier otro. Imagina todo lo que podrías hacer con esa facultad. Podrías cometer un asesinato y nadie te acusaría de nada.

—Oh, no, calla —dijo Molly, estremeciéndose y subiendo a la cama a la perrita Pétula.

—Bueno, no me refería a un asesinato de verdad, solo quiero decir que podrías hacer todo tipo de bromas a la gente. Si fueras un delincuente, podrías robar o secuestrar con mucha facilidad. Detienes el mundo. Llevas a cabo el secuestro. La gente solo sabría que la persona había desaparecido de pronto. O si quisieras que tu equipo de fútbol ganara el partido, podrías detener el mundo durante un penalti, y luego podrías volver a colocar la pelota para hacer que entrara en la portería.

Molly hundió la nariz en el pelo de Pétula. La idea de que ella, una personita insignificante comparada con todo el planeta, hubiese conseguido detener al mundo entero la aterrorizaba y la mareaba. Sentía que era un poder demasiado grande para ella.

—Mañana por la mañana voy a llamar a Lucy y le voy a preguntar si sabe algo de esto –decidió–. Y ahora intentaré no dar más vueltas al asunto. Tenemos que dormir un poco, Rocky. Mañana vamos a necesitar energía para parar un tren.

Rocky asintió y apagó la luz.

—Felices sueños, Molly –dijo cerrando la puerta.

—Querrás decir «suerte con tus pesadillas» –contestó Molly, y se tapó la cabeza con el edredón.

Capítulo 17

El día de la gala de los Oscar amaneció soleado y con un cielo sin nubes. Pétula fue la primera en despertarse. La carlina inspeccionó el montoncito de piedras que había escondido detrás del televisor, eligió para chupar una en forma de huevo y se escapó del jardín del *bungalow* por un agujero del seto. Desde los escalones de la piscina podía divisar el caniche gigante del cartel que anunciaba el hotel y salón de belleza para perros. Hasta ella llegaba el aroma de la carne que servían a los huéspedes en el desayuno. Pétula se miró las patas. Decididamente, necesitaba hacerse la paticura. Y le picaba la piel desde el viaje en avión. Ese aroma a champú para perros le recordaba a una cómoda casa de baños que había visitado en otra gran ciudad. Consciente de que un buen lavado le sentaría a las mil maravillas, Pétula se encaminó hacia la salida del hotel.

Le resultó bastante difícil cruzar los cuatro carriles de intenso tráfico, y Pétula tuvo que pararse a la mitad de la carretera durante cinco minutos hasta poder atravesarla del todo. Pero unos pocos metros después ya estaba delante de la verja azul del salón de belleza y la abrió con la pata. Bajó unos escalones y encontró una puerta. Esta se abrió al empujarla un hombre de complexión atlética que salía del establecimiento con un pequinés bajo el brazo. El perrito olía a azucenas y llevaba cuatro lazos en el pelo. Pétula pasó por delante de ellos con un elegante trotecillo. Estaba impaciente por entrar.

Dentro de la tienda, todo estaba destinado a los perros. Había estanterías con collares y correas, expuestos como joyas tentadoras. Había hermosos cojines de piel para que los perros se relajaran sobre ellos, bonitas escudillas, surtidos de comida especializada, de aperitivos, huesos masticables y cigarros comestibles para perros. Había montones de juguetes de lujo y fragancias caninas, abrigos para perro de todas las tallas, e incluso zapatos, para esos días en que uno no se podía permitir tener las patas sucias. Detrás del mostrador, una mujer de pelo rubio rizado y grandes pendientes de aro preparaba una factura. A su espalda estaba el salón en el que un enorme chow chow peludo se secaba el pelo debajo de una caja de cristal. Cuando la carlina cruzó el suelo del salón, sus largas uñas produjeron un desagradable ruido metálico.

La dueña del salón –una señora muy arreglada que llevaba una chapa con su nombre, Bella– levantó la mirada, pues pensaba que uno de los perros se había escapado de la sala de baños termales. Pero en su lugar vio a Pétula, que se acercaba a ella meneando la cola. La perrita colocó las patas sobre los pies de la mujer.

—¡Pero qué cosita más linda! ¿Dónde está tu amo, tesoro? ¡Huy, pero qué uñitas más largas tienes!

Por supuesto, Pétula no dijo nada. Dedicó a Bella

una de sus miradas más lastimeras, con la cabecita ladeada en un gesto monísimo. Bella miró hacia la puerta y luego a la carlina negra de pelo aterciopelado.

—¿Por qué no llevas collar, corazón? —Bella se puso en pie y salió a la calle a mirar. La perrita no parecía tener dueño. Pétula ladró. Bella sonrió y le dio una palmadita. Se daba cuenta enseguida de cuándo un perro quería asearse. Miró al chow chow, que estaba disfrutando del secador, y consultó el reloj.

—De acuerdo, bonita. Eres una cosita monísima, ¡sí, señor! Ven conmigo. ¡Te voy a hacer un tratamiento completo!

Y así fue como Pétula consiguió todos los mimos y cuidados que ella creía merecer. Primero, Bella la llevó a la sala de aseo y le lavó el pelo con champú de romero. Luego le dio un masaje, le aclaró el jabón, la secó, le cortó las uñas, se las limó y le hizo la manicura, hasta que Pétula se sintió como una perrita carlina en el paraíso. Luego, Bella se la llevó al balneario para que se relajara un poquito.

Allí, la carlina entabló conversación con los perros alojados en el hotel canino. Había un gigantesco afgano de piel sedosa muy interesado en saber lo que había cenado Pétula la noche anterior; un bulldog francés con orejas de soplillo y sin la más mínima educación, que se puso a olisquearle el trasero sin que nadie se lo hubiera pedido; un samoyedo de pelo plateado, el chow chow, un perro salchicha y un perro chino crestado sin pelo.

El que más interesó a Pétula fue justamente ese perrito sin pelo, de color rosa y gris. Era la primera vez que veía un perro así. Era calvo por completo, salvo por un mechón en lo alto de la cabeza, y tenía unas enormes orejas puntiagudas. A Pétula le gustaba su aspecto, y además olía muy bien, a una mezcla de perejil e inteligencia. Pétula se tumbó junto a él en un diván rosa y se hicieron amigos. Durante una hora se comunicaron como lo hacen los perros, mandándose telepáticamente pensamientos y recuerdos. El perrito chino se llamaba Quar Oar y estaba en el hotel para perros mientras sus dueños daban una fiesta por los Oscar, con fuegos artificiales y muchos invitados. Quar Oar, desde luego, prefería estar en otra parte mientras durara la fiesta.

Bella regresó y se llevó a Pétula a la tienda, y allí eligió un collar con diamantes falsos incrustados y se lo puso alrededor del cuello.

Sonó la campanilla de la puerta, anunciando la llegada de otro cliente, y Pétula entonces percibió que Molly la necesitaba, y aprovechó para escabullirse fuera del salón.

De vuelta en el Castillo Marmoset, Pétula encontró a Molly durmiendo. Estaba arrebujada entre las sábanas, gimiendo lastimeramente. La perra saltó sobre la cama y se arrimó a ella para consolarla.

Molly tenía una terrible pesadilla. Soñaba que estaba en la gala de los Oscar, metida en una jaula en medio del escenario. Primo Cell se encontraba junto a ella, riendo, mientras el público le lanzaba a Molly urracas muertas. Entonces, el mundo se detuvo y ella era la única persona con vida en un mundo inmóvil para siempre.

En ese momento, la chica se despertó y vio que había llenado la almohada de babas. Tenía la frente caliente y sudorosa. Pétula empezó a lamerle la cara, mientras su dueña luchaba por incorporarse en la cama. Inmediatamente cogió el teléfono que estaba sobre la mesilla y marcó el número de Lucy Logan.

Molly oía cómo el teléfono sonaba en casa de Lucy, a miles de kilómetros de allí. Sonaba y sonaba. Se imaginó el tictac de los relojes, acompañando al timbre del teléfono. Los relojes. Por primera vez, Molly se quedó pensando en ellos. Seguro que Lucy sabría algo sobre la posibilidad de detener el tiempo. ¿Por qué otro motivo coleccionaría relojes? Molly necesitaba hablar con ella inmediatamente, pero nadie contestó al teléfono. Molly se quedó esperando hasta que la línea se desconectó. Entonces colgó. ¿Dónde estaba Lucy? ¿Le habría ocurrido algo? Molly se mordisqueó la mano. Pétula respondió con un ladrido.

—Pétula... –dijo la niña abrazándola–. Hueles genial... ¿y quién te ha dado este precioso collar? ¿Pero dónde has estado?

La carlina meneó la cola, pero Molly seguía sintiéndose en mitad de una pesadilla. No quería pensar en la terrorífica perspectiva de la gala de los Oscar. Pero sabía que el momento llegaría inexorablemente. Y así fue.

A las cuatro de la tarde, Molly y Rocky ya estaban preparados. Rocky llevaba su elegante esmoquin negro y sus zapatillas nuevas del mismo color. Molly se puso el vestido que había comprado. Era de color verde esmeralda, con zapatos a juego.

—Molly, deberías hacerte algo en el pelo. Es como si te hubieras encontrado con un tornado –comentó Rocky.

Molly se esforzó por alisarse un poco el pelo.

—Tienes unos rizos de loca. Te hace falta un aspecto más... como de Oscar.

—¿Me queda mejor si me lo recojo hacia atrás con este lazo?

—Tienes una carrera enorme en las medias –Molly se quitó sus medias verdes.

—Pues no tengo otras. Tendré que ir sin medias.

¿Tú crees que habrá más niñas actrices con piernas como las mías, así de paliduchas?

—¿Tú crees que nos dejarán entrar? –preguntó Rocky mientras se contemplaban en el espejo–. En realidad, ¿tú crees que parecemos actores? –Rocky tiró de su pajarita–. Me la voy a quitar. Me queda ridícula y, además, no sé hacerme bien el nudo.

—Tenemos que entrar como sea, porque si no, nos va a llevar años deshipnotizar a todas esas estrellas –Molly cogió una tarjeta blanca sobre la que había escrito unas líneas y volvió a leerlas.

—Eso no nos va a ser de mucha ayuda para entrar –objetó Rocky–. Tus ojos tendrán que convencer a los porteros.

—Con esta tarjeta conseguiremos entrar, o por lo menos eso espero. Una vez dentro, puedes ayudarme a deshipnotizar a las estrellas, Rocky. Buscaremos un rinconcito tranquilo donde puedas utilizar los poderes de tu voz.

Molly se sacó del bolsillo una lista de nombres de famosos del mundo de Hollywood.

—¿Cuánto dura la gala?

—Según la señora Trinklebury, seis horas –contestó Rocky–. Tiempo de sobra para marcar muchos goles.

—A lo mejor los goles nos los marcan a nosotros.

Pétula entró en la habitación con su trotecillo ligero. Estaba preparada para pasar una velada fuera de casa y ladró a Molly para indicarle que se apuntaba. Molly la cogió del suelo.

—Tú sí que pareces una estrella –le dijo–. ¡Tu pelo brilla tanto como tus diamantes!

Sonó el teléfono y Rocky contestó.

—Preparados o no, el coche ya está aquí –anunció–. Oscar, allá vamos.

Capítulo 18

En la puerta del hotel esperaba una limusina negra, como un brillante animal con ruedas. Un elegante conductor vestido con un traje gris y gafas de sol abrió la puerta del coche, y Molly, Rocky y Pétula se montaron en él.

Nadie los vio irse. La señora Trinklebury estaba pegada al televisor, devorando un programa sobre la noche de los Oscar. Nockman se entrenaba a abrir la caja fuerte de su habitación sin saber el código, y Gemma y Gerry jugaban a hacer carreras con sus ratones en una pista de cartón que habían fabricado. Roger estaba muy ocupado en lo alto de su árbol, preparándose para pasar la noche allí.

La limusina se alejó del hotel, rumbo a Hollywood Boulevard. Hacía muchos años, esa había sido la calle de los cines y teatros más importante del mundo. Ahora era más un recuerdo del pasado, pero seguía transmitiendo parte de aquella emoción, con el famoso Teatro Chino Mann y su tejado verde cobre en forma de pagoda. En ese lugar, y para la posteridad, las mayores estrellas de la historia del cine habían dejado las huellas de sus pies y de sus manos sobre losas de cemento.

Conforme iban acercándose al Teatro Kodak, el teatro de la gala, el tráfico iba haciéndose cada vez más denso.

—Eh, mirad a la gente –exclamó el conductor, reduciendo la velocidad.

Por las ventanillas ahumadas de la limusina, Molly veía policías que agitaban banderillas a los coches, indicando a unos conductores boquiabiertos que circularan más deprisa, y a otros, que descargaran a sus pasajeros sin tardar. Unos metros más arriba había un gran atasco de vehículos, y las aceras estaban abarrotadas de personas que habían venido a ver a sus estrellas favoritas. La limusina se iba acercando a paso de tortuga.

—Chicos, me imagino que os morís por recorrer esa alfombra roja.

Molly asintió con resignación. Esperaba que sus piernas recordaran lo que significaba caminar sin tropezar. Estaba mareada. Pensó en todas las cámaras de televisión y en todos los fotógrafos que aguardaban a ambos lados de la famosa alfombra roja.

—¿No me reconocerán por el musical *Estrellas en Marte*, verdad? –susurró nerviosa a Rocky–. Eso sí que podría fastidiarlo todo. No quiero que nadie me saque una foto mientras hipnotizo a los guardias de seguridad de la puerta.

—Nueva York está en el otro extremo del país y tampoco pasaste tanto tiempo en Broadway –dijo Rocky sin mucha seguridad, tirándose nervioso de los pantalones–. Si la gente te recuerda por haberte visto en la tele, solo pensarán que eres la chica que salía en el anuncio benéfico y ya está.

Molly permaneció en silencio mientras aparcaban detrás de un reluciente Lincoln. El chófer salió de la limusina, ansiando verlo todo con sus propios ojos, y abrió la puerta de Molly.

—Pasadlo muy bien –deseó–. Ojalá estuviera en vuestra piel.

Molly pensó en lo ridículo que estaría el conductor con su vestido y sus zapatos verdes, y al mismo tiempo deseó poderse cambiar de sitio con él.

El reto que la aguardaba le revolvía el estómago y hacía que le diera vueltas la cabeza. Tragando el manojo de nervios que se había apoderado de su garganta, consiguió articular un «gracias» y salió del coche. Pétula saltó tras ella. Los vítores y silbidos llenaron el ambiente. Molly temblaba tanto que tenía la sensación de que la tierra se movía bajo sus pies.

En el suelo, unas estrellas de bronce incrustadas en la acera mostraban los nombres de los grandes actores y actrices del pasado. Tras recorrer quince pasos a través de la muchedumbre, Molly, Rocky y Pétula entraron en la zona acordonada hasta la orilla de una alfombra de color rojo sangre, que se extendía como un río hasta las puertas de seguridad. La alfombra los llevaría por la zona reservada de Hollywood Boulevard hasta la misma entrada del Teatro Kodak. Ya no había vuelta atrás.

Solo las personas con invitación podían pisar la alfombra roja. Inmediatamente, la gente mostró interés por saber quiénes eran Molly, Rocky y Pétula. Se dispararon lo que parecían miles de *flashes*. La alfombra se volvió borrosa mientras la recorrían.

—¿Son actores? –preguntó alguien.

Allá delante estaban las puertas: unos arcos bajos cubiertos de flores. Cuando Molly vio que, al franquearlos, los invitados entregaban sus bolsos para que los guardias los controlaran por rayos X, cayó en la cuenta de que los arcos eran en realidad detectores de metales camuflados, para descubrir armas o explosivos ocultos.

—Alta seguridad –comentó Rocky.

—Espero que no sea tan alta como para no poder hipnotizarlos –rezongó la chica, apretando con fuerza su tarjeta. Para desearse suerte, se tocó el diamante que llevaba escondido debajo del vestido.

Detrás de ellos llegó alguien muy famoso. La multitud empezó a gritar. Eso estaba muy bien. Le daba a Molly la oportunidad de trabajar sin que nadie la observara.

Apretó los dientes, puso los ojos a plena potencia hipnótica y se preparó para derribar con la mirada a uno de los porteros. Tenía que conseguirlo deprisa, sin que nadie se enterara de nada.

El hombre era duro de roer y muy profesional. Pero cuando Molly lo vio mirar por encima de su cabeza a la famosa que tenía detrás, se dio cuenta de que las celebridades no le eran tan indiferentes como quería dar a entender. Ayudada por esta distracción, Molly pudo colocarse justo delante de él y dirigir sus ojos hacia los suyos, antes incluso de que este volviera la vista hacia ella.

Cuando lo hizo, la hipnosis le golpeó en plena cara. Le dejó aturdido.

—Mire mi invitación –le dijo Molly tranquilamente, y por supuesto, el hombre así lo hizo.

Ponía:

ESTA ES UNA INVITACIÓN AUTÉNTICA
PARA LA GALA DE LOS PREMIOS DE LA ACADEMIA.
DÉJENOS PASAR A MI AMIGO, A MI PERRA Y A MÍ
SIN LA MÁS MÍNIMA OBJECIÓN.

COMPÓRTESE CON NORMALIDAD.
UNA VEZ QUE ESTEMOS DENTRO, OLVÍDESE DE NOSOTROS.

El hombre asintió con la cabeza y vio exactamente lo que esperaba ver: una elegante invitación con letras doradas en relieve, y con la foto de la estatuilla dorada arriba.

Hizo pasar a Molly, Rocky y Pétula por el detector de metales. Luego, la niña le dio la invitación a su amigo, y este la dobló y se la guardó en el bolsillo. Estaban dentro.

Hollywood Boulevar se extendía ante ellos, flanqueado por altas palmeras y cubierto por completo por la alfombra roja. Parecía un apacible lago rojo. Y estaba abarrotado de gente, la mayoría estrellas que Molly reconocía, y todas con aspecto de dioses caminando sobre las aguas. Iban impecablemente vestidos con los trajes de noche más espectaculares y caros que el dinero puede comprar. En su mayor parte, los hombres vestían trajes negros de seda, terciopelo o finos tejidos; las mujeres llevaban maravillosos vestidos de los diseñadores más exclusivos del mundo. Algunas se habían atrevido con elegantes vestidos cortos, pero muchas habían optado por trajes largos. Y como Molly no veía sus pies, le parecía que se deslizaban por la superficie roja del lago como cisnes multicolores. Al otro lado de unas barreras metálicas había gradas descubiertas que ocupaban los afortunados que habían conseguido plazas para ver llegar a los famosos del mundo del cine.

—¡Oh, no! –se lamentó Molly–. Mira las cámaras.

Por encima del bulevar se erguía un puente sobre el que se apiñaban grupos de fotógrafos. Las estrellas los saludaban con un gesto, sonriendo con profesionalidad. A ambos lados de la alfombra roja se veían cámaras de televisión, y presentadores micrófono en mano. Las estrellas posaban sonrientes, conscientes de que el mundo entero las estaba mirando. Enormes lentes enfocaban a derecha e izquierda, y aunque aún había mucha luz natural, los *flashes* llenaban el ambiente con su luz eléctrica.

—¡Vaya! –exclamó Rocky muy contento–, así que esto es lo que se siente al ser una estrella.

—Rocky, no podemos perder tiempo. Vamos a recorrer el bulevar y a entrar en el teatro cuanto antes.

Justo cuando Rocky cogía la mano sudorosa de Molly para tirar de ella hacia delante, decenas de voraces cámaras se volvieron hacia ellos, listas para devorarlos con sus objetivos.

Molly había experimentado lo que es ser una estrella durante unas pocas semanas en Nueva York. Pero había perdido mucha práctica y se sentía mucho más insegura que su amigo. Lo que más la inquietaba era el miedo a que alguien le pusiera una mano en el hombro gritando: «Eh, tú no tienes derecho a estar aquí. ¡Ya estás dando media vuelta y largándote!».

—Rocky, ¿tú crees que se dará cuenta alguien de que no tenemos ningún derecho a estar aquí?

—Solo si lo dices –contestó Rocky, sonriendo a una cámara–. Habrá personas sordas viendo esto por la tele y leyendo en los labios de la gente.

En efecto, a kilómetros de allí, en Oklahoma, un niño sordo llamado Ben estaba viendo por la tele el programa de los Oscar. Le encantaba leer los labios de la gente que salía por la tele. Saber leer en los labios era una de las ventajas de ser sordo. Los programas en directo eran así mucho más interesantes. Por ejemplo, conocía muy bien al presidente y a su esposa porque leía en sus labios lo que se decían el uno al otro cuando estaban lejos de los micrófonos. Estaba impaciente por seguir por la tele las elecciones presidenciales. Aquella noche, mientras seguía la entrevista que le estaban haciendo a un director de cine, reparó en unos niños que se encontraban justo detrás. Los vio hablar.

—Relájate y disfruta, Molly. Nadie sabe que no estás invitada. Yo ya me he convencido a mí mismo de que sí lo estoy –dijo el apuesto muchacho negro, que a ojos de Ben tenía todo el aspecto de una estrella de cine.

A su lado, la niña de pelo revuelto vestida con un traje verde dijo:

—Tienes razón. Esto es demasiado genial como para preocuparme. Pero entremos en el teatro lo antes posible.

—Ánimo y a por todas –les deseó Ben, ansiando salir él también por la tele.

Los *flashes* de las cámaras no dejaban de dispararse. Una luz blanca y radiante brillaba sobre dentaduras como hileras de perlas que se abrían en perfectas sonrisas hollywoodienses. La luz se reflejaba también en los collares de diamantes, las pulseras de platino y los gemelos de oro.

El nuevo collar de Pétula resplandecía, y también la propia perrita. Le encantaban las fiestas. Le volvían loca toda la energía y la emoción que flotaban en el aire.

Molly examinó los rostros famosos que había a su alrededor. Justo delante de ella vio a cinco o seis celebridades cuyos nombres aparecían en su lista de víctimas de Primo Cell. Y todas ellas se comportaban con normalidad.

Ahí estaba Stephanie Goulash con un vestido transparente azul marino, y su estudiada melena de color rojo fuego. A unos pasos de ella se encontraba Cosmo Ace, vestido con un traje plateado, hablando con un periodista. Molly vio también a Hércules Stone, con un esmoquin blanco, abriéndose paso a través de la multitud, agarrado del brazo de una mujer china.

Entonces le dio un vuelco el corazón. A unos metros de ella, una mujer bajita vestida de oscuro observaba a Molly como si la hubiera reconocido. Su micrófono tenía una placa que ponía THE NEW YORK TIMES. Molly se dio cuenta de que era la redactora de espectáculos del periódico más importante de Nueva York. Le había hecho una entrevista cuando actuaba en *Estrellas en Marte*. Molly empujó a Rocky para alejarse de allí, pero ya era demasiado tarde.

—¡Eh, disculpa, Molly! ¡Molly Moon! –exclamó entusiasmada la periodista. Las cabezas de los cámaras más próximos se volvieron hacia la chica.

—¡Molly, qué agradable sorpresa verte por aquí! ¡Y también está Pétula! La gente se preguntaba cuándo volverías.

Capítulo 19

Molly acababa de caer en las redes de su pasado, y no había forma de escapar a la entrevistadora y su micrófono.

—Y bien, ¿os habéis recuperado ya tú y Pétula de su secuestro? –preguntó la mujer.

—Eee... sí, gracias –contestó Molly, tratando de eludir un gran objetivo que se había abatido sobre ella. La carlina miró a la cámara y ladró muy contenta.

—¿Y tu presencia aquí es señal de que vas a volver a los escenarios, o tal vez a las pantallas?

Molly trató de no aturullarse.

—Eee... no –contestó–. Solo he venido a visitar a un amigo. Gracias, pero ahora tengo que marcharme.

—¿Es este el amigo que rodó el anuncio contigo? ¿El de dar a los niños una infancia feliz? –insistió la periodista.

—Sí, soy yo –dijo Rocky–. Es un placer –el chico sonrió a la cámara. Le habría encantado conceder una entrevista, pero Molly le dio un buen pisotón y le lanzó una sonrisa que en realidad quería decir «ni se te ocurra».

Mientras Molly se llevaba a Rocky de allí, oyó a la periodista que decía:

—Molly Moon sigue tan misteriosa como siempre. Pero es genial volverla a tener aquí con nosotros. Tal vez hoy mismo y en este lugar se esté planeando una carrera cinematográfica.

Molly llevó a Rocky al amparo de la multitud.

—Huy –dijo–, qué miedo he pasado. Estos periodistas tienen una memoria buenísima –entonces se percató de que Pétula no iba con ellos.

—Oh, no, Pétula se ha quedado allí –dijo mirando con preocupación a los *flashes* que brillaban a su espalda–. Espero que se encuentre tranquila.

Pero Molly no tenía motivos para preocuparse. Pétula se lo estaba pasando en grande. En Nueva York había disfrutado mucho siendo el centro de atención. Le gustaba volver a sentirse así en Los Ángeles. Giraba la cabeza a un lado y a otro, captando la atención de las cámaras. Se irguió sobre las patas traseras en actitud suplicante. Hizo círculos dando saltitos. Los fotógrafos la adoraban. Luego soltó un ladrido *sexy* y se alejó trotando en busca de su dueña. De camino, pasó delante de un hombre alto y muy bronceado, con el pelo moreno recogido en una cola de caballo y vestido con un traje de terciopelo. Pétula se detuvo junto a él. Su olor le resultaba familiar, le recordaba a alguien que había estado tras una cámara en unos estudios de televisión en Nueva York.

Aunque Pétula no lo sabía, el hombre que le sonreía era de hecho uno de los mejores directores de Hollywood. Se trataba de un italiano llamado Gino Pucci. Su última película, *La sangre de un desconocido*, estaba nominada esa noche al Oscar a la mejor película.

A Pétula le gustaba su olor. Se irguió sobre las patas traseras y apoyó las delanteras sobre su pierna, y cuando el hombre se inclinó para hablarle, Pétula le dedicó una de sus expresiones más encantadoras. Era una mirada irresistible. Gino se quedó tan aturdido que no acertó a decir palabra. Pétula ladró seductoramente y luego volvió a alejarse trotando en busca de Molly.

Esta y Rocky estaban ahora junto a un pesado arco de piedra, la entrada del Teatro Kodak. A un lado se encontraba, como un antiguo ídolo, una gigantesca estatua dorada del premio, casi tan alta como el propio arco. Parecía señalar que el Teatro Kodak era un templo en el que se veneraba a las estrellas de cine. El lugar estaba tan abarrotado de famosos que un rostro desconocido llamaba la atención como algo extraño y especial.

—¡Qué bárbaro! –exclamó Rocky, riendo en silencio–. ¡Aquí hay tantos actores que me siento como en una película!

A Molly le llamó la atención el hecho de que muchos de los actores fueran más bajos de como ella los imaginaba. Verlos en grandes pantallas de cine le había hecho pensar que tenían un tamaño sobrehumano. Pero en realidad, muchos de ellos eran bajitos. Vistas de cerca, las estrellas parecían todas muy humanas. Uno se estaba rascando la nariz; otro, la oreja. A Molly le sorprendía lo normales y corrientes que parecían todos.

—Es extraño, ¿verdad? –comentó Molly–. Nosotros conocemos sus rostros perfectamente, pero ellos nunca han visto los nuestros. O por lo menos, eso espero.

Molly y Rocky permanecieron unos minutos enfrascados en cuanto veían, conscientes de que era algo que recordarían toda la vida.

—Bien –declaró Molly–. Se acabó esto de quedarnos alucinados ante tanta estrella de cine. Vamos dentro.

Pétula ya los había alcanzado, de modo que los tres se dieron prisa en recorrer los últimos metros.

Pero resultaba imposible evitar a los periodistas. La noticia de que Molly había regresado se había extendido como un reguero de pólvora.

—Hola, Molly. ¡Una sonrisa, por favor!

—¡Hola, Pétula! ¡Un ladrido, por favor!

En el Castillo Marmoset, la señora Trinklebury dejó su labor de punto y miró la pantalla del televisor.

—Simon –llamó–. Ven a ver esto. Me parece haber visto a Molly y a Rocky en la gala de los Oscar –en la pantalla, dos chicos igualitos a Molly y a Rocky aparecían y desaparecían entre la multitud. La señora Trinklebury juraría haber oído a alguien decir:

—Eh, Molly, ¿quién es este amigo tuyo?

Para cuando Nockman llegó a la habitación, los dobles de Molly y Rocky ya habían desaparecido en el interior del edificio.

—Bien, Muriel –dijo este–. A parrrtirrr de ahorra se acabarron los cócteles rosas para ti. ¿Qué cosas se te ocurrren? Molly y Rocky están en su *bungalow*.

Dentro del patio cubierto del Teatro Kodak hacía menos calor, y el ambiente era más tranquilo. No se permitía la entrada de cámaras, y había menos gente. El amplio pasillo que se extendía ante ellos –que normalmente era una galería comercial– estaba decorado con flores, y de las paredes colgaban cortinas rojas ribeteadas. Una suntuosa escalera, cubierta con una alfombra roja que parecía una enorme lengua, llevaba a la entrada del teatro.

Allí había grupos de famosos saludándose, o cotilleando para ver quién había venido a la gala.

De repente, todas las voces callaron pues entró por la puerta nada más y nada menos que Gloria Heelheart. La acompañaba un hombre mayor de aspecto distinguido. Una corriente de admiración recorrió a toda la multitud allí congregada, pues Gloria Heelheart era una estrella tan grande que, a su lado, todos se sentían como hormiguitas.

Aquella noche vestía lo que parecía un muelle dorado. Era de seda brillante, formando largos y finos tubos enrollados y cosidos unos a otros hasta componer un vestido resplandeciente que se ajustaba a cada centímetro de su famoso cuerpo. Su cuello de cisne estaba encerrado dentro de un muelle dorado, y parecía una lujosa espiral que unía su cabeza a sus hombros. Los mismos muelles adornaban también sus brazos. Sus ojos orientales tenían un aspecto tan hermoso y misterioso como siempre. Unos pocos la recibieron con educados «buenas noches», mientras los demás la contemplaban en un respetuoso silencio. Estos últimos habrían dado cualquier cosa por conocerla. Gloria Heelheart esbozaba su gloriosa sonrisa al pasar, acompañándola de un grácil gesto de saludo de sus dedos enjoyados.

Molly, contemplando esas espectaculares curvas doradas que recorrían majestuosamente el patio, pensaba en lo increíble que resultaba que "la reina de Hollywood" hubiera podido caer en las redes de Primo Cell. Parecía tan digna, y sin embargo no era más que una esclava.

—Este es el lugar perfecto –dijo Molly.

—Pero ¿cómo vamos a acorralarlos? –susurró Rocky–.

No podemos acercarnos sin más y deshipnotizarlos delante de todo el mundo. Además, seguro que Cell está también por aquí, en alguna parte.

Molly miró nerviosa a su alrededor. Era una idea sumamente inquietante, y hasta ese momento no se había parado a pensar en ello. Saber que Primo Cell estaba ahí le daba tanto miedo como si le hubieran dicho que había un tigre suelto en la sala.

—Tenemos que encontrar un sitio tranquilo –entonces se le iluminaron los ojos–. Ya sé dónde.

Capítulo 20

—Pero, Molly, yo no puedo quedarme merodeando por el servicio de caballeros –se quejó Rocky–. No es como el de señoras. Allí no hay muchas cabinas, ¿sabes? Todo ocurre a la vista, ¿me comprendes? ¿Por qué no puedo ir contigo y con Pétula?

—Rocky, qué cosas tienes, pues claro que no. Mira, esta es una buena idea. Seguro que el cuarto de baño es un lugar agradable y tranquilo. Por lo menos puedes probar a deshipnotizar a algún actor. Yo me ocuparé de las actrices.

—Pero yo no soy tan bueno como tú. Para hipnotizar con la voz necesito hablar un buen rato.

—Rocky, inténtalo, anda, por favor. Tú tienes mucho encanto. Les puedes hacer muchas preguntas personales.

Rocky se dirigió de mala gana al servicio de caballeros, que estaba en la otra punta del vestíbulo. Molly y Pétula se fueron al tocador de señoras.

Allí, la iluminación era muy intensa. Una sala circular de paredes cubiertas de azulejos, con lavabos y espejos, llevaba a un largo pasillo con cabinas plateadas a cada lado. Dentro de estas se encontraban los inodoros. Había unas cuantas mujeres retocándose el maquillaje. No se fijaron en Molly, que se encontraba sentada en un taburete junto a la puerta; ni en Pétula, recostada sin molestar bajo la repisa del tocador.

Molly sabía que, tarde o temprano, entraría en el tocador una de las estrellas que estaban en su lista. Y cuando lo hiciera, ella estaría preparada.

La encargada del tocador salió de una de las cabinas, donde había estado doblando el borde del papel higiénico en forma de triángulo. Llevaba un uniforme de rayas almidonado, con un delantalito blanco, y su cabello rubio y rizado estaba cuidadosamente peinado. Era una mujer corpulenta que podría comerse dos grandes recipientes de helado de una sentada; pero esa noche se encontraba demasiado tensa y nerviosa como para comer nada. Esa era la noche más grande en los cuarenta años que llevaba de encargada del tocador en la ciudad de Los Ángeles. Estaba enormemente orgullosa de limpiar los inodoros en los que se habían sentado traseros famosos. En cuanto una estrella salía de una de las cabinas, se precipitaba dentro para limpiar y sacar brillo.

Era tan evidente que disfrutaba con su trabajo que a Molly le parecía una lástima interrumpirla. Pero tenía una misión que hacer, de modo que en el momento oportuno, cuando no había nadie más en el tocador, se puso manos a la obra.

Pocos segundos más tarde tenía a la encargada bajo control.

—No se dará cuenta de que estoy hipnotizando a la gente –susurró Molly–. Usted me ignorará y seguirá con su trabajo. Cuando me haya ido, olvidará que he estado aquí.

La mujer de la limpieza asintió con la cabeza.

—¿Cómo se llama?

—Brenda-Cartwright –contestó ella despacio.

—Bien, Brenda, después de esta noche sentirá que ha hecho un buen trabajo, y que todo el mundo la adora. No esté nerviosa. Disfrute de la noche.

Brenda asintió, sonrió feliz y se alejó como flotando, tarareando una canción del musical *Dolly*.

Para sorpresa de Molly, la siguiente señora que entró en el tocador fue Suky Champagne. Ahora podía empezar a trabajar.

La señorita Champagne vestía un extraordinario atuendo de sirena. Era plateado y verde, con nenúfares de terciopelo. Estaba cubierto de lentejuelas en forma de lágrima, llevaba la espalda descubierta, un pronunciado escote, y una apertura circular a la altura del estómago que revelaba el ombligo de la actriz, adornado con un *piercing* de esmeralda. La falda de su vestido era tan estrecha que la actriz solo podía dar minúsculos pasitos, y luego terminaba en forma de cola, con lo que parecía que arrastrara un banco de algas.

Se inclinó frente a un espejo y sacó una barra de carmín de su bolsito de noche. Luego se dedicó a sí misma su mirada especial, que era como si la brisa de una ola la hubiera cogido por sorpresa, cortándole la respiración. Satisfecha con su propia belleza, se acarició la melena. Fue entonces cuando vio reflejados en el espejo los ojos de Molly, que la estaban mirando fijamente.

En pocos segundos, la boca de la actriz se abrió de par en par y el carmín cayó dentro del lavabo.

—Y ahora –dijo Molly, hablando lo más deprisa posible– estás bajo mi poder. Total y absolutamente.

Volvió a abrirse la puerta del tocador. Molly se quedó sin respiración y se encogió al ver entrar a Gloria Heelheart, que pasó por delante de ella escurriéndose como una anguila, enfundada en su traje dorado. Descubrió a Suky Champagne, pero sin pararse a mirarla, se colocó frente a otro espejo.

—Suky, cariño, enhorabuena –dijo arrastrando las palabras–. ¡Enhorabuena por tu nominación! Qué noche tan especial para ti.

Molly vio que Gloria abría su bolsito dorado. Sacó una foto de unos perritos pequineses y le dio un beso.

Suky Champagne, que seguía en trance, se miraba en el espejo como si le hubieran quitado el cerebro.

—¿Te encuentras bien? –preguntó la Reina de Hollywood con el ceño fruncido (aunque esto le resultaba un poco difícil por todas las inyecciones de Botox que le habían aplicado en la frente para disimular las arrugas). Se repasó sus grandes labios con carmín escarlata–. Pareces estar un poco ida, cielo.

La lengua de Suky asomó por una esquina de su boca.

—Gaaaaagaaaaá –contestó.

Rápidamente, Molly le dio una palmadita en el hombro a Gloria Heelheart.

—Dice que está radiante. ¿Te van a dar a ti un premio esta noche? –preguntó. Gloria se dio la vuelta imperiosamente para descubrir quién osaba dirigirle la palabra, y cuando sus ojos se encontraron con los de Molly, esta la hipnotizó en el acto. Gloria Heelheart parecía un animal drogado. Se le derrumbó la cabeza hacia un lado y su bolso cayó al suelo.

—Bien –dijo Molly, mirando de reojo la puerta mientras deseaba que no entraran más criaturas de Hollywood–. Ambas estáis bajo mi poder y quiero que hagáis algo para mí.

152

Ambas asintieron con la cabeza.

—Quiero que recordéis –dijo–. Que penséis en Primo Cell. Él os hipnotizó, ¿verdad?

Ambas volvieron a asentir. A Molly le dio un vuelco el corazón.

—Quiero que recordéis lo que os ordenó hacer Primo Cell.

Volvieron a asentir.

—Bien. Mi poder es superior al de Primo Cell. Y yo ahora os ordeno que olvidéis todas sus instrucciones, borradlas de vuestras mentes. A partir de este día sois libres de actuar como os plazca. Nunca más volveréis a obedecer a Primo Cell. De hecho, no os volveréis a acercar a él.

Molly calló un momento. Gloria Heelheart y Suky Champagne movían de lado a lado sus espléndidas cabelleras.

—No-pue-do –dijo Gloria como un robot.

—No-pue-do-o-be-de-cer –dijo Suky como un eco.

—Sí que lo haréis –insistió Molly, sintiéndose como una maestra de escuela lidiando con alumnos desobedientes–. No toleraré ninguna tontería –dijo con severidad, asombrada de su propio tono de voz. Tenía que hacer entrar en vereda a las dos actrices antes de que apareciera alguien en el tocador.

—Miradme a los ojos.

Aumentó la potencia hipnótica de sus ojos hasta que la cabeza de Gloria Heelheart se puso a temblar y el cuerpo de Suky Champagne empezó a desplomarse, como si sus zapatos de tacón de aguja se torcieran bajo su peso. Pétula gimió. A Molly no le gustaba verlas así, pero no había más remedio.

—Dime algo que Primo Cell te haya ordenado hacer –le pidió a Gloria.

—Alto-secreto –declaró la Reina de Hollywood.

—Mira, Gloria —dijo Molly, atónita y preocupada de que ninguna de sus instrucciones tuviera éxito—. Por tu propio bien, me lo vas a decir ahora mismo.

—No-puedo-decirte-nada —graznó esta, empezando a temblar—. Es-im-posible.

Ambas actrices se resistían a la presión de Molly. Normalmente, la gente sucumbía por completo ante este tipo de poder hipnótico. Esta resistencia dejó a Molly anonadada. Si las seguía hipnotizando, caerían desplomadas. Cell las había hipnotizado tanto que, por más que se esforzara, no conseguía liberarlas. ¿Cómo lo habría hecho Primo Cell?

—Está bien —dijo, tirando la toalla. Molly quería devolverles un poco de dignidad a las dos actrices—. Dentro de unos segundos, cuando chasquee los dedos, olvidaréis que habéis estado en trance y os comportaréis con normalidad.

En ese momento, Molly vio ante ella una oportunidad irresistible. Se moría de ganas de volver a disfrutar de la embriagadora sensación de poder que la invadía cuando alguien estaba bajo su control. Molly aún estaba a tiempo de cambiar la vida de esas dos personas, o de pedirles que hicieran cualquier cosa.

Podía, por ejemplo, pedirles que los invitaran a Rocky y a ella a comer a sus casas. Podía pedirles que consiguieran que Molly actuara con ellas en sus próximas películas. Molly podía haberle pedido a Suky Champagne que hiciera campaña para salvar las selvas tropicales.

Pero en lugar de todo eso, al oír a Brenda Cartwright tararear feliz su cancioncilla, y en un repentino gesto de generosidad, la chica dijo:

—Suky y Gloria, ambas os vais a percatar de lo maravillosa que es Brenda Cartwright, la encargada del tocador. De hecho, más adelante le escribiréis para decirle que esta velada no habría sido la misma sin su fantástico trabajo. Podéis incluso invitarla a tomar el té. Ambas tendréis la sensación de que ha sido lo más memorable de la gala de los Oscar. Y ahora, siempre que yo diga... esto... «polvos de maquillaje», ambas volveréis a estar bajo mi poder otra vez –Molly chasqueó los dedos una vez más y ambas mujeres despertaron.

—Te he preguntado si te encontrabas bien –repitió Gloria Heelheart, retomando la conversación allí donde la había dejado.

—Claro que sí. ¿Sabes que estoy nominada por mi papel en *La sangre de un desconocido*?

—Sí, cielo, te acabo de dar la enhorabuena.

—Ah, ¿en serio? –Suky Champagne no entendía cómo no había oído las felicitaciones de Gloria. Entonces dejó escapar un extraño gritito, algo así como el eructo de un ratoncito.

—¡Oh, no! Se me ha caído la barra de labios y se ha roto. Es un mal presagio. Willomena Dreiksland creó ese color de pintalabios especialmente para mí. ¿Ves?, combina perfectamente con las flores de mi vestido. Oh, cielos, ya no creo que vaya a ganar ese Oscar.

Gloria Heelheart no la estaba escuchando. Al agacharse a recoger su bolso había descubierto a Pétula.

—¡Ooooooh, qué carlina más liiiiiiiinda! –exclamó–. ¿Es tuya? –le preguntó a Molly–. Y eso que a mí esta raza de perros no me apasiona. Yo soy más de pequineses, pero qué perrita más maravillosa –se agachó, tomó la cabeza de Pétula entre sus manos y le besó el hocico. Pétula se mareó un poco con su perfume, de modo que se alegró mucho cuando Brenda Cartwright salió de una cabina, distrayendo la atención de Gloria.

—Brenda, cariiiiiiño –dijo entusiasmada la actriz–.

Esta noche has hecho un trabajo maaaaravilloso. A ti sí que tendrían que darte un Oscar.

Brenda, ahogada en el torrente de halagos de Gloria y Suky, estaba demasiado abrumada como para articular palabra.

Tras unas caricias más a Pétula, agradecimientos a Brenda por su excelente trabajo y emanaciones de perfume, las dos actrices se marcharon.

Molly se dejó caer sobre su taburete. Se sentía muy confundida. Se había esforzado al máximo por deshipnotizar a las dos actrices y había fracasado. No entendía por qué.

En el libro del hipnotismo no decía nada de hipnosis que no se pudiera anular. Molly pensaba que a toda persona hipnotizada siempre se la podía liberar. De alguna manera, Cell había conseguido mantener la hipnosis de forma permanente. Molly no sabía cómo lo había hecho. Se sentía como si estuviera frente a una sólida puerta de acero cerrada con un cerrojo de hierro del cual ella no tenía la llave. Empezó a vislumbrar el verdadero alcance del poder de Cell.

Sus víctimas estaban atrapadas. Si Primo Cell podía mantenerlas bajo su control cuanto quisiera, era invencible. Resultaba una idea aterradora. Sería siempre más y más poderoso y cada vez más rico. Y controlaría siempre a más gente cada vez en todo Estados Unidos, y en todo el mundo, probablemente. Primo Cell sabía muchísimo más de hipnotismo que Molly. Y lo más seguro es que se encontrara en ese mismo momento en el edificio. Molly estaba muerta de miedo.

Molly oyó que por los altavoces llamaban a los invitados para que se acomodaran en sus asientos. Unas cuantas personas más se apresuraron a entrar al tocador antes de que diera comienzo la ceremonia. Molly decidió no perder la esperanza. Tal vez podría liberar a algunas víctimas de Cell que no estuvieran tan severamente hipnotizadas. Debía tratar de saber más sobre lo que les había ocurrido.

Sin embargo, conforme fue transcurriendo la velada, sus esperanzas se vinieron abajo.

A lo largo de toda la gala, los invitados salían de vez en cuando del auditorio para tomarse un descanso. Las mujeres entraban al tocador para retocarse el maquillaje e ir al cuarto de baño. Molly probó fortuna con estrellas grandes y pequeñas, así como con tres directoras, cuatro productoras, cinco guionistas, una realizadora y una diseñadora de vestuario. Cayó en la cuenta de que, cuanto más famosas eran, más probabilidades había de que Cell las hubiera hipnotizado. En efecto, había hipnotizado a dos de las directoras y a una productora. Y también en estos casos sus instrucciones eran firmes e irrevocables.

La velada proseguía para los invitados. Vieron vídeos con fragmentos de las mejores películas del año. Se entregó premio tras premio. Personas contentísimas y emocionadas subían al escenario a recogerlos. Pétula gemía, deseando verlo todo.

Al cabo de un tiempo llamaron a la puerta del tocador. Era Rocky. Estaba muy contrariado. Todo el que había entrado al servicio de caballeros tenía demasiada prisa como para pararse un momento a hablar con él.

—He pasado mucha vergüenza –dijo disgustado.

Molly le contó lo que había descubierto.

—Pero ¿cómo lo hace? –quiso saber Rocky.

—No lo sé. Es como si dentro de su cerebro les hubiera sellado las instrucciones. Es extraño.

—Es peligroso.

—Ya he tenido bastante –declaró Molly–. Vámonos a casa.

Capítulo 21

P ara gran alegría de Pétula, Molly y Rocky se aventuraron por el vestíbulo vacío. Desde allí oían el murmullo ahogado de las voces que provenían del auditorio. Los chicos querían echar una rápida ojeada antes de marcharse. Sin hacer ruido, se colaron dentro y se ocultaron detrás de una columna a la entrada del teatro.

Este era enorme, como una boca roja y cavernosa cubierta de hileras de asientos que parecían dientes. Centenares de personas permanecían sentadas con sus trajes de gala y sus joyas, mirando, escuchando, aplaudiendo y pasándoselo bien. A Molly le parecía que estaban sentados en las fauces de una bestia hambrienta llamada Negocio del Espectáculo.

A ambos lados del auditorio, cámaras montadas en brazos metálicos barrían la escena escudriñando al público. Filmaban las reacciones de los famosos cada vez que se anunciaba un premio. Todas las estrellas eran conscientes de que millones de personas las observaban en todo el mundo.

Había llegado el momento de conceder el Oscar a la mejor actriz protagonista. En la pantalla gigante apareció un vídeo de Tanya Tolayly en la película *En la jungla*, y luego la imagen se dividió en cuatro. Las cámaras enfocaron en primer plano a las cuatro actrices nominadas para este premio, y las imágenes de dos metros de sus rostros expectantes surgieron sobre el escenario. Suky Champagne era, por supuesto, una de ellas.

La presentadora del premio, una actriz española con un vestido con alas, que parecía a punto de echarse a volar, sostenía en sus manos el sobre cerrado. Lo abrió, sacó la tarjeta que había dentro... el público contuvo el aliento... y anunció:

—Y el Oscar es para... ¡Suky Champagne por *La sangre de un desconocido*!

Cuando Suky se dio cuenta de que había ganado, soltó un chillido. En la pantalla, las otras tres actrices pugnaban por disimular su decepción. El público aplaudía a rabiar.

Temblando, se puso en pie. Besó a los que estaban a su lado –su hermana y el director de la película, Gino Pucci–. Después se recogió su vestido de sirena y trató de deslizarse con gracia por el pasillo. Cuando llegó al escenario, se llevó la mano a la boca, anonadada. Toda la vida había estado imaginándose ese momento, y ahora que había llegado, apenas podía pensar con claridad. Tras lo que le pareció una hora, y a la vez un segundo, recibía la estatuilla dorada y los besos de la presentadora.

—Enhorabuena, enhorabuena –la felicitó la actriz española, empujándola hacia el micrófono.

Suky Champagne sintió las cámaras en la cara. Sonrió, consciente de que sus labios estaban ahora en millones de pantallas de televisión de todo el mundo.

En su habitación del Castillo Marmoset, la señora Trinklebury lloraba de alegría por la victoria de su actriz predilecta.

—Se merece cada centímetro de esa estatuilla –dijo–. Oh, qué día más maravilloso para ella. Me imagino que su madre estará orgullosísima.

—A lo mejor es huérfana –dijo Gemma.

—Me preguntó qué dirá ahora –siguió la señora Trinklebury–. Parece terriblemente nerviosa.

En la televisión, el pequeño rostro de Suky parecía estar esperando a que se apagara el aplauso. Pero en realidad, la actriz trataba desesperadamente de recordar el discurso que había preparado. La sorpresa de haber ganado parecía haberle vaciado la cabeza por completo.

La señora Trinklebury se secó los ojos con un pañuelo.

—Gracias –empezó Suky Champagne, registrando cada rincón de su cerebro en busca de su discurso perdido. Por fin lo encontró–. Sí –suspiró–, quiero dar las gracias a todas aquellas personas que han hecho posible esta película. Ha sido una experiencia maravillosa, y sin todos vosotros, yo no estaría hoy en este escenario. Así que gracias. Pero, sobre todo, quería expresar mi agradecimiento a Brenda Cartwright, que está aquí esta noche. Cuida tan maravillosamente del tocador del Teatro Kodak que podría haberme pasado allí toda la velada. Nunca había visto unos inodoros tan brillantes. Sí, Brenda, gracias, has hecho que mi velada sea maravillosa.

—Qué chica tan agradable –comentó la señora Trinklebury.

El público no sabía muy bien si reír o no, y algunas personas optaron por hacerlo. Otras la entendieron muy bien. Sabían que debía de estar profundamente emocionada con su triunfo, de modo que irrum-

160

pieron en aplausos. Algunos directores decidieron que Suky Champagne era una actriz mucho más excéntrica e interesante de lo que pensaban.

Suky Champagne esbozó una sonrisa de perplejidad y abandonó el escenario.

Rocky miró de reojo a Molly.

—Extraño comportamiento. Supongo que no tendrás nada que ver en esto, ¿no?

—No era mi intención que dijera lo que ha dicho —Molly se sentía culpable.

Desde su escondite, Molly, Pétula y Rocky vieron el resto de la ceremonia. Por fin terminó todo, y el vestíbulo y los pasillos empezaron a llenarse de grupos de personas que hablaban animadamente. Zarandeada de un lado a otro, Molly captó retazos de una conversación sobre la desaparición de Davina Nuttell.

—¿Crees que se trata de un secuestro? ¿Por qué entonces la familia no ha recibido una petición de rescate? —preguntó un hombre.

—Yo lo único que sé —replicó la persona que iba con él— es que he contratado a un guardaespaldas para que acompañe a mis hijos al colegio. No pienso dejarles salir solos.

Molly y Rocky se dieron cuentan de que tendrían que haberse marchado antes. Para eludir las cámaras decidieron utilizar la salida de emergencia. Entonces, una mano golpeó suavemente el hombro de Molly.

Esta se dio la vuelta y descubrió frente a ella la alta e imponente silueta de un hombre de pelo cano. La chica se tambaleó hacia un lado y apenas logró contener un grito.

Primo Cell sonrió.

—Siento mucho haberte asustado —dijo.

Molly trató de borrar el horror que se reflejaba en su expresión. Cell la miraba directamente a la cara.

Reconoció sus ojos, cada uno de un color. Uno era turquesa; el otro, de un extraño tono castaño. También vio todos los pelos de su nariz.

—Me alegro de haberte encontrado antes de que te marcharas –dijo el hombre con voz cálida y amable–. Eres Molly Moon, ¿verdad? Mi nombre es Primo Cell. Mi hijo Sinclair me ha contado todo sobre tu maravilloso éxito en Nueva York del año pasado. Según tengo entendido, eres la estrella del siglo XXI –detrás de Cell, Molly descubrió a Sinclair. Era un joven rubio de ojos azules, de cuerpo atlético y bronceado.

—Hola –dijo él sonriendo, como si su objetivo principal en esta vida fuera seducirla. Pétula gruñó. Molly comprendió que Sinclair era la misma persona que había entrado en el despacho de Cell la noche en que se escondieron debajo del escritorio. Rápidamente se colocó delante de la carlina para ocultarla.

—Es un verdadero placer conocerte –dijo Primo Cell–. Siempre me han interesado las jóvenes estrellas –su voz era fluida y suave, como si su boca, su lengua y sus dientes estuvieran lubricados con silicona líquida. Sus extraños ojos eran grandes y brillantes. Molly no quería mirarlos. Primo le ofreció su mano perfectamente cuidada. Molly no se la estrechó.

Primo Cell debió de pensar que la chica era una desconfiada, y añadió:

—Oh, claro, no tienes ni idea de quién soy, ¿verdad?

Haciéndose la tonta, Molly dijo que no con la cabeza. La voz de aquel hombre era horriblemente seductora, tenía que dejar de escucharla cuanto antes.

—Encantada de conocerlo –rezongó intentando alejarse.

Primo no se dio por vencido. Pensó que probablemente alguien habría advertido a aquella estrella en

162

ciernes de que Hollywood era un banco de tiburones, y todos querrían darle un buen mordisco.

—Me encantaría conocerte un poco mejor –ronroneó Primo Cell–. Molly, esta noche doy en mi casa la mejor fiesta de Hollywood. Todo el mundo estará allí. Es el lugar para que todos te vean. Me encantaría que tú y tu amigo fueseis mis invitados –Cell tendió a Molly dos invitaciones negras con dibujos de urracas doradas–. Espero veros allí.

Primo Cell sonrió una vez más y desapareció entre la ruidosa multitud.

Molly y Rocky miraron las invitaciones. Ninguno de los dos dijo una sola palabra.

Por fin ella rompió el silencio.

—Podemos ir un rato.

—No tenemos por qué ir –contestó Rocky–. ¿Has visto cómo te miraba?

—Deberíamos ir –insistió Molly, que ya había tomado una decisión–. Piénsalo. Es la oportunidad perfecta para saber más sobre él. Tenemos que descubrir cuál es su método para provocar ese estado de hipnosis permanente. A lo mejor encontramos en la casa alguna pista que nos muestre cómo lo hace. Probablemente tenga una sala especial de hipnotismo que nos dé algún dato. Si fue Cell el que secuestró a Davina, a lo mejor la tiene encerrada en un desván o algo así. Rocky, ya sé que es como meterse en la boca del lobo, pero tenemos que ir.

—Pensar que podremos curiosear sin peligro por la casa de Cell es como creer que se puede jugar en una central eléctrica sin riesgo de electrocutarse.

—No –contestó Molly, cogiendo en brazos a Pétula–, porque no vamos a jugar; vamos a desconectar la corriente.

Capítulo 22

Molly y Rocky no sabían muy bien cómo ir a casa de Primo Cell. Su chófer ya se había marchado, y se dieron cuenta de que coger un taxi en la puerta del Teatro Kodak tenía sus inconvenientes. Allí había centenares de personas pidiendo autógrafos. De modo que cuando descubrieron a un viejo actor muy alto, vestido con un traje vaquero, y con una invitación negra en su mano bronceada, le preguntaron cortésmente si los podía llevar en su coche. Molly lo reconoció por las viejas películas del Oeste que tenían en un armario en La Casa de la Felicidad. Su nombre era Dusty Goldman.

—Siempre y cuando no os importe que mi coche sea un viejo trasto, yo, encantado de llevaros. Lo tengo aparcado ahí detrás –dijo sonriente, y su rostro curtido se llenó de arruguitas.

Muy aliviados por haber encontrado a alguien que parecía real, y al que no le importaba tener un coche destartalado, los dos amigos siguieron a Dusty Goldman hacia la puerta trasera del Teatro Kodak.

—Me sorprende que me hayáis reconocido –dijo él con modestia–. Hace años que no hago una película importante.

—¿Por qué estabas en la gala de entrega de los Oscar? –preguntó Rocky.

—Una vieja amiga mía ha dirigido una película que estaba nominada para la mejor banda sonora, y su marido no podía venir esta noche... ha pillado no sé qué virus. Así que me ofreció su entrada y su invitación para la fiesta. Decidí venir para recordar viejos tiempos.

Fuera, el sol ya se había puesto y estaba empezando a refrescar. Dusty llevó a Molly, Pétula y Rocky hasta un viejo y destartalado coche descapotable. Estaba medio oxidado, lleno de abolladuras y manchado de barro.

—¿Por qué no sale más gente por la puerta de atrás? –preguntó Molly–. Aquí no hay tanta aglomeración.

—Pues precisamente por eso. A la gente le gusta que la vean, sobre todo por la tele –explicó Dusty–. Cuantas más veces se publiquen sus fotos, más famosos se vuelven. Cuanto más famosos son, más fotos quieren sacarles. Es un círculo vicioso del que casi nadie desea salir. Quieren llegar a lo más alto de ese círculo, más alto que nadie. Más alto que Marilyn Monroe o que Elvis Presley. Quieren convertirse en dioses. Esa es la razón de que no salgan por la puerta trasera –subió al asiento delantero de su coche, que ni siquiera tenía cerrado con llave–. Con esto no quiero decir que la mayoría de las personas que están hoy aquí no tengan verdadero talento. Algunos son actores realmente buenos, y directores de primera categoría, pero muchos de ellos quedan atrapados en este círculo vicioso.

A Molly y a Rocky les gustaba Dusty. Tenía los

pies en la tierra y ni un solo pájaro en la cabeza. Se metieron de un salto en su Thunderbird, sentándose en sus asientos de cuero gastado. Dusty agarró el deslucido volante de cromo con la mano izquierda, arrancó y, tras unas cuantas maniobras, se alejaron del teatro, envueltos en los rugidos del motor.

Viajar en un coche descapotable era refrescante, pero pronto empezó a hacer demasiado frío, de modo que Dusty le dio una chaqueta a Molly para que se abrigara un poco. Pétula se sentó en su regazo, dando lametazos al aire para captar la brisa. Recorrieron Hollywood Boulevard, cogiendo más velocidad mientras cruzaban la parte oeste de Hollywood. Atrás dejaron las brillantes luces de los restaurantes, los hoteles y los bares. Las orejas de Pétula se agitaban al viento.

—¿Os gusta la música?

—A mí me encanta –dijo Rocky. Dusty sintonizó una emisora de música *country*.

—¿Tocas algún instrumento?

—La guitarra –contestó Rocky.

—¿Ha estado ahí alguna vez? –preguntó Molly cuando pasaron por delante del Beverly Hills Hotel.

—Sí. Es muy caro, todo dorado y rosa, lleno de cojines por todas partes. Parece el interior de una caja de pañuelos de papel. ¿Veis eso de ahí arriba? Es la mansión de Primo Cell, completamente iluminada.

Molly reconoció la casa de Cell por las fotos que le había enseñado Lucy. Estaba en la cima de una colina, en medio de un bosque de cedros, y era enorme. Sus vallas de piedra gris y sus jardines se encontraban iluminados con focos de luz plateada. Conforme se dirigían colina arriba, iban viendo cada vez menos partes de la casa, hasta que por fin lo único que quedó a la vista fue la alta valla que rodeaba la mansión.

Dusty se acercó hasta la imponente verja, apagó la

radio y enseñó sus invitaciones a los guardias de seguridad.

—Nunca había estado aquí –comentó.

—Nosotros tampoco.

Molly esperaba que su repentina decisión de ir a la fiesta no hubiera sido una insensatez.

Sería mejor hacer sus investigaciones rapidito, esperando que Primo Cell estuviese demasiado ocupado ejerciendo de anfitrión como para fijarse en ellos.

Dusty siguió la fila de coches que subían por el camino de grava. Pasaron por delante del bosque de cedros y de unos pequeños lagos con luces de colores. El jardín se hallaba repleto de esculturas gigantescas de animales, que parecían pastar a la luz de la luna.

—Un amante del arte. Me imagino que dentro de la casa también tendrá una buena colección. Así que si la gente no es muy interesante, tal vez lo que haya colgado en las paredes sí lo sea –añadió Dusty secamente–. Y por su colección de arte sabremos cómo es nuestro anfitrión.

El camino de coches desembocaba en un área de gravilla que rodeaba el edificio principal. Allí, un aparcacoches llevó a Dusty hasta un espacio junto a un muro. En medio del aparcamiento y en el centro de una fuente se veía una gran urraca de piedra a punto de levantar el vuelo. De las puntas de sus alas salían surtidores de agua.

Molly salió del coche y se empapó bien de todo lo que veía. Por debajo de ellos estaban los tejados, las chimeneas y las ventanas del último piso de la casa de Primo Cell. En el horizonte se extendía la enorme ciudad de Los Ángeles, formando un manto de millones de bombillas de colores, algunas ordenadas en cuidadas hileras, otras dispuestas sin orden ni concierto.

—He oído hablar de esta vista. Desde aquí, la ciudad parece la placa base de un ordenador, ¿verdad? –comentó Dusty mientras caminaban entre antorchas encendidas, bajando unos escalones de piedra que llevaban a la parte trasera de la casa.

A izquierda y derecha se veían cuidadas rosaledas que albergaban otras esculturas de acero. Un pavo real levantó sus plumas al paso de Pétula. Al pie de la escalera había un jardín acuático japonés con árboles en flor. De un puente de madera curvada colgaban racimos de fragantes glicinias color púrpura. En el estanque, enormes peces naranjas con motas blancas nadaban entre los bancos de azucenas.

—Carpas chinas –señaló Dusty mientras cruzaban el puente. Molly cayó entonces en la cuenta de que esta era la primera vez que iba a la casa de una persona verdaderamente rica. Se imaginaba lo maravilloso que sería vivir en una casa así. Pasaron por debajo de un arco y desembocaron en un patio circular de suelo empedrado, en cuyo centro una escultura de un huevo los sorprendió al lanzar de pronto un rayo de fuego naranja. Detrás de la escultura se veía una puerta de madera labrada. Allí, otro guardia de seguridad volvió a inspeccionar sus invitaciones. Después, Molly, Pétula y Rocky siguieron a Dusty al interior de un vestíbulo de altos techos.

Allí se encontraron con una balaustrada que dominaba el vestíbulo. La imponente escalera de madera de roble bajaba hasta un suelo de mármol veteado como si alguien hubiera vertido tazas de café sobre él. De una habitación cercana provenía una música de jazz. Molly miraba a izquierda y derecha, siguiendo con los ojos el largo pasillo que llevaba a otras partes de la casa. Por doquier se veían ajetreados camareros que entraban y salían de las habitaciones con bandejas de copas y de comida.

—Vamos al jardín –indicó Dusty, llevándolos hacia el salón de Primo Cell.

Habían sacado todos los muebles del enorme espacio, para poder albergar a los numerosos invitados de la fiesta. En el centro del techo había una colosal lámpara con pedacitos de cristal que colgaban como millares de gotas de rocío. Un cuarteto tocaba la pieza *I Got You Under My Skin*. Al pasar por delante de los músicos, Dusty dio unos divertidos pasos de baile y los condujo al exterior.

Cuando desembocaron en una terraza del tamaño de una cancha de tenis, una voz gritó:

—¡Dusty, por fin has llegado!

Una mujer alta y hermosa de rasgos árabes, vestida con un traje de gasa roja, se lanzó al cuello del viejo actor.

—Que lo paséis muy bien, encantado de haberos conocido –dijo Dusty, guiñándoles un ojo a Molly y a Rocky, antes de darse la vuelta para saludar a su amiga la directora.

Un camarero ofreció a los niños cócteles de fruta. Pétula se comió una aceituna que encontró en el suelo, y luego se puso a chupar el hueso. Molly contempló la fachada de la casa de Primo Cell.

Tenía cuatro plantas. Tras los cristales de las ventanas del piso de abajo veía a los invitados brindando con copas de champán y de cóctel. Gloria Heelheart abrazaba a Gino Pucci; Hércules Stone admiraba la estatuilla de Suky Champagne; Stephanie Goulash le daba un beso de bienvenida a King Moose. Entre ellos se encontraba incluso Gandolli, el político, al que Molly reconoció por los carteles electorales que había repartidos por toda la ciudad. El aire nocturno estaba lleno de cuchicheos, risas y emoción. Los invitados disfrutaban de la satisfacción de saber que asistían a la mejor fiesta que Hollywood celebraba esa noche. Muchos de ellos iban de un lado a otro, asegurándose de hablar con la gente más importante. Los actores trataban de encandilar a los directores, estos halagaban a los productores, y estos últimos buscaban estrellas que les aseguraran éxitos de taquilla para sus próximas películas.

Molly también pensaba en la suerte que tenían de estar presentes en aquella velada. Si la planta principal de la mansión bullía a causa del ruido y el movimiento, tras los cristales de los pisos superiores no se detectaba ni rastro de actividad. Todo estaba en silencio. La chica decidió que había llegado el momento de realizar una pequeña visita al resto de la casa.

Capítulo 23

Molly y Rocky se terminaron sus cócteles de fruta y volvieron al vestíbulo de suelo de mármol. La escalera de roble estaba abarrotada de gente que hablaba y reía. En el rellano de arriba había dos guardias de seguridad. Sería imposible acceder por ahí a los pisos superiores. Los dos amigos decidieron empezar por la planta baja. Escurriéndose entre una mujer tan grande como una vaca, vestida con un kaftán dorado, y un grueso hombre de bigote blanco, llegaron a una habitación vacía. Estaba llena de obras de arte moderno e iluminada por una gran lámpara de acero y cristal.

—Recuerda lo que ha dicho Dusty –le dijo Rocky a Molly–. Por su colección de arte sabremos más sobre el carácter de Primo Cell.

A la izquierda había un cuadro muy extraño, en tonos verdes y grises, en el que se veía a muchas personas muy pequeñitas, del tamaño de un ratón. Estas estaban desnudas y solo llevaban unas correas al cuello, de las que tiraba un mono organillero, que a su vez llevaba otra correa al cuello. Enfrente había un retrato del propio Cell, tan grande que ocupaba la pared entera. Sus ojos, uno marrón y el otro turquesa, mostraban en sus pupilas el reflejo de una urraca en pleno vuelo.

—Me pregunto dónde estará en este preciso instante –susurró Molly mientras se les acercaba un camarero con una bandeja. En ella había cangrejos fritos dispuestos artísticamente alrededor de un cuenco con una salsa negra.

—¿Qué es esto? –preguntó Molly.

—Cangrejos de caparazón blando –contestó el camarero. Al ver la expresión perpleja de Molly, añadió–: Se pueden comer enteros, son un tipo especial de cangrejos.

—Eeee... no, gracias –dijo Molly. Rocky cogió uno.

—Mmmmm, qué crujiente –comentó.

Rocky estaba tan emocionado con la fiesta que Cell había dejado de asustarle.

—No creo que le interesemos tanto. Tiene gente mucho más importante de la que ocuparse.

—Sí, espero que no se ocupe ni un segundo de nosotros –contestó Molly.

Molly, Pétula y Rocky se escabulleron por entre los bulliciosos invitados, sin que nadie reparara en ellos. Buscaban las habitaciones privadas de Cell. Recorrieron hasta el final el pasillo de suelo de mármol y abrieron una puerta que daba a un invernadero. Un follaje denso como el de una jungla subía por columnas que albergaban centenares de orquídeas, y el aire tenía un aroma húmedo y dulzón. En un extremo había una fuente, alrededor de la cual tres personas tocaban la guitarra y cantaban.

El primero era un adolescente alto y delgado, con

la nariz grande y el pelo revuelto. El segundo, una chica de unos dieciséis años, con el pelo muy corto y una ceja a medio depilar. El tercero, para sorpresa de Molly y Rocky, era Billy Bob Bimble. Se pararon a escuchar. Molly se dio cuenta de que Rocky se moría por coger una de las guitarras y unirse a ellos, pero su amiga le lanzó una severa mirada recordándole que tenían cosas más importantes que hacer.

Entonces Rocky empezó a tararear.

—Sí, tío, esto mola –dijo el del pelo alborotado, moviendo la cabeza mientras tocaba con los ojos cerrados.

Rocky se puso a cantar al ritmo de la música. Molly estaba impresionada. Se iba inventando las palabras sobre la marcha y quedaba muy bien. Pero cuando el chico le hizo una seña, ella se alejó hacia el otro extremo del invernadero con Pétula. No quería que Rocky la dejara grogui. Esperó unos minutos. Cuando regresó, encontró a los tres músicos mirando fijamente a Rocky.

—Cómo moooola –dijo el del pelo revuelto. Los tres estaban en trance.

Molly les lanzó a cada uno una mirada hipnótica para rematar la faena. Luego les preguntó si Cell los había hipnotizado. Contestaron que sí. Cuando les ordenó que olvidaran todas sus instrucciones, la chica de la ceja depilada dijo:

—Qué va, tía, eso no-se puede. Lo que-dice Primo Cell-dura para siempre.

—Sí –añadió Billy Bob Bimble–. Primo es-un tío-legal. Tengo que-escribirle-una canción.

—Ya le has escrito una, ¿no? Tu canción de la urraca habla de él –comentó Molly, pensando en la melodía que había estado soñando en las emisoras de radio del mundo entero.

—Qué va-tía, esa canción-va de una tía a la que le van-a romper el corazón. Es una-canción-de amor.

Molly se dio cuenta de que, en realidad, Bimble no sabía cómo era Primo Cell. Pero en lo más profundo de su mente, el chico intuía de qué clase de hombre se trataba. Se adivinaba en su canción.

—Canta la canción de la urraca –le dijo Molly.

Entonces se oyó la preciosa voz de Billy Bob Bimble.

No dejes que te robe el corazón.
Sé fuerte.
Tienes que mostrarte fuerte, ooooooooh.
No dejes que se lleve tu corazón.
Protégelo desde el primer momento, ooooooh.
Sé fuerte.
Es el hombre urraca, ooooooh.
Quiere el sol y las estrellas, y también te quiere a ti, ooooh.
Es el hombre urraca.

—¿Dónde os hipnotizó Primo Cell?

—En la-sala de-proyección –contestó el adolescente.

—¿Dónde está esa sala?

—Abajo –señaló unas escaleras que estaban en un extremo del invernadero.

—Fuera, en el campo de croquet –dijo el del pelo revuelto.

La chica asintió.

Molly les dio instrucciones de que se olvidaran de ella y de Rocky, y solo entonces liberaron a los músicos del trance. Luego los dejaron ocupados en su música y se fueron a buscar la sala de proyección.

En realidad se trataba de una sala de cine y teatro, con grandes butacas reclinables. Unas lujosas cortinas de seda descorridas dejaban al descubierto una enorme pantalla en la que se veían dos rapidísimos Ferrari persiguiéndose colina arriba. Un joven de aspecto serio le mostraba a un viejo productor una película que había realizado.

A regañadientes, Molly y Rocky se fueron por donde habían venido.

—Aquí no vamos a encontrar ninguna pista –dijo Molly.

—Ojalá pudiéramos disfrutar de la fiesta y ver películas toda la noche –comentó Rocky mientras salían. Junto a un pequeño campo de croquet rodeado de estufas de exterior encontraron a tres famosos actores. Uno era Tony Wam, el famoso karateca, y los otros dos eran actores de grandes series de la televisión americana. Hablaban de las cartas que recibían de sus admiradores. Pétula les olisqueó los pantalones. Molly se acercó a dos personas que charlaban bajo un limonero para escuchar su conversación sin que se dieran cuenta. Una vieja actriz le estaba dando consejos a una joven muy bella.

—Para serte sincera, querida, creo que deberías ir a que te resaltaran un poco esos pómulos, solo te añaden un poco de hueso debajo de la piel. Es justo lo que tu rostro necesita. Y unas cuantas inyecciones de Botox en la frente también te vendrían bien, porque así te despedirías de esas feas arrugas de expresión que ya empiezas a tener. A mí me las han puesto. Y mírame, ahora estoy frunciendo el ceño, pero ¿a que no lo notas?

—No, no se ve ninguna arruga.

—Exactamente.

—¿Pero no son necesarias las arrugas? ¿Cómo va a saber entonces el público si estás frunciendo el ceño, o si estás enfadada, o triste? –preguntó la joven actriz.

175

—No lo sé, cielo, pero yo no pienso ponerme a hacer muecas solo porque lo exija el papel. No pienso estropear mi cara por eso.

Molly comprobó que aquellas dos actrices también estaban bajo el poder de Primo Cell. E hizo el primer descubrimiento importante de la velada.

—¿Dónde os hipnotizó Primo Cell por primera vez? –le preguntó a la actriz de las inyecciones de Botox.

—Arriba, en sus-habitaciones-privadas –contestó ella.

—¿Cómo se llega hasta allí?

—Subes las escaleras principales, sigues por el pasillo a la derecha, y pasas todos esos dormitorios tan bonitos.

—Sí, qué bonitos son –suspiró la joven actriz–. Una vez estuve allí.

—Recorres el pasillo hasta que llegas a una puerta especial...

—Una puerta de ensueño...

—Que lleva a otras escaleras...

—Unas bellísimas escaleras...

—Si tienes suerte, tal vez subas allí a tomar el té con Primo.

—Oh, allá arriba es como un paraíso...

—Verás las maravillosas habitaciones privadas de Primo. Sus despachos, y su biblioteca, y su estudio. Es un hombre muy interesante, inteligente...

—Es un hombre increíble. Debería ser presidente.

—Es un genio...

—Allí fue donde habló conmigo.

—Y conmigo.

Molly y Rocky intercambiaron una mirada. Ambos se sentían horriblemente inquietos. Parecía que Primo Cell había hipnotizado prácticamente a todos los in-

vitados de aquella fiesta. Aventurarse al piso de arriba
sería muy peligroso. Entonces pensaron en Davina Nuttell. Sabían que se podía encontrar en peligro en esa
casa y debían intentar encontrarla.

Capítulo 24

Molly, Rocky y Pétula aguardaron en el vestíbulo principal a que se presentara la oportunidad de subir discretamente a las plantas superiores. Seguían llegando invitados y las escaleras estaban llenas de gente que iba y venía. Los guardias de seguridad vigilaban la escena. Por fin, un periodista que trataba de colarse en la fiesta distrajo su atención. Con la misma rapidez que una pareja de ardillas suben por el tronco de un árbol cargado de nueces, Molly, que llevaba en brazos a Pétula, y Rocky se lanzaron escaleras arriba y torcieron a la derecha. Un momento después estaban recuperando el aliento ocultos tras una columna en la mitad del pasillo. Observaron el rellano para asegurarse de que nadie los había descubierto. Entonces, con el corazón latiéndoles a mil por hora, se escabulleron por el corredor y doblaron una esquina. Unos segundos después se encontraron cara a cara con un guardia de seguridad. Molly no tardó en hipnotizarlo y pudieron proseguir su investigación.

Encontraron un sinfín de dormitorios, los cuales parecían estar ocupados. O al menos eso daba a entender la ropa extendida sobre las camas.

—Está claro que le gusta tener invitados –susurró Molly, acariciando una colcha de seda bordada–. Este lugar es como un castillo, ¿verdad?

—Sí, pero no es tan frío –dijo Rocky–. Y espero que no tenga mazmorras.

—También parece una galería de arte –observó Molly mientras seguían recorriendo la planta. Las paredes estaban cubiertas de dibujos realizados con aerógrafo. En ellos aparecían conejos sorprendidos por los faros de un coche. Completaban la serie unos cuadros donde se veían personas cuyas cabezas parecían desprenderse con brusquedad del resto del cuerpo.

—Este es su sueño –susurró Molly–: que todo aquel al que hipnotiza pierda la cabeza para que pase a ser suya.

—¿Tú crees que esos cuadros los pintó él? –preguntó Rocky.

—No. Es un coleccionista. Pero dicen mucho de su personalidad, ¿verdad?

Habían llegado al extremo más alejado de aquella parte de la casa. Junto a una puerta cerrada, las letras parpadeantes de un cartel luminoso azul decían: «más vale prevenir que curar». Sabían que estaban a punto de entrar en las dependencias de Primo Cell.

Rocky intentó abrir la puerta. No estaba cerrada con llave. Tras ella aparecieron unos escalones de mármol verde que subían a la planta superior.

Molly pensó que estaba como en la torre de la mansión de una bruja, donde los esperaba una siniestra rueca. Cerrando la puerta de nuevo, la chica siguió a su amigo escaleras arriba. Entraron en un saloncito con paredes de cuero amarillo y una chimenea donde ardía un fuego. La madera desprendía un aroma a lima, y las llamas hacían bailar las luces y las sombras en el techo. Daba la impresión de que la habitación observaba a sus ocupantes.

Molly se acercó al escritorio, que estaba cubierto de pisapapeles. Todos estaban hechos con bolas de resina. Dentro de ella se veía un reloj en forma de diente de león.

—No los toques, probablemente estén conectados a una alarma.

—Rocky, si no toco, no vamos a encontrar nada –Molly probó a abrir los cajones del escritorio. Estaban cerrados con llave.

—Este debe de ser el lugar donde esas dos adeptas de Cell nos han dicho que habían tomado el té.

Encontraron otras dos habitaciones. En una había archivos y más armarios, todos cerrados con llave.

—Debería haberle pedido a Nockman que me enseñara a forzar cerraduras –susurró Molly. Pero Rocky no la oyó. La niña se encontraba ya en la habitación de enfrente, deseando acabar cuanto antes para poder salir de allí.

En esa habitación había una pequeña biblioteca con estanterías de madera. Allí se guardaban todo tipo de libros: novelas, enciclopedias, obras de consulta, biografías, obras de teatro y libros de arte y fotografía. A ambos lados de otro fuego encendido había dos butacas de tapicería color crema. Sobre una mesita baja se veía una escultura de una mano tratando de agarrar un corazón que se escapaba volando. En las paredes había otros dos cuadros bastante extraños. En uno se veía una urraca con una corona y los ojos vendados. En el otro, una urraca volando, colgada de hilos por las alas y la cola.

Molly leyó las palabras tejidas en el borde de la alfombra marrón que había bajo sus pies.

«Conoce tu corazón el conocimiento es poder - conoce tu corazón el conocimiento es poder - conoce tu corazón el conocimiento es poder - conoce tu corazón el conocimiento es poder.»

Siguió las palabras dibujadas en el suelo. En un punto, la alfombra mostraba un bulto, como si debajo hubiera algo escondido. Molly se agachó y palpó el bulto. Sonriendo, levantó la alfombra y dejó al descubierto una llave de latón. Molly miró el escritorio. La llave era demasiado grande para las cerraduras de los cajones, más bien parecía la llave de una puerta. A lo mejor era la llave de la puerta por la que acababan de entrar. Entonces, Rocky descubrió para qué servía esa llave. Sin pronunciar una palabra, señaló con el dedo un punto en medio de la pared, donde unas finísimas grietas indicaban el emplazamiento de una puerta oculta. A ras del suelo había una pequeña cerradura. Sin hacer ruido, Molly metió la llave en la cerradura y la giró. Se oyó un suave clic, y la puerta secreta se abrió hacia dentro. Fuera lo que fuera lo que encontraran al otro lado, era algo que Primo Cell quería guardar en secreto.

La habitación oculta encerraba otra biblioteca, mucho más pequeña que la anterior. En su centro había un escritorio con un tablero de cuero burdeos, y una silla de respaldo alto. Molly, Rocky y Pétula entraron en la sala.

Las paredes estaban totalmente cubiertas de libros. Pero a diferencia de los que había en la otra biblioteca, estos eran todos de idéntico tamaño y grosor. Sus tapas eran del mismo color burdeos. Algunas brillaban, otras se veían desvaídas, pero a Molly le daba la impresión de que en su origen, todos los libros habían sido del

181

mismo tono. A Molly ese color le era muy familiar, pero no sabía por qué. Sin embargo, en cuanto leyó las letras doradas de uno de los lomos supo por qué.

—¡No me lo puedo creer! –dijo con un hilo de voz, recorriendo las paredes con la mirada.

En todas y cada una de las estanterías de la habitación había ejemplares del mismo libro, un libro que Molly y Rocky conocían muy bien. Primo Cell tenía centenares de ejemplares de ese libro.

H
I
P
N
O
T
I
S
M
O

—Pensaba que el de la biblioteca de Briersville era el único ejemplar que quedaba en el mundo –articuló Molly con dificultad.

—Yo también –susurró Rocky–. Pero debieron de imprimirse muchísimos.

—¿Cómo crees que los ha conseguido? Supongo que pertenecían a distintos dueños.

—Distintos hipnotizadores –añadió Rocky.

Algo que Molly creía que solo sucedía en los dibujos animados le ocurrió a ella en ese momento. Empezaron a temblarle tanto las piernas que sus rodillas chocaron la una contra la otra.

—Me pregunto dónde estarán ahora.

Rocky no dijo nada.

—¿Muertos? –pronunció Molly en un ronco susurro que sonó como la tos de un burro. Pétula gimió para animar a su dueña.

—A... a lo mejor solo les obligó a olvidar todo lo que sabían sobre hipnotismo y los mandó de vuelta a sus casas –dijo Rocky, sin querer reconocer lo malvado que Primo Cell podía ser en realidad.

—Son como trofeos –murmuró Molly–. Son como las cabelleras de todos los hipnotizadores a los que ha sometido –le sudaban las manos como si se encontrara en una sauna–. Esto no me gusta nada. Tenemos que salir de aquí –aquel impresionante número de ejemplares del libro que tanto había cambiado su vida la había puesto nerviosísima, exagerando su sensación de que Cell le daba mil vueltas en cuanto a talento hipnótico. Sus propio talento parecía un juguete comparado con los aparatos de alta tecnología de su oponente. Apartó de su mente toda idea de buscar a Davina. Lo único que quería era que pudieran escapar sanos y salvos de aquel edificio.

Cerraron la puerta, volvieron a esconder la llave y se dirigieron con suma cautela a la puerta principal.

En la planta baja, Primo Cell daba vueltas por la fiesta. Aunque estaba disfrutando de esa noche de celebración, no conseguía relajarse. Para él, ese acontecimiento no era sino otra oportunidad más para aumentar su poder. Le gustaba ser el centro de atención y considerarse amigo de las estrellas de Hollywood. A todas esas personas las consideraba "suyas", pero su devoción por él las hacía menos interesantes. Los invitados que más le interesaban eran los que aún no conocía.

Estaba barajando la idea de hipnotizar a un viejo actor llamado Dusty Goldman, aunque no le parecía que le pudiera resultar útil. La persona que más le intrigaba de todas era esa niña tan feúcha, Molly Moon.

En Nueva York había sido noticia en la primera plana de todos los periódicos con su papel en *Estrellas en Marte*. Su apoyo le podía ser muy útil para su canal infantil. Ya utilizaba a la estrella del pop Billy Bob Bimble, pero una niña famosa le vendría de perlas para conquistar los corazones de los niños norteamericanos. Por un momento había pensado que esa niña pudiera ser una hipnotizadora. Su repentino salto a la fama, su misterio, el hecho de que fuera una estrella pese a su aspecto corriente... todo aquello llevaba el sello de una hipnotizadora. Siempre resultaba emocionante codearse con los que eran como él, aunque, por supuesto, él tenía que deshacerse de los hipnotizadores adultos. Así era menos peligroso.

Cell suspiró al recordar a Davina Nuttell. Había planeado que fuera la punta de lanza de una gran campaña de promoción para la línea de ropa La Casa de la Moda. Cell no entendía por qué no había podido hipnotizarla. Peor aún, era como si algo en esa chica lo hubiera debilitado. Probablemente, Molly Moon resultaría más fácil de hipnotizar, aunque debía tener cuidado. Molly sería el nuevo rostro de La Casa de la Moda.

¿Dónde estaría ahora Molly Moon? Primo oteó el balcón y el jardín que se extendía por debajo. Intentó imaginar dónde iría una niña en una noche como esa; pero al tratar de echar la vista atrás, vio que no era capaz de recordarse antes de los veinte años, de modo que optó por buscar a la carlina negra que acompañaba a la niña.

Un viejo guionista con pinta de sabiondo estaba de pie junto a la puerta fumándose un cigarro.

184

—¿Conoces a esa joven actriz que se llama Molly Moon? ¿La has visto por aquí? –le preguntó Primo Cell.

—Sí –contestó el hombre–. La escena es como sigue: la cámara recorre el vestíbulo, llega a la puerta principal de madera, y enfoca a la niña y a su amigo abriéndose paso a través de la multitud para marcharse. Primer plano sobre el rostro de la niña. Esta esboza una sonrisa incómoda. Alguien la ha reconocido. La cámara enfoca entonces a su perrita. El animal sigue a los niños hasta la salida. Fundido.

—¿Cuánto hace de eso? –preguntó Primo.

—Quince minutos.

—Ya habrán cogido un taxi –murmuró Primo, apretándose el pulgar contra su afilado incisivo.

—La próxima vez deberías contratar un espectáculo de entretenimiento para niños –sugirió el guionista, exhalando una columna de humo.

Molly y Rocky recorrieron el camino de grava y franquearon las verjas de la mansión de Primo Cell. Decidieron que lo más sencillo sería regresar caminando al Castillo Marmoset.

La biblioteca secreta de Primo Cell los había asustado muchísimo.

—A ver, lo que yo me pregunto es por qué tenemos que solucionar el problema de Primo –dijo Rocky–. Nunca vamos a poder detenerle. Es demasiado poderoso.

Molly se mostró de acuerdo con él.

—Esto es misión de un agente especial –dijo, mirando el cartel de una película de acción que había en la otra acera–. Pensar que yo podía hacerlo es una idea totalmente ridícula.

—E injusta.

—Absolutamente injusta. ¿Por qué no espera Lucy hasta estar mejor, y viene ella misma a ocuparse del asunto? –preguntó Molly.

—Estamos aquí, en uno de los lugares más maravillosos del planeta –se quejó Rocky–, y vamos a una fiesta a la que la mayoría de la gente se moriría por asistir; pero tenemos que perdernos la diversión para investigar, corriendo el riesgo de que Don Bicho Raro nos descubra. No es justo.

—Ni razonable.

Rezongando de esta manera, los dos amigos caminaban en la fría noche de Los Ángeles.

No encontraron a nadie más, porque esa es una ciudad en la que todo el mundo se mueve en coche.

De vuelta en su *bungalow*, Rocky preparó unos cócteles, los auténticos "Shirley Temple". Molly abrió un armario para sacar un paquete de nubes de azúcar.

—¿Cuándo vamos a llamar a Lucy Logan para decirle que no puedes hacer el trabajo? –preguntó Rocky.

—En Inglaterra son las siete de la mañana, no creo que deba volver a despertarla como la otra vez. La llamaré mañana –Rocky sabía que Molly estaba retrasando el momento, pero no dijo nada.

La chica se metió una nube en la boca y dejó que se disolviera. Quería olvidar a Primo Cell y pensar en algo agradable, pero no podía. Era imposible sacárselo de la cabeza.

—Si tú fueras él –dijo tirando la toalla–, ¿qué estarías planeando?

—Yo no me detendría –contestó Rocky, dibujando ojos hipnotizados en los rostros de la gente que salía en el periódico que hojeaba–. Querría controlar a todo el país para que la gente hiciera todo lo que yo dijera. Querría convertirme en presidente.

—¿Por qué detenerte ahí? ¿Por qué no dominar al mundo entero? –inquirió Molly–. Lucy piensa que eso es lo que planea. De lo que no cabe duda es que no va a desaparecer de repente. Apuesto a que lo quiere todo.

Molly consideró esa idea. Miró el paquete de caramelos que tenía entre las manos y que tan familiar le resultaba. En él había una golosina con forma de luna redonda y blanca. Debajo estaba dibujada la Tierra como una canica azul. Cuando Molly era pequeña, creía que la Luna estaba hecha de chuches, y que todas las chuches de la marca Moon provenían de la Luna. También pensaba que por todo el mundo aparecían bebés en cajas de cartón o en carritos de niño, como Rocky y ella. Pensaba que provenían del espacio, y llegaban a la Tierra metidos en cajas de cartón y en carritos galácticos.

—¿Tú crees que nosotros somos las únicas personas del mundo que saben lo que está tramando Cell? –preguntó.

—Ni lo sé, ni me importa –contestó Rocky, afinando su guitarra.

Molly ahuecó las manos para sostener la bolsa de chuches de manera que la Tierra quedara recogida en ellas, como en un nido.

—Imagínate que no hacemos nada por detenerlo, Rocky. Imagínate que empieza a hacer cosas muy, muy malas.

—Siempre podríamos esperar a ver qué pasa. Solucionar las cosas más adelante, si es necesario.

—Más adelante será demasiado tarde –declaró Molly.

Molly se sentía extraña. Cuanto más miraba el pequeño planeta, más se sentía como parte del problema de Primo Cell. Saber de su maléfico poder y no hacer nada significaba dejar que se comportara así. Si ella era

187

la única persona que podía hacer algo al respecto y no lo hacía, entonces sería cómplice de sus actos. Equivaldría a comportarse como si de verdad quisiera que Primo Cell consiguiera sus fines. Y Molly no lo quería. Pensó en los billones de personas que vivían en el mundo, todas las personas libres que Primo querría controlar. El pequeño planeta azul entre sus manos parecía tirar del corazón de Molly. En Briersville, a Molly le había obsesionado la idea de que Rocky y ella debían utilizar sus poderes hipnóticos para hacer el bien. ¿Cómo podía dejar el mundo a su suerte? Este era el momento perfecto para utilizar su poder hipnótico y ayudar. No podía permitir que Primo Cell ganara. Ni hablar.

—Es ahora o nunca –le dijo a Rocky–. Tenemos que tratar de ayudar a Davina. Tenemos que descubrir cómo consigue Primo Cell hipnotizar permanentemente. Si supiéramos eso, podríamos liberar a sus víctimas. Entonces su poder empezaría a desmoronarse. Eso es lo que debemos hacer. Nunca nos lo perdonaremos si no intentamos detenerlo.

Rocky miró su guitarra con deseo y gruñó.

—Supongo que tendremos que volver a la mansión. ¿Cuándo?

—Mañana. Antes de que perdamos el valor. ¿Sabes lo que dicen cuando te caes del caballo? Se supone que tienes que volver a montar inmediatamente, antes de perder por completo el valor. Tenemos que montar este caballo, Rocky.

—Mi valor es ya del tamaño de un guisante –apuntó Rocky.

—Y el mío, del de una lenteja.

Capítulo 25

A la mañana siguiente, Molly y Rocky se despertaron al oír que llamaban a la puerta de su *bungalow*. Durante un segundo, ambos se asustaron muchísimo, pues pensaron que era Primo Cell, que había venido a atraparlos. Pero entonces se dieron cuenta de que fuera era de día, y que la voz de Gerry suplicaba que lo dejaran entrar.

—Venga, despertaos –gritó–. Nos vamos a Knott's Farm.

Medio adormilada, Molly abrió la puerta. El cálido sol de la mañana entró en la habitación, junto con un saltarín Gerry.

—Es un parque de atracciones. Tienen El Tobogán del Peligro. Gemma dice que es la montaña rusa acuática más grande del mundo. Y luego también está El Bumerán, y otra atracción que se llama El Jaguar. El señor Nockman nos va a llevar a todos, y se ha apuntado hasta Roger; pero tenemos que ir pronto porque, si no, luego hay mucha cola.

—¿Qué hora es?

—Las diez y pico. Así que vestíos, porque tenemos que irnos ya.

Molly negó con la cabeza.

—No podemos, Gerry. Tenemos que ayudar a nuestro benefactor.

—¿Otra vez? Jo, Molly, qué tontería. Pero si nos lo vamos a pasar genial.

Molly suspiró.

—Ya lo sé, no me lo restriegues. Créeme, me encantaría ir con vosotros, pero no puedo. Y Rocky tampoco. Mira, ya iremos en otra ocasión.

—Vale –dijo Gerry decepcionado.

—Pasadlo muy bien. No comas demasiado algodón de azúcar, no te vayas a marear como la otra vez, ¿te acuerdas? Y no te lleves a tus ratones. Se te caerán de los bolsillos en las atracciones y se harán daño.

—Vale –dijo Gerry con voz cantarina mientras se alejaba.

Molly y Rocky trataron de animarse un poco tomando un buen desayuno en el jardín, pero era difícil cuando las montañas rusas del Knott's Farm rondaban por su cabeza. Además, el asunto de Primo Cell invadía sus pensamientos como un horroroso monstruo.

Molly se terminó la tortilla y se sirvió un vaso de zumo concentrado de granadina. Rocky abrió el periódico y se concentró en la sección de deportes. De repente, la chica se sintió rara. Miró su plato, esperando no haberse comido un huevo en mal estado. En ese preciso instante, una corriente helada recorrió todo su cuerpo. No era náusea, era... otra cosa distinta. Instintivamente, Molly se resistió, y para su gran sorpresa, miró a su alrededor y descubrió que el mundo se había detenido. Rocky se había quedado petrificado rascándose la cabeza.

Por un momento, Molly pensó que estaba soñando. Pero era real. Dirigió su mirada asustada hacia las colinas. Fuera lo que fuera lo que había causado ese parón en el tiempo, provenía de aquella dirección. Lejos, pero no lo bastante.

Molly cogió en el aire una avispa inmóvil, e inclinándose hacia delante, escuchó con atención.

El mundo estaba en silencio. Exceptuando su agitada respiración, no se oía nada más. Ni ruido de tráfico, ni de música, ni de aspiradores, ni máquinas cortacésped. Solo silencio. Nadie reía ni lloraba, nadie gritaba ni cantaba. El viento y el mar estaban en silencio.

Y luego, de pronto, como si alguien hubiera dejado de pulsar la tecla de pausa del vídeo del mundo, todo volvió a ponerse en movimiento. Zumbando, la avispa reanudó su vuelo en la palma de la mano de Molly, y esta la dejó escapar.

—¿Qué estás haciendo? –exclamó Rocky–. ¿Es que quieres que te pique, o qué?

Y entonces, al ver que Molly tenía su mirada de alucina-lo-que-me-acaba-de-pasar, preguntó:

—¿Estás bien?

Molly se inclinó hacia él, angustiada de que el mundo hubiera vuelto a detenerse, y le contó lo ocurrido.

A Rocky le costaba creerlo.

—A lo mejor, lo de que el tiempo se detenga ocurre de forma natural, como un terremoto –sugirió–. California es tierra de terremotos. Quizá esto es un "tiempomoto". A lo mejor la Tierra lo hace sola.

Ambos reflexionaron sobre esta posibilidad geológica. Molly no sabía qué pensar.

—Y otra cosa. Toca este diamante.

Rocky obedeció.

—Está helado.

—No es normal que los diamantes se pongan así de fríos, ¿verdad? Vamos, que todo lo que hay alrededor del diamante está caliente. Mi piel está caliente. ¿No tendría que estar el diamante a la misma temperatura?

—A lo mejor el diamante se carga de frío cuando tú experimentas la sensación de fusión fría. A lo mejor mantiene el frío, ya sabes, como el metal guarda el calor cuando sale del horno.

Después de desayunar, los chicos se pusieron unos vaqueros y unas camisetas. Molly no podía dejar de pensar en aquella pausa que había experimentado el tiempo.

Parecía que Pétula se había marchado a dar un paseo, y Molly decidió que lo mejor sería que la perra no los acompañara.

Los dos amigos se marcharon a regañadientes. Su plan era muy arriesgado. Tenían la intención de ocultarse en las dependencias privadas de Cell. Era la única manera de descubrir cómo funcionaba su método de hipnotismo y, al menos así lo esperaban, descubrir lo que le había ocurrido a Davina.

Cogieron un taxi y, poco después, ya estaban recorriendo Sunset Strip. Molly miraba por la ventanilla a la gente que, en sus coches, hacía cosas cotidianas como ir al trabajo o a la compra. Qué afortunados eran. Un par de veces, Gandolli, el político sonriente, les dedicó una de sus grandes sonrisas desde los carteles electorales. Molly pensó que no tendría la más mínima oportunidad de ganar si Primo Cell aspirara a la presidencia.

La noche anterior, al salir de la mansión del magnate, la chica había hipnotizado al portero para que los dejara pasar en cualquier otra ocasión que ellos desearan. De modo que se escabulleron sin problemas dentro de la finca.

Sin embargo, llegar a la entrada principal les resultó extremadamente complicado. Era como si la fiesta no hubiera terminado. No dejaban de pasar coches por el camino de grava y limusinas de cristales teñidos. Molly y Rocky tenían que correr a esconderse detrás de los arbustos cada dos por tres. Lo que debería haberles llevado diez minutos les llevó cuarenta.

—Parece que está dando otra fiesta –comentó Molly, mirando hacia la puerta desde detrás de una tortuga gigante que mordisqueaba el rosal.

Un hombre vestido con uniforme militar salía en ese momento de un coche. Contemplaron la llegada de numerosas personas de aspecto importante, muy trajeadas y acompañadas de sus guardaespaldas.

—No me extrañaría que viniera también el propio presidente –comentó Rocky–. Apuesto a que Cell ya lo conoce.

Molly le miró con recelo.

– Si es así, Cell podría ser mucho más peligroso de lo que pensamos. Esos parecen políticos, ¿verdad?

—Sí –susurró Rocky–. De hecho, ese de ahí es el gobernador del Estado de California. He visto su foto en los periódicos. ¿Qué estará tramando Cell?

Entrar en la casa por la puerta principal era imposible. De modo que tuvieron que reptar por el jardín de rosas, y Molly tuvo la mala suerte de mancharse con unas cagarrutas de pavo real. Pasaron sin ser vistos delante de las esculturas y del estanque de carpas chinas, hasta llegar al extremo más alejado de la mansión. Allí encontraron una pequeña ventana baja que estaba entreabierta. Molly pasó la primera, colándose con dificultad por la estrecha abertura. Sintió que uno de sus pies iba a dar sobre algo mojado. Cuando hizo pasar el resto de su cuerpo, vio que se había metido en un gran barreño con agua. Había ido a parar a la habitación donde se arreglaban jarrones y centros de flores. En los mostradores había montones de jarrones, cestas y tijeras de podar, y el suelo estaba cubierto de macetas con flores exóticas. Con el pie chorreando agua, Molly saltó sin hacer ruido al suelo de linóleo, y le advirtió a Rocky que tuviera cuidado de dónde ponía los pies. Con un trapo se limpió como pudo los vaqueros manchados de cagarrutas de pavo.

—Dicen que las cagadas de pájaro traen suerte –susurró Rocky.

—Solo si te caen desde arriba. Y de todas maneras, yo no soy supersticiosa –replicó Molly.

Hasta ellos llegaban las voces de los empleados de la mansión. Allí, entre las flores, no había donde esconderse, así que Molly se acercó a la puerta sigilosamente. Se encontraba preparada para hipnotizar al instante si llegaba a ser necesario. Pero las voces se desvanecieron y, un momento después, se asomó a un pequeño pasillo. Al final de este se abría lo que parecía una escalera de servicio. Silenciosos como ratones, y contentos de que las paredes fueran azules y sus vaqueros les sirvieran de camuflaje, tomaron la escalera y subieron por ella.

Estaban en el extremo de la casa que no habían visitado la noche anterior. De los grandes salones les llegaba el murmullo constante de voces y risas. Furtivamente subieron una planta y fueron a parar a un rellano con una alfombra morada. Tomaron entonces a la izquierda.

Había puertas a cada lado del pasillo. Cuando

Molly y Rocky oyeron pasos acercándose, se metieron en silencio en una de las habitaciones, ocultándose detrás de una cama con dosel.

Se encontraban en una lujosa *suite*, con un salón y un cuarto de baño contiguos a la habitación. El dormitorio estaba decorado en rosa y blanco, y en todas las sillas y en la cama había cojines blanditos y suaves. En unas mesitas con manteles de encaje reposaban jarrones con azucenas rosas y figuritas de perros de porcelana. El huésped de la habitación parecía encontrarse allí como en su propia casa. Sobre la mesita de noche había un arbolito de plata con sortijas de diamante enganchadas en todas sus ramas. Junto a este, en una caja abierta, se veían tres collares de diamantes. Cuando descubrieron una fotografía enmarcada de la sonriente Gloria Heelheart, abrazando a varios perritos blancos, se dieron cuenta de que esta debía de ser la habitación de la estrella de cine. Un segundo después oyeron un gruñido.

Molly volvió a mirar la cama. Lo que a Molly le había parecido una colcha de piel era en realidad una masa de piel viva. Los diez pequineses blancos de Gloria Heelheart estaban allí tumbados, acurrucados unos junto a otros, disfrutando de una siesta. El que estaba en medio de todos se había despertado.

Molly y Rocky se sintieron como dos cerillas dispuestas a encender una traca de ruidosísimos fuegos artificiales. Salieron de la habitación sin hacer el más mínimo ruido.

Descubrieron que todas las habitaciones que se abrían a ambos lados del pasillo albergaban a estrellas de cine. Resultaba obvio que alguien vivía en ellas, y cada una tenía incluso su propio estilo, como si la hubieran personalizado para su huésped. Los armarios y los cajones estaban hasta los topes de ropa.

Sobre el escritorio de la habitación de un hombre, Molly encontró un extracto bancario a nombre de Hércules Stone. Debajo se leía una dirección: Mansión de la Urraca, North Crescent Drive, Hollywood Oeste.

—Si aquí es donde recibe su correo, quiere decir que está totalmente instalado –observó Rocky–. Me pregunto por cuánto tiempo pensará quedarse –luego, cuando hubo leído el extracto, añadió–: ¡Caray! Este tipo no tiene problemas de dinero. ¡Treinta y cuatro millones de dólares! Está forrado.

Molly encontró un *spray* de algo llamado "Adiós a la calvicie". Se echó un poco en la mano e, inmediatamente, vio que su palma parecía cubierta de una mata de pelo negro.

—Vaya, se diría que se está quedando calvo –comentó. Molly miró entonces un par de gemelos de rubíes que había sobre la mesilla, y una fotografía en la que salía Hércules Stone abrazando a Primo Cell.

—Cell los tiene a todos aquí en su casa como si fueran valiosas posesiones. Como pájaros enjaulados. Supongo que lo entretienen. Supongo que los obligará a quedarse semanas enteras.

—Qué entretenimiento más genial –dijo Rocky–. Imagínate que pudieras hacer que la estrella que tú quisieras se mudara a vivir contigo.

—Aún no hemos encontrado ninguna pista sobre Davina –objetó Molly–. Pero si hoy es un día de trabajo normal para Cell, eso probablemente significa que tendrá que hipnotizar a gente. Así que, si queremos saber cómo trabaja, tenemos que llegar pronto a sus habitaciones. Rocky, no perdamos más tiempo aquí.

Abandonaron la habitación de Hércules Stone y se dirigieron al rellano que se encontraba al final de la enorme escalera de roble. Del vestíbulo de suelo de mármol provenían los ecos de voces intercambiando saludos. Desde donde ellos se encontraban, divisaban un mar de cabezas: unas calvas y otras que parecían las de animales peludos.

—Políticos, militares de alto rango y celebridades –comentó Molly–. Ya veo en qué consiste su juego. Hace venir aquí a los políticos y a los militares prometiéndoles que conocerán a las estrellas de cine. Sabe que hasta los políticos se quedan prendados de las estrellas. No me extrañaría nada que Cell planease dominar a unos cuantos hombres poderosos antes de que termine el día.

Con sumo sigilo, Molly y Rocky cruzaron como flechas el pasillo que llevaba al ala de la casa donde estaban las dependencias de Cell. Pasaron por delante de los cuadros de conejos. Llegaron al rótulo parpadeante de neón azul que rezaba «Más vale prevenir que curar»; y una vez allí, temblando, subieron la escalera de mármol verde que llevaba al centro neurálgico de Primo Cell. Creían que este estaría ocupándose de sus invitados en la planta baja, pero la idea de que pudieran encontrarse cara a cara con él era como un negro nubarrón amenazador dentro de sus cabezas. En los oídos, a Molly le retumbaba la sangre que su corazón bombeaba con fuerza.

Cuando llegaron a lo alto de la escalera no vieron a nadie. Sin hacer ruido, se escurrieron dentro del estudio de Cell, en medio de un agradable olor a lima.

Nada más entrar, oyeron el eco de dos voces profundas que provenían del pasillo. Las voces se dirigían hacia allí.

Capítulo 26

Del susto, Molly perdió por completo el control y no sabía qué hacer. Se vio mirando en la cesta de la leña para ver si podría esconderse ahí. Afortunadamente, Rocky mantuvo la cabeza fría, y la empujó hacia las cortinas. Con un hábil tirón, cada uno tomó uno de los extremos de la tela, envolviéndose en el terciopelo verde. Molly intentó calmarse. Miró el tejido verde que la cubría y se sintió como una oruga dentro de un capullo.

La puerta se abrió, entraron dos personas y luego se volvió a cerrar. Molly reconoció inmediatamente la voz aterciopelada de Primo Cell.

—Esta es mi base de operaciones –decía–. Mi estudio. Aquí es donde reflexiono y me relajo. Ah, y donde firmo cheques.

Insoportablemente cerca de su escondite, Molly oyó a Primo girar una llave y abrir un cajón de su escritorio. Tragó saliva, y dentro de su cabeza sonó tan fuerte como si hubiera tirado de la cadena.

—Ah, sí, mi talonario para causas benéficas. Aquí está.

—Es muy amable por su parte, señor Cell –dijo otra voz masculina.

—En absoluto, general, es un placer para mí. Por favor, llámeme Primo.

A Molly se le hizo un nudo en la garganta. Si mal no recordaba, general era el rango más alto en el ejército.

—Gracias, y usted a mí llámeme Donald.

—Donald, esto no es nada. Mi madre era viuda, así que yo también crecí sin padre. Sé por propia experiencia cuánto ayudará su obra benéfica a esas familias. Siéntese, por favor.

Molly oyó cómo cedía el sillón de cuero bajo el peso del trasero del general, y luego oyó un crujido que señalaba que Primo Cell también había tomado asiento.

—¿A nombre de quién debe ir el talón? –preguntó Cell.

—Al Fondo de Viudedad del Ejército de Estados Unidos –fue la respuesta.

—¿Basta, por ahora, con diez millones de dólares?

El general tragó saliva audiblemente.

—Eh... desde luego. Serán más que suficientes. Su generosidad me abruma.

Durante un momento, Molly se preguntó si Rocky, Lucy Logan y ella misma no habrían juzgado mal a Primo Cell. Tal vez estaba utilizando sus dotes de hipnosis para hacer el bien.

Hubo un silencio y Molly prestó atención. El sonido de la pluma sobre una hoja de papel rasgó el aire. Siguió una larga pausa, y luego oyó un ruido más o menos parecido a esto:

—Beeeeeeee.

Provenía de los labios del general.

Molly supo inmediatamente lo que estaba ocurriendo. Ahora descubrirían cómo lograba Primo Cell que su hipnosis fuera permanente.

—Muy bien –dijo Cell, como si le estuviera hablando a un niño–. Ahora, tú, Donald, estás totalmente bajo mi poder. Olvidarás que te prometí una donación para tu obra benéfica. No recordarás haberte reunido aquí conmigo. En lugar de eso, recordarás un maravilloso almuerzo en mi casa. Dentro de un minuto volverás a reunirte con los demás invitados, pensando que solo has ido al cuarto de baño. Desde este momento en adelante, harás todo cuanto yo te ordene. Y tu obediencia será firme e inamovible. Estarás bajo mi poder siempre... siempre... siempre.

Tras las cortinas, Molly se estremeció. Una corriente tan fría como la brisa de un glaciar la recorrió de arriba abajo y de pronto su diamante se congeló.

Dejó que la sensación helada pasara por su cuerpo, pero no permitió que se apoderara de ella. Y cuando el tiempo se detuvo, se dio cuenta de dos cosas. La primera era el hecho sorprendente de que Primo Cell pudiera detener el tiempo, y la segunda, que era eso justamente lo que hacía permanente su hipnosis. Detenía el mundo mientras sus víctimas estaban hipnotizadas y, de alguna manera, esto sellaba su poder para siempre.

De pronto, Primo Cell se incorporó en su silla frente al general como si alguien le hubiera aplicado una corriente eléctrica. Se le erizó el pelo de la nuca al sentir una resistencia. En esa misma habitación había alguien alerta. Se puso en pie y con tres enérgicas zancadas cruzó el despacho y llegó hasta la ventana. Descorrió bruscamente las cortinas de terciopelo. Molly habría gritado de no ser porque el terror atenazaba sus cuerdas vocales.

Durante un segundo, Primo Cell pareció desconcertado. Atónito, incluso. No era frecuente dar con gente que consiguiera moverse durante un parón en el tiempo.

—¿Tú? –ladró–. Molly Moon, debí haberlo imaginado.

Recuperándose del susto, Molly lo enfocó con su mirada. Cell se echó a reír.

—Oh, cuánto me decepcionas –dijo–. Pensaba que podrías ser una buena discípula, pero veo en tu rostro que me equivocaba. Y supongo que también estará aquí tu cómplice –Cell descorrió bruscamente la cortina que ocultaba a Rocky–. Ajá. Pero inmóvil como una estatua. No tiene tanto talento como tú, por lo que veo –Cell agarró a Molly del brazo–. Los dos vais a desear no haber salido hoy de casa.

Empujó a Molly hacia el general petrificado. Entonces, poniendo la mano sobre el hombro del militar, hizo algo sorprendente. Molly sintió que Primo Cell hacía llegar desde su cuerpo una oleada de fusión fría al cuerpo del general, con lo que este se despertó y pudo volver a moverse.

—Coge al chico –le ordenó Primo Cell–. Pero no permitas en ningún momento que mi mano pierda contacto contigo –Molly pensó que sería para que el hombre no volviera a quedarse petrificado. El general se puso en pie obedientemente y cogió a Rocky, que se dobló como una muñeca de trapo bajo el brazo izquierdo del militar–. Y ahora coge a la niña. No la dejes escapar –la enorme mano derecha del general agarró con fuerza el bracito de Molly–. Bien. Ahora debemos darnos prisa.

Con la mano que le quedaba libre, Primo Cell pulsó un botón oculto dentro del primer cajón de su escritorio. Entonces se abrió una estantería, dejando al descubierto una puerta.

—Tal vez podamos parecer ridículos, así, de esta guisa –dijo Cell, haciéndose a un lado para dejar pasar primero a Molly y al general–, pero las apariencias engañan, especialmente en Hollywood. Yo mismo, por ejemplo –prosiguió, empujándolos hacia la puerta secreta–. La gente piensa que soy una persona maravillosa. Un benefactor. Un modelo al que imitar. Pero no soy ninguna de esas cosas. Soy egoísta, codicioso y un asesino.

Molly recuperó entonces su capacidad para reaccionar cuando vio la escalera que tenía delante. ¿Era aquí donde Cell había traído a Davina? Se zafó de las garras del general y empezó a gritar.

—¡Socorro! ¡Que alguien me ayude! –pero, por supuesto, nadie podía oírla. En el suntuoso salón, los políticos estaban inmóviles como estatuas, con sus copas de champán en la mano y sus expresiones embelesadas mientras hablaban con los famosos. Si el mundo hubiese estado en movimiento, el barullo de las conversaciones habría ahogado los gritos de Molly. Pero tal y como estaba, con el aire inmóvil y el sonido en suspenso, llegaban al vestíbulo los gritos lejanos de la chica mientras Primo la empujaba escaleras abajo.

Una persona oyó esos gritos. Una persona que se había apartado con total naturalidad del estático almuerzo y se estaba limpiando las uñas con un palillo. Cuando colocaba ese palillo usado en la mano extendida de Stephanie Goulash, sonó el móvil de Sinclair Cell. Este pulsó la tecla de respuesta.

—Luego iré para allá –contestó con desgana.

—Sinclair, ven aquí inmediatamente –insistió su

padre con impaciencia. Sinclair vio en la pantalla de su teléfono el rostro severo de Cell.

—Como puedes ver, tengo un problema –Cell giró el móvil para transmitir una foto de Molly gritando y del general con Rocky petrificado bajo el brazo–. Ven aquí a ayudarme.

—Vale. Ya voy. Estaba hablando con la señora Grozztucke cuando has detenido el tiempo. Cuando todo vuelva a moverse, se preguntará cómo es que he desaparecido así, de repente.

—Olvídala. Esa mujer bebe demasiado. Pensará que ha tenido una alucinación y listo.

—Vale.

Cell empujó a Molly escaleras abajo sin ningún miramiento. Los escalones de piedra se sucedían unos a otros, como en una interminable espiral que descendía hasta el mismísimo infierno. La manaza de hierro del general se le clavaba en el brazo, haciéndole mucho daño.

Empezaba a sentirse agotada. Resistirse a la fusión fría y gritar al mismo tiempo era muy cansado.

—¡Suélteme! –gritaba una y otra vez. Pero sus esfuerzos eran vanos frente a dos hombres tan fuertes. Retorciéndose, Molly volvió sus ojos hacia Cell.

Su mirada ardiente rebotó sobre él como una pelota.

—¡Qué descaro! Las niñas pequeñas no deberían jugar con fuego, ¿sabes? O con hielo –de pronto, Primo Cell hizo que todo el grupo se detuviera–. Quítate la piedra.

Molly se preguntó cómo diablos sabría Cell que llevaba un diamante.

—No, no quiero –replicó–. Es mía.

—Quítatela o te lo quitaré yo –insistió Primo con firmeza.

Molly estaba anonadada. Primo Cell debía de ser una de las personas más ricas del mundo, y en un momento como ese, todavía tenía tiempo de pensar en diamantes. Era totalmente materialista. Molly suponía que era el precio que tenía que pagar, su castigo.

—Es usted un hombre feo, avaricioso y codicioso –le espetó–. Peor aún, es usted escoria. No necesita este diamante. Pero yo sí –Molly pensó en los demás niños del orfanato, en la cuenta sin pagar en el hotel, en el dinero que se iba acabando en La Casa de la Felicidad, en lo poco que tendrían para comer, en los tiempos difíciles que se avecinaban–. No puede quedárselo.

—Tranquila, no lo vas a necesitar –declaró Cell fríamente–. Dámelo ahora mismo.

Molly percibió el tono amenazador de su voz y tembló de miedo. Estaba tan cansada. No le quedaban fuerzas para resistirse. Se llevó la mano al cierre de la cadena. El diamante había absorbido todo el frío de su cuerpo, y reposaba helado contra su piel. Abrió el cierre de la cadena sin soltar el diamante.

—Supongo que se lo prestará a Gloria Heelheart, y ella estará encantada –susurró–. ¿Pero sabe usted una cosa? Si ella supiera cómo es usted realmente, lo odiaría. Todas las personas a las que ha hipnotizado lo odiarían.

—Oh, cielos, de modo que no tienes ni idea del verdadero poder de tu diamante –dijo Cell secamente–. Humm –alargó la mano y le arrebató la joya.

Entonces, aunque Molly no se enteró, ella también se quedó petrificada.

Capítulo 27

El general cargaba ahora por la escalera de piedra con dos niños petrificados. Habían alcanzado un nivel subterráneo, y según iban descendiendo, la luz provenía de algún lugar por debajo de ellos. A la pared de piedra sucedió una de grueso vidrio. La escalera descendía como un tubo de hielo en medio de un enorme espacio blanco. Llegaron al final y se detuvieron.

La habitación era muy grande y moderna, como una enorme galería de arte, aunque las paredes estaban desnudas de cuadros. En lugar de cuadros, en el centro se erigía lo que parecía una extraña escultura. Era una gran torre de acero con una barra paralela al techo en la punta. Un objeto grande y pesado fijado colgaba del extremo de dicha barra. Al pie de la torre había un banco de acero.

En el banco estaba sentado Sinclair Cell, contemplando su imagen reflejada en un espejo de bolsillo.

—Sinclair, podrías haber venido antes a ayudarme,

so vago –dijo su padre–. Venga, ayúdame ahora. Átales las manos a la espalda.

Cell dio instrucciones al general de que dejara a Molly y a Rocky en el suelo. La inmóvil pareja se quedó ahí de pie, como un par de peces muertos, y Sinclair se acercó a ellos e hizo lo que le había mandado su padre.

Entonces este dejó que el mundo recuperara el movimiento. Molly y Rocky se quedaron muy sorprendidos de que los hubieran trasladado allí. Rocky sólo recordaba haberse escondido detrás de la cortina, mientras que para Molly se había detenido cuando Primo le había arrebatado el diamante. Unos segundos después se quedó patidifusa al comprender lo que había sucedido en realidad.

—¡Así que el diamante está relacionado con el poder de detener el tiempo!

Primo no le hizo caso. Estaba de pie junto a una pequeña caja metálica, girando unos diales.

Molly y Rocky intentaron incorporarse. Los ojos de ambos estaban fijos como imanes sobre la barra en lo alto de la torre y el pesado objeto que colgaba de ella. Se trataba de algo sólido y amenazador, blanco y negro. En ese momento, Primo Cell apretó una manilla. Aquel chisme blanco y negro empezó a dar vueltas, se lanzó en picado hacia abajo y, un segundo después, una gigantesca urraca metálica con las alas extendidas se precipitó directamente hacia ellos.

La pesada y mortífera ave de presa, con su grueso pico en forma de espada y su cuerpo imponente, pasó por encima del banco de hierro en un vuelo raso. Molly la siguió con la mirada. Fijada a la larga barra, la urraca se dirigió hacia el otro extremo de la galería, donde permaneció en suspenso. El peso del animal curvaba la barra hacia abajo. Entonces, siguiendo la ley de la gravedad, la urraca volvió a precipitarse sobre el suelo, apuntando hacia el banco. El afiladísimo borde de su cola cortó el aire, levantando una brisa que alborotó el cabello de Molly.

—Me alegro de que no seas supersticiosa –le dijo Rocky–, porque se supone que las urracas traen mala suerte.

—Hermoso, ¿verdad? –dijo Cell, como si les estuviera mostrando un preciado tesoro–. Es mi péndulo en forma de urraca. Puede incluso marcar el compás. Puede oscilar de un lado a otro durante todo el día. Allí arriba, en la pared, hay un reloj. ¿Lo veis? –mirando con orgullo a su monstruo, Cell apretó un botón, y con un chirrido mecánico que recordaba al graznido de un pájaro de verdad, la urraca se detuvo en el aire. Cell se acercó al banco y dio unas palmaditas sobre el asiento metálico.

—Ven, Molly, tú siéntate aquí –horrorizada, la chica permaneció inmóvil. El último lugar en el que quería estar era precisamente en plena trayectoria de la urraca asesina.

—Tráela aquí –ordenó Cell al general, el cual, como un perro hipnotizado, llevó a Molly hasta el banco. Sinclair no soltaba a Rocky. En cuanto Molly colocó los pies debajo del asiento, dos anillas metálicas aprisionaron sus tobillos.

—NO –gritó Molly furiosa–. NO PUEDE OBLIGARME A SENTARME AQUÍ. ¡ESTÁ USTED COMPLETAMENTE LOCO! –forcejeó violentamente para zafarse de las ataduras metálicas, pero Cell contemplaba la escena imperturbable, como si estuviera viendo hervir el agua para el té. Observó a Sinclair empujar a Rocky, que gritaba y pataleaba, para sentarlo en el banco junto a ella. Sinclair se aseguró de que las anillas metálicas estuvieran bien cerradas.

207

Activadas por un mando a distancia que Cell sostenía, unas correas metálicas surgieron para atrapar a los prisioneros por la cintura.

—Y ahora ha llegado el momento de divertirnos un poco –dijo Cell riéndose. Molly levantó los ojos hacia el horrible pájaro letal que reposaba por encima de su cabeza. Ella y Rocky estaban en medio de su camino.

—¡No se atreverá! –gritó Molly, dirigiendo los ojos a Primo y al control remoto que este sostenía.

Cell se subió la manga de su chaqueta de cachemir y consultó su reloj de oro. Luego se sacó del bolsillo el diamante de Molly y se lo tendió a Sinclair. Como por un acuerdo telepático, este volvió a colocar la cadena con el diamante en el cuello de Molly. Cell pulsó varios botones de su mando a distancia.

—La señorita Urraca está programada –anunció–. Dentro de dos minutos volverá a caer. Cuando lo haga... bueno, habéis visto a mi princesa en acción. Estoy seguro de que os imaginaréis lo que pesa. Su pico es tan afilado como un... ¿Cómo se llaman esos cuchillos de cocina que vendemos, Sinclair?

—Ris Ras.

—Tan afilado como un Ris Ras, y su cola es letal. Ambos son exquisitamente afilados y pesados, de manera que no tenéis que preocuparos; sea cual sea el extremo que elijáis, será una muerte rápida.

—¡ESTÁ USTED LOCO! –gritó Molly. No entendía bien por qué Sinclair volvía a ponerle el diamante en el cuello, pero era incapaz de apartar la mirada del pájaro asesino–. ¡No puede despedazarnos con su urraca! ¿Qué clase de chalado es usted?

Pero entonces descubrió los desagües practicados en el suelo, y la tubería plateada sobre la pared. Molly pensó en Davina. Se volvió desesperada hacia Rocky.

La mirada de terror que este le devolvió era tan intensa como la suya.

A Molly empezó a temblarle el labio inferior.

—Por favor, señor Cell –dijo con una vocecilla vencida–. Por favor, no nos haga esto. Déjenos marchar y no volveremos a molestarlo. Por favor. Por favor, no nos deje aquí sentados cuando caiga el pájaro.

Primo Cell no le hizo caso.

—Corrijo. Dentro de dos minutos, la urraca volverá a ponerse en movimiento. Molly, tú, por supuesto, puedes detener el mundo. Sinclair te ha devuelto tu diamante. De modo que en realidad tenéis más de los dos minutos que os dejo para decidir vuestro destino final. ¿Durante cuánto tiempo puedes detener el mundo? Personalmente, encuentro que diez minutos es mi límite. Es tan agotador, ¿verdad? Gracias a ti, ahora me siento cansado antes de mi recepción, lo cual me irrita mucho. Cuando trabajo, prefiero estar descansado –Cell se aflojó el nudo de su corbata de seda.

»¿Sabes, Molly? Me resulta muy curioso que nunca hayas caído en la cuenta de que los diamantes son esenciales para detener el tiempo. ¿No te fijaste en lo frío que se volvía al utilizarlo? ¿No caíste en la cuenta de que el diamante no es conductor del calor? ¿Es que ahora no os enseñan nada en el colegio? –Cell se desabrochó el cuello de la camisa y se sacó una fina cadena de plata. De esta colgaba un enorme diamante de color claro que reflejaba y refractaba la luz blanca de la cámara de torturas, lanzando siniestras chispas.

—Enséñale el tuyo –le ordenó a Sinclair. Este llevaba un cordón de cuero alrededor del cuello, del que también colgaba otra gran piedra brillante.

—Bien –dijo Cell, volviéndose a apretar el nudo de la corbata–. Me encantaría seguir hablando de todo esto, pero no tengo más remedio que volver con mis invitados. Tal vez en otra ocasión... Ah, se me olvidaba, para entonces vosotros ya no estaréis aquí –Primo miró los desagües–. Qué lástima. En fin, qué se le va a hacer, Molly y... esto... no me he enterado del nombre de tu amigo... que paséis unos agradables once minutos. *Bon voyage*!

Cuando Cell levantó la mano en un gesto de despedida, Molly concentró toda su fuerza en poner sus ojos a plena potencia hipnótica, y los dirigió hacia él. Su mirada recorrió la habitación y le dio de lleno en la cara. La fuerza del impacto a punto estuvo de derribarlo.

—¡Molly, Molly! No me esperaba esto de ti –luego se dio la vuelta repitiendo–: Una verdadera lástima –indicó con un gesto a su hijo y al general que lo siguieran, y empezaron a subir los escalones de piedra. Molly le oyó decir:

—Sinclair, esta escalera es preciosa, pero es una pesadez tener que subirla. Recuérdame que instale un ascensor.

Capítulo 28

Molly y Rocky estaban sentados muy tiesos en el mortífero banco, con las anillas de hierro alrededor de los tobillos y sus cuerpos firmemente atrapados por los crueles cinturones de acero. Rocky sentía crecer la tensión dentro de su pecho. Molly se inclinó hacia delante, en un intento por ver si podía escapar a la trayectoria del pico de la urraca.

—No hay nada que hacer, no puedo salirme de la línea de fuego –miró fijamente el horroroso instrumento mortífero con ojos aterrorizados–. Rocky, no quiero que me rebane la espalda. Pe-pero si nos incorporamos, el pájaro nos dará de lleno.

—El pico me golpeará a mí –dijo Rocky, con voz silbante por el asma–. He visto dónde cae exactamente. Me ensartará como una brocheta... y luego, el filo de las alas nos hará trizas. Y cuando vuelva a caer, la cola nos decapitará a los dos –desesperadamente, empezó a arañar el cinturón metálico.

—¡Oh, Rocky! ¡Socorro! –Molly gritó con toda la

fuerza de sus pulmones, pugnando en vano por liberarse–. Esto no puede ser verdad. Solo está tratando de asustarnos. Volverá. Estoy segura. Él no tiene intención de... de...

—¿Matarnos?

—¡Oh, no me lo creo! Rocky –dijo Molly con un hilo de voz–, nos va a matar... Como mató a Davina –Molly gritó más fuerte que nunca en su vida–: ¡SOCORRO, SOCORRO, QUE ALGUIEN NOS AYUDE!

Rocky tomó la mano de Molly.

—Ya casi han pasado los dos minutos.

Molly calló. Pese al pánico que ella misma sentía, se dio cuenta de lo tranquilo que estaba su amigo.

—Nadie puede oírnos, ¿verdad? –Rocky negó con la cabeza. Tenía lágrimas en los ojos.

—Lo siento, Molly.

—Pero algo habrá que podamos hacer –suplicó Molly–. Tenemos que romper estas cosas... –sintió que sus poderes hipnóticos no servían para nada–. No puede ocurrir así, sin más.

De repente, la urraca emitió un graznido ensordecedor. Molly casi se desmayó del miedo.

—Ahora puedes detener el mundo –dijo Rocky–, para darnos un poco más de tiempo.

—Sí –dijo Molly, jadeando–. Claro, claro... sí. Molly miró fijamente el desagüe que tenía delante y concentró a tope su mente. Solo tenía unos pocos segundos. Desde un rinconcito de su cerebro, una voz exclamó: «¿De qué sirve, Molly? Al final te va a matar». Molly no hizo caso de esa voz. A la velocidad del rayo, logró la sensación de fusión fría. Y conforme recorría su cuerpo, oyó el sonido del aire desplazado por el ataque del pájaro. Lo vio venir. Con un prodigioso esfuerzo, potenció al máximo la sensación fría. En una décima de segundo, el pájaro estaba sobre ellos. Justo a tiempo, el mundo se había detenido. Temblando, Molly miró hacia arriba. El pico de la urraca estaba a escasos centímetros del cuello de Rocky. Este había cerrado los ojos con fuerza. El ala extendida del pájaro estaba a medio metro del pecho de Molly. Esta apoyó la mano en el hombro de Rocky y, como había visto hacer a Primo Cell para resucitar al general, envió la sensación de fusión fría a través de su brazo hasta el cuerpo de Rocky. El chico abrió entonces los ojos, alejándose instintivamente del mortífero pico.

—Está petrificado –dijo Molly.

—¿Durante cuánto tiempo? –preguntó Rocky jadeando–. Me va a abrir en canal. ¿Cómo es que puedo moverme?

Molly aseguró en su interior la sensación helada con más firmeza de lo que lo había hecho nunca antes.

—Mientras me toques, podrás moverte –le explicó–. Y la urraca permanecerá inmóvil mientras yo aguante.

En algún lugar de la casa, Molly sentía la resistencia de Sinclair y Primo Cell a su parón del tiempo. Pensó en lo irritado que estaría ahora Cell de no poder seguir pavoneándose ante sus invitados. Tendría que dejar a medias una frase y, cuando el tiempo se reanudara, debería recordar exactamente qué estaba diciendo, y cómo.

Cuando el mundo volviera a moverse... si es que lo hacía, Molly y Rocky ya estarían muertos. Molly se quedó mirando la máquina blanca y negra. ¿Tenía el mundo que volver a ponerse en movimiento? Por supuesto que sí.

Rocky tocó la punta del pico de la urraca.

—¿A cuántas personas antes que a nosotros habrá matado esta urraca? –los ojos metálicos del pájaro los miraban sin expresión alguna.

—¿Qué hacemos? –preguntó Molly–. Estos son... ya

213

sabes... nuestros últimos minutos de vida –sintió ganas de llorar.

—Supongo que deberíamos disfrutarlos –contestó Rocky–. Si vamos a morir, creo que deberíamos disfrutarlos. Cuando eso ocurra, Molly, será tan rápido que no creo que nos enteremos. Moriremos instantáneamente. Así que a lo mejor deberíamos tratar de ser felices ahora.

—¿Cómo?, ¿te refieres a que tenemos que contarnos chistes? –preguntó Molly, con un tremendo nudo en la garganta que hacía que le doliera todo el cuello–. ¿O tenemos tal vez que recordar los buenos tiempos? –respiró hondo varias veces. Requería mucha concentración hablar y detener el mundo a la vez.

—No tenemos obligación de hacer ni una cosa ni la otra –dijo Rocky. Luego añadió–: Cell no nos ha otorgado una última voluntad, como en las películas. Y eso que estamos en Hollywood. Mira que es rata, el tío.

Molly miró a su amigo. Rocky parecía verdaderamente molesto. Casi le dieron ganas de sonreír.

—¿Y tú qué hubieras pedido?

—Mi guitarra. Entonces, a lo mejor habría podido utilizar mi voz para hipnotizarlo con una canción. ¿Y tú?

—Una pistola.

La chica sintió toda la fuerza del mundo detenido haciendo presión sobre ella. Seguía resistiendo. Sentía frío, mucho frío. Gimió.

—¿Te encuentras bien? –preguntó Rocky.

—Estoy empezando a notar el cansancio.

—Me alegro de que te entregaran al orfanato –dijo Rocky de repente.

—Lo mismo te digo –Molly sabía que esta conversación le iba a hacer más daño que nada en el mundo–.

214

Rocky, toda la vida he querido saber quiénes eran mis padres. Ahora me alegro de no saberlo. Me alegro de ser huérfana, porque si no lo fuera, no te habría conocido, Rocky. Has sido el mejor amigo que nadie puede tener. Y eres el mejor cantante del mundo, tus canciones son fantásticas. El mundo las habría adorado si... Rocky, ¿tú qué crees que se siente al morir?

—Supongo que será como dormir, pero sin sueños. Un sueño profundo en el que no piensas ni sientes nada.

—Pero ¿eternamente?

—La eternidad durará un segundo, porque estarás dormida.

—¿Crees que despertaremos alguna vez?

—No, no lo creo. Creo que estaremos, o nuestros espíritus, sumidos en un gran sueño profundo, y ni siquiera seremos conscientes de ello. Pero tal vez la energía que sale de nosotros cuando morimos, la energía que carece de sentimientos y de conciencia, irá a parar a otra cosa. Como una pila. La energía que era lo que impulsaba nuestras vidas aguardará a que otra cosa distinta se conecte a ella. ¿Para qué te gustaría que se utilizara tu energía tras tu muerte, Molly?

—Para los cachorros de Pétula, si es que tiene alguna vez.

Rocky acarició la mano de Molly.

—No tienes que tenerle miedo a la muerte, Molly.

—¿Pero y tú cómo sabes todo esto?

—No es que lo sepa, esto es solo lo que yo creo –contestó Rocky–. Es una cuestión de sentido común. La religión nunca ha sido lo mío. Las religiones tienen música que mola mucho, eso está claro, y edificios bonitos, pero a mí me parece que las religiones enfrentan demasiado a la gente. Si tratas lo mejor que puedes a las personas y a los animales que te rodean, eso para mí ya es suficiente religión. ¿No te parece?

—¿Tú crees que hemos tratado bien a las personas y a los animales? –preguntó Molly.

—No somos perfectos, pero tú eres maravillosa, Molly.

—Tú también... Pero si todo muere y todo se queda sumido en un sueño, ¿entonces qué sentido tiene vivir?

—Eso es como preguntar qué sentido tiene un precioso amanecer, o una fantástica canción.

—¿Qué sentido tienen esas cosas?

—¿Por qué tienen que tener algún sentido? –preguntó Rocky.

—A lo mejor sí que todo tiene un sentido –dijo Molly–. A lo mejor ahora descubrimos cuál es.

Molly temblaba sin poder controlarlo. Sentía que se iba quedando sin fuerzas mientras el mundo la presionaba para que le dejara recuperar el movimiento. Sentía la presión de todos los trillones de personas, animales, insectos, plantas y máquinas del mundo que trataban de liberarse, de moverse, de proseguir con su vida. Imaginó la inmovilidad que reinaría en ese momento en todo el mundo. La gente se habría interrumpido en mitad de un chiste, riendo sin que ningún sonido saliera de su boca. Habría gente peleándose, con los puños petrificados en el aire. Siempre había guerras en el mundo. Seguro que en ese momento había balas detenidas en mitad de su trayectoria, bombas que acababan de detonarse. Era demasiado horrible pensar en las cosas violentas. Molly pensó en las cosas buenas. Un niño dando sus primeros pasos. Una persona en un hospital saliendo del coma. Tal vez en algún lugar, una persona hambrienta estaba a punto de adivinar la combinación ganadora de la bonoloto. En ese momento nacían bebés, atletas ganaban carreras, y los inventores y los artistas tenían ideas geniales. Los científicos podían estar descubriendo, en ese preciso instante, algo verdaderamente importante. Y todas esas cosas y esas personas querían seguir moviéndose. Molly apretó los dientes. Cada minuto que transcurría, la presión resultaba más difícil de soportar. Sabía que ya no podría hablar más. Habían pasado ocho minutos.

Miró con odio al pájaro metálico, despreciándolo, deseando que pudiera desaparecer. Sentía náuseas y estaba cada vez más mareada. Sus pies ardían de puro frío. Molly mantuvo el mundo inmóvil durante cuatro minutos más. Y luego otros cuatro.

Hacía tanta fuerza que le pareció que se iba a hacer añicos por dentro.

Estaba agarrada al borde de un acantilado, colgando sobre un precipicio, mirando hacia abajo, a un desfiladero que no era sino la muerte. Era como si Rocky estuviera aferrado a sus piernas, y Molly ya solo se sostuviera con la punta de los dedos. Sus uñas arañaban la superficie de las rocas, tratando de encontrar algo a lo que asirse, pero resbalando, resbalando.

—Ya no puedo más –susurró–. Tengo tanto, tanto frío.

Entonces cerró los ojos y sintió que la fuerza de la gravedad tiraba de ella hacia el abismo, mientras el tiempo se la tragaba.

Capítulo 29

Aquella noche, Primo Cell cenó con todas las estrellas que residían en su mansión.

Su compañía siempre le resultaba entretenida, y le gustaba sentir lo poderoso que era.

Todos se sentaron alrededor de la suntuosa mesa de comedor, ante una elaborada vajilla de cristal y cubiertos de oro macizo, y Cell escuchó las vivencias del día.

Gloria Heelheart estaba emocionadísima porque el director de la película que llevaba todo el año rodando, Gino Pucci, acababa de encontrar una carlina para el papel del perro.

—Primo, te conté que el primer perro había sufrido un ataque al corazón, ¿verdad? No sabíamos cómo íbamos a encontrar otro perrito igual de encantador. Yo no podía proponer a ninguno de mis pequeños pequineses porque, si no, los otros nueve se habrían puesto celosos. Pero Gino ha encontrado un perro sencillamente fabuloso para interpretar el papel. ¡Una carlina!

La semana que viene vamos a volver a rodar todas las escenas con perro. Así que la película debería estar terminada en noviembre.

Primo metió la cuchara en el erizo de mar que tenía en el plato. Sacó el centro salado del animal y se lo llevó a la boca.

—Qué bien –comentó.

Hércules Stone miró su plato y frunció el ceño.

—No puedo comerme esto –gruñó. Su mayordomo personal apareció a su lado como por arte de magia–. Creía que le habíamos dicho al cocinero cómo me gustan a mí las hamburguesas. Quiero el queso encima de la carne, y los pepinillos, entre el tomate y la lechuga, no encima de la lechuga. La mostaza tiene que ir debajo de la carne, no encima, y la mayonesa tiene que encontrarse entre los pepinillos y el tomate.

—Lo lamento, señor –dijo el mayordomo–. Es que al cocinero le cuesta mucho recordar el orden, pues cambia continuamente.

—No puedo comerme esto –insistió Hércules Stone, y, como un niño mimado, volcó el contenido del plato sobre el mantel.

—¡Oh, qué desagradable! –exclamó Suky Champagne desde el otro extremo de la mesa–. Así no puedo digerir mi ensalada.

Cosmo Ace se mostró más comprensivo.

—No te preocupes, Herc.

Pero King Moose, que estaba sentado junto a Suky, apartó a un lado el candelabro de ocho brazos para poder mirar a los ojos a Hércules Stone.

—Te lo advierto, Stone –gruñó–, como vuelvas a portarte así, vas a tener que cenar el bocadillo que hagan mis puños. Y no vendrá con mayonesa, ni pepinillos, ni mostaza. Vendrá tal cual, y te romperá esos dientes tan bonitos que tienes, con lo que en adelante solo podrás tomar sopa.

—Sí, tú inténtalo, Moose, y te denuncio –respondió Hércules.

—Ya que hablamos de comida, Moose –intervino Tony Wam, la estrella del kárate–. ¿Te apetece probar una de mis tortas kung-fu?

—Primo, por favor, diles que paren. No soporto que discutan de esta manera –gimoteó Suky.

—¡Ya basta! –ordenó Primo Cell. Inmediatamente, todas las estrellas bajaron la cabeza en señal de obediencia. Sinclair Cell llegó entonces, disculpándose por su retraso.

—¿Otra discusión? –preguntó.

—Esta noche no ha sido para tanto –contestó Primo Cell.

Después de la cena, todo el mundo se retiró a la sala de cine. Habían quitado la gran pantalla, y en ese espacio se extendía un escenario. Sobre él, un hombre vestido con un frac blanco y una corbata del mismo color estaba sentado frente a un enorme piano.

Todos se acomodaron, sabiendo exactamente qué entretenimiento iban a presenciar. Era un espectáculo del que nunca hablaban.

Cell se instaló en su butaca. Era su momento favorito del día. Aplaudió y las luces se fueron apagando hasta que solo quedaron dos focos que iluminaban el proscenio. El pianista empezó a tocar la melodía de la canción preferida de Cell. Y entonces la estrella hizo su aparición.

Davina Nuttell salió de uno de los laterales. Parecía más delgada y cansada que aquella chica mostrada en las fotos de las revistas. Junto a ella estaba su guardián, inmóvil como una estatua.

Miró al auditorio a oscuras.

—No pienso cantar –dijo desafiante.

Cell la miró y suspiró con aire reflexivo. Se preguntó por enésima vez qué era lo que había en Davina que desafiaba a sus poderes hipnóticos. Cuando había tratado de hipnotizarla, la niña se había zafado de su magnetismo, como un lagarto que escapa a una trampa. Pero aunque esto lo confundía, no se dejaba invadir por la preocupación. Porque había algo en esa pequeña actriz que lo sobrecogía. Había descubierto que sus canciones le hacían sentir mejor que ninguna otra cosa en el mundo. Por qué, eso no lo sabía. Su voz se había convertido en un calmante del que ya no podía prescindir.

—Oh, querida Davina –respondió la meliflua voz de Cell–. ¿De verdad crees que podrás aguantar un día más de erizos de mar para desayunar, almorzar y cenar? Sabes cuánto los aborreces. Piensa en qué platos podrían componer el menú. Tenemos un nuevo cocinero que prepara una maravillosa tarta de chocolate y unos deliciosos donuts caseros.

El labio inferior de Davina tembló durante un momento. Luego, la cantante golpeó el suelo con el pie.

—No soy un ruiseñor enjaulado, Cell. No pienso cantar cuando a ti te apetezca. A mí me pagan por cantar. No lo hago gratis. Y, desde luego, no lo haré gratis por ti. TE ODIO.

—Vamos, vamos, Davina. Una canción es todo lo que te pido. Y luego podrás volver a vivir como una princesa. Te podrás dar un baño con todos esos aceites exóticos y lavar el pelo –Davina miró al oscuro auditorio, con unos ojos que mostraban unas pronunciadas ojeras. Negó con la cabeza, furiosa. Pero sabía que estaba vencida.

—Vale, vale, cantaré.

Al oírla, el pianista volvió a tocar el estribillo.

Cell se reclinó hacia atrás. La canción que Davina estaba a punto de cantar era lo único que provocaba en él alguna emoción. Tal vez se la había cantado su madre cuando era pequeño. No sabía muy bien por qué suscitaba en él aquellos sentimientos de ternura, de arrepentimiento y de nostalgia. Y por alguna razón, cuando la cantaba esa chica, esos sentimientos eran diez veces más intensos. Davina no era una persona agradable, pero eso no tenía importancia. Le recordaba a Cell algo que había perdido. Su infancia, tal vez.

La voz pura de Davina atravesó el aire como una fresca brisa primaveral.

> *Encontrarme en una isla*
> *en medio del océano*
> *puede parecer la libertad.*
> *Tumbarse sobre una arena dorada*
> *puede parecer el paraíso.*
> *Puede parecer el paraíso,*
> *pero no lo es.*
> *No, señor.*
> *Millones de olas me separan de ti.*
> *Solo tú puedes hacer*
> *que mi vida sea dichosa.*

Cell suspiró. Y Davina siguió cantando envuelta en la luz plateada.

Capítulo 30

La luz era blanca, como lo es la luz celestial.

Molly abrió los ojos y, al mirar a su alrededor, se estremeció. Estaba en un lugar totalmente distinto de donde se hallaba tan solo unos segundos antes. Y al instante supo que se sentía totalmente diferente.

No se encontraba agotada, ni congelada, ni a punto de morir, sino descansada, calentita y tranquila, como si hubiera dejado muy lejos los agobios y las preocupaciones de la vida. Se sentía como en el paraíso. Sus pies estaban descalzos y secos.

Ya no estaba atrapada en el banco de acero con la urraca asesina a pocos centímetros de ella. En vez de eso, se encontraba en una vieja silla, en una cabaña de madera, sobre la que soplaba una suave y cálida brisa. Fuera veía un banco blanco, con la pintura desconchada. Más allá del banco, un malecón y el azul del océano.

Rocky estaba sentado junto a ella contemplando el mar. Durante un momento, ambos permanecieron inmóviles, escuchando el sonido lejano de las olas y los graznidos de las gaviotas.

—Rocky –dijo Molly–. Hemos muerto. Estamos en el cielo.

Miró alrededor, a la habitación blanca. Allí había dos camas, cada una con un juego de sábanas, una manta y una almohada. A su derecha se encontraba una cocina, y a su izquierda, un pasillo que llevaba a un minúsculo cuarto de baño. En la pared colgaba una guitarra.

—No recuerdo que el pájaro nos golpeara –dijo Rocky–. ¿No deberíamos recordar esa décima de segundo en que nos golpeó? ¿Un segundo de dolor?

—A lo mejor hemos muerto antes de que el mensaje de dolor llegara a nuestro cerebro.

Molly se quedó mirando dos sillas que había junto a la pared de enfrente. Allí tenían amontonada algo de ropa vieja y descolorida. Debajo de una de las sillas vio sus zapatillas de deporte. Pero estaban distintas, muy gastadas. Y su camiseta estaba desgarrada. Molly se puso en pie y, sintiéndose muy irreal, como si caminara sobre el aire, se acercó a las sillas y cogió sus pantalones vaqueros. Estaban cortados a la altura de la rodilla, y el borde tenía flecos. ¿Era el cielo un lugar donde seguías con la ropa que llevabas el día de tu muerte?

—Caray, Molly, qué morena estás –dijo Rocky–. Mírate las piernas.

Molly se las miró. En lugar de blancuzcas como siempre, eran de color dorado.

Rocky se miró también las suyas.

—Nunca había tenido la piel tan oscura.

—Me parece que llevamos muer... –a Molly le costaba pronunciar la palabra–... bastante tiempo –cogió la camisa de Rocky. No había señales de sangre. Era

224

de un naranja descolorido y le habían cortado las mangas.

Rocky se dirigió a la puerta abierta de la cabaña. Fuera había una terraza de madera rodeada de una barandilla. Unos escalones bajaban a un malecón castigado por el sol. De frente se encontraba el mar, olas moteadas de espuma y un horizonte lejano sobre el que se reflejaba la luz del sol. Molly se reunió con Rocky y recogió del suelo una gran concha.

—Todo me resulta familiar –entonces Molly se pasó la lengua por los labios y los notó salados.

—Como si ya hubiéramos estado aquí –convino Rocky. En ese momento, Pétula apareció desde detrás de la cabaña.

—¡Oh, Pétula! –Molly se agachó y estrechó a la perrita en sus brazos, hundiendo la cara entre su pelo. Unos minutos antes había pensado que ya nunca más volvería a ver a Pétula. La perrita meneó la cola y le dio un lametón.

—Será que Pétula también ha muerto –conjeturó Molly. Luego calló unos segundos–. Pero espera un momento. Yo no me siento muerta en absoluto. Me siento como si lleváramos aquí...

—Siglos y siglos –terminó Rocky.

—Porque yo conozco ese malecón. Sé el lugar exacto desde el que hay que tirarse al agua –dijo Molly frunciendo el ceño.

—Y esa concha que tienes en la mano –añadió Rocky–, creo que la encontré yo, pero no recuerdo cómo –Rocky y Molly se miraron.

La cabaña estaba situada en la parte más baja de un acantilado. Había una cueva, pero no tenía acceso visible desde la playa. La pared del acantilado proseguía durante muchos metros. Podrían estar en cualquier lugar del mundo. Nada en el paisaje les indicaba dónde se encontraban exactamente, solo sabían que el clima era cálido.

—Llevamos aquí muchísimo tiempo sin saberlo –dijo Molly–. Es como si un huracán nos hubiera desplazado en el tiempo y nos hubiera dejado aquí.

—Me parece que nos han hipnotizado.

Una gaviota emitió un graznido chillón por encima de sus cabezas. Al mismo tiempo se oyó un ruido que provenía de la cabaña. Al darse la vuelta, Molly y Rocky vieron a un hombre rubio, vestido con un chándal azul, que caminaba hacia ellos. Llevaba en las manos dos vasos llenos hasta arriba. Era Sinclair Cell.

—Un vaso de Skay para ti –le dijo a Rocky–; y para ti, Molly, un zumo concentrado de granadina con hielo.

Molly se sentía como si hubieran metido sus sentimientos en una lavadora. Primero había pensado que estaba muerta, luego se había sentido muy aliviada de que no fuera así, después el alivio había dado paso a una gran sorpresa, y ahora se sentía muy asustada. Este hombre quería matarla. Seguro que había venido a asesinarla. Retrocedió, preguntándose si podrían escapar tirándose al mar. Miró las bebidas en sus manos. ¿Querría envenenarlos?

Entonces, su cerebro confuso cayó en la cuenta de que la urraca no los había decapitado. Y Molly sintió crecer en su interior una rabia desbordante al darse cuenta de que en realidad Sinclair los había hipnotizado. Estaba indignadísima. Como un camaleón que cambia de color, el humor de Molly pasó del miedo a la furia.

—Así que has estado hurgando en nuestros cerebros, ¿eh? –le espetó–. Nos has tenido como a ratones en una jaula, y nos has obligado a contarte todo cuanto querías saber sobre nuestras vidas. ¿Durante cuánto tiempo hemos sido tus conejillos de Indias? ¿Dos semanas? ¿Tres?

Sinclair dejó las bebidas sobre una mesa de madera.

—Sabía que reaccionaríais así –dijo con voz amable–. Molly, yo os salvé la vida.

Pero la chica estaba furiosa. Y no sabía cómo se atrevía Sinclair a tratar de congraciarse con ellos.

—Aunque le salves la vida a alguien, eso no te da derecho a andar hurgando en su mente.

Sinclair negó con la cabeza.

—No lo he hecho.

—¿Y pretendes que nos lo creamos? –Molly lo miró con desprecio–. Pues bien, yo sé lo que sí has hecho. Desconectaste nuestras vidas, ¿no?

Sinclair se miró los pies.

—¿Durante cuántas semanas? –exigió saber Molly.

La punta del zapato de Sinclair jugueteó con una concha. Había estado temiendo que llegara ese momento.

—Siete meses y medio –contestó con voz tranquila.

Molly se quedó estupefacta. Contó los meses mentalmente. Eso significaba que ella y Rocky habían estado viviendo sin sus identidades durante la mitad de marzo, abril, mayo, junio, julio, agosto, septiembre y octubre.

—¿Qué día es hoy? –preguntó en un susurro.

—El 3 de noviembre –le contestó Sinclair.

—¡Caray! –exclamó Rocky.

—Pero, ¿y qué hay de los demás? –quiso saber Molly–. ¿La señora Trinklebury, Gemma, Gerry, y todos los demás niños del orfanato? ¿Dónde están?

—Están todos bien. Viven en Malibú. Alquilé una gran casa en la costa para ellos. Los demás vinieron desde Briersville. Están bien, os lo prometo.

Fue entonces cuando Molly explotó.

—¿Nos lo prometes? ¿Quién eres tú para prometernos nada? ¿Crees que vamos a confiar en ti después de que hayas borrado de un plumazo siete meses y medio de nuestras vidas? ¿Te crees que eres Dios, o qué? Estás loco. Venga, Rocky, vámonos. Tiene que haber alguna manera de salir de aquí –rodeó la cabaña por el lugar donde había aparecido antes Sinclair. Rocky sacudió la cabeza en un gesto de enfado, escupió a los pies de Sinclair y la siguió.

Un matón alto y corpulento salió a su encuentro, bloqueándoles el paso.

—Lo siento, chicos –se disculpó Sinclair–, pero tenéis que escucharme. Antes de nada os devolveré vuestras memorias –Sinclair dio una palmada y dijo firmemente–: Recordad.

Fue como si de pronto quitaran unas sólidas barreras de la mente de Molly y Rocky. Meses y meses llenos de recuerdos veraniegos inundaron sus cerebros, estimulando sus células grises con imágenes, sonidos, olores y sensaciones de días pasados junto al mar.

Momentos de pesca, peces dorados en una hoguera, Rocky tocando una guitarra, montones de libros leídos, colecciones de conchas, baños en el mar, tiempo de buceo y de surf, el día en que Rocky se rompió una uña del pie, tardes enteras echando a volar cometas, dibujos, cuadernos escritos, palos lanzados a Pétula, veladas alrededor de una hoguera cantando canciones, lecciones de otro idioma...

—¿Hemos aprendido a hablar español? –preguntó Rocky.

—Sí –contestó el matón.

—Pensé que estaría bien que aprendierais otra lengua –explicó Sinclair.

Molly descubrió muchos recuerdos preciosos sobre Sinclair. No era el perezoso, arrogante y asesino hijo de Primo Cell, sino un amigo. Molly miró su rostro conocido, su cabello largo y sus ojos amables, y no supo qué pensar.

—Pero ¿por qué? –preguntó–. ¿Por qué nos has dejado hipnotizados?

—Porque si no, no os habríais quedado aquí –contestó Sinclair.

—Pues quizá no deberíamos estar aquí –empezó diciendo Molly–. Lo que hacemos con nuestra vida lo tenemos que decidir nosotros. No tú. Así que, aunque hayamos pasado una temporada fantástica, nosotros no la elegimos. Eso es lo esencial, Sinclair. Deberías habernos dejado elegir lo que queríamos hacer.

—No podía correr ese riesgo.

—¿Por qué?

—Por dos razones. La primera, me preocupaba que no os rindierais en vuestro empeño de derrotar a Primo. La siguiente vez que os atrapara, se aseguraría de veros muertos. Y la segunda: yo tenía un problema sobre mi propia seguridad. Primo me mataría si supiera que lo he traicionado y que los dos estáis vivos.

—¿Y cómo nos salvaste? –preguntó Molly tranquilamente. Estaba empezando a sentir que podía confiar en Sinclair.

—Desde lo alto de la escalera, te observé mientras detenías el mundo. No podía desprogramar a la urraca, porque solo mi padre posee el código. Esperé hasta que estuvieras cada vez más cansada, hasta que casi tiraste la toalla, y justo antes de que lo hicieras, te relevé y yo también detuve el mundo.

—¿Así que éramos dos, tú y yo, deteniendo el mundo?

—Sí. Bueno, tú te desmayaste y te quedaste congelada, y, por supuesto, Rocky también –explicó Sinclair–. Cuando perdiste el conocimiento, el tiempo no se reanudó porque yo lo estaba deteniendo. La urraca nunca os golpeó porque yo la estaba manteniendo quieta. Entonces os liberé inmediatamente, y Earl y yo –señaló con un gesto a su guardaespaldas– os sacamos de allí. Vinimos directamente a esta cabaña.

—¿No te dio miedo que Cell te descubriera?

—Un poco. Pero él creía que yo estaba recogiendo todo el desaguisado. Limpiando la sangre con una manguera, y librándome de los cadáveres –de pronto parecía mareado–. Nunca he tenido que limpiar de sangre la cámara de la urraca. Primo ha empleado a gente hipnotizada para ocuparse de ello –entonces susurró–: Estoy seguro de que ha matado a otras personas allí. No sé a cuántas.

—¿Mata a todo el que represente una amenaza? –preguntó Rocky.

—No –contestó Sinclair–. La mayoría desaparece sin más. Primo borra sus identidades, asegurándose de que nunca más sepan quiénes son. Los convierte en almas en pena que oyen voces dentro de sus cabezas. Luego los abandona en lugares lejanos.

—Como si fueran basura.

—Sí. Nadie sabrá nunca quiénes son, y menos aún ellos mismos –incómodo, Sinclair se removió en su asiento.

—¿Y nunca has tratado de salvarlos?

—Sí, pero Primo nunca me implicó en el proceso de borrar sus identidades, de modo que era muy difícil tratar de ayudarlos. No sé de cuántas personas se ha librado de esta manera. Si te soy sincero, habría podido ayudar a algunas, pero estaba asustado. Me odio por ello. Pero, como ves, no soy ningún héroe. Soy débil.

—Nos salvaste a nosotros –objetó Molly–. En esa ocasión sí que fuiste valiente. ¿Por qué nunca has acudido a la policía?

—Molly, Primo controla a la policía de Los Ángeles. Controla prácticamente a toda la policía. No te haces idea de lo poderoso que es. Lo mismo ocurre con los periódicos. La mayoría de los directores están en su poder. Si acudiera a un periodista y se lo contara todo, en cuanto trataran de publicarlo, Primo los machacaría. Y luego iría a por mí.

—¿Y no podrías deshipnotizar a algunas de sus víctimas? –sugirió Rocky–. Tú también puedes detener el mundo. Sabemos que Cell vuelve permanente su hipnosis deteniendo el tiempo. Podrías volver a detenerlo y deshipnotizarlos.

—Parece fácil. Lo que no sabéis es que Primo utiliza contraseñas secretas. Es lo que sella por completo la hipnosis.

—¿Contraseñas? –se extrañó Molly.

—Sí. Son las verdaderas llaves. Sin ellas, no hay forma de liberar a sus víctimas. No sé cuáles son esas contraseñas.

—¿Y por qué nos despertaste? –preguntó Molly.

—Porque necesito vuestra ayuda. Desde vuestra terrible experiencia en la cámara de torturas ha ocurrido algo. Primo se ha vuelto aún más peligroso. Se nos acaba el tiempo.

—Tiene que ver con el Día E, ¿verdad? –preguntó Rocky–. Supongo que se estará acercando.

—Sí.

—¿Qué significa? –quiso saber Molly.

—¿No lo sabéis?

—No –respondieron los dos a coro.

—El Día E es el día de las elecciones –Sinclair vio las expresiones perplejas de Molly y Rocky–. Primo tiene la intención de convertirse en el próximo presidente de los Estados Unidos.

—Pero no puede hacerlo –objetó Molly con incredulidad–. Para convertirte en presidente tienes que tener centenares de personas que te apoyen, necesitas ser el líder de un partido, tienes que haber sido congresista durante años.

—Eso no es cierto. Cualquiera puede ser presidente –aclaró Sinclair–, mientras hayas nacido en Estados Unidos y no tengas antecedentes penales. Hoy estamos a 3 de noviembre, y Primo empezó su campaña en junio, muy tarde, pero lo ha hecho genial.

Sinclair procedió entonces a contarles la campaña electoral de Cell. Había conseguido millones y millones de dólares para financiarla, y se presentó como independiente, lo cual quería decir que no pertenecía a ningún partido político. La campaña se había desarrollado por todo lo ancho y largo del país. Había sido tan intensa y espléndida que no existía ningún ciudadano norteamericano que no hubiera oído hablar de él. Los carteles de «Vota a Cell para presidente» habían adornado miles de paredes. Globos aerostáticos con el mismo lema habían flotado sobre ciudades grandes y pequeñas. Había convocado mítines en todos los Estados del país, y había alquilado estadios deportivos donde sus seguidores habían podido asistir al espectáculo de sus famosos favoritos pronunciando discursos. Las estrellas hipnotizadas por Cell habían hablado sobre cómo mejorarían sus vidas si él fuera presidente, y las razones por las que iban a votarlo. En cada estadio, Cell había pronunciado un discurso, proyectándolo sobre gigantescas pantallas de televisión. Por supuesto, todo el que miraba a la pantalla quedaba hipnotizado.

El esplendor y el poder de su campaña habían eclipsado por completo la de Gandolli y la de cualquier otro candidato.

El deseo de que Cell saliera elegido presidente se había extendido como una enfermedad contagiosa. «Las almas americanas necesitan a Cell para América». Ese era su eslogan.

—Hablas como si las elecciones ya se hubieran celebrado –observó Rocky. Sinclair se revolvió, incómodo, y se miró los pies.

—Es que así es.

—¿Ya? –exclamó Molly tan fuerte que Pétula ladró–. ¿Y qué ha pasado? ¿Ha ganado? –Sinclair eludió su mirada. Dejó caer un periódico a sus pies.

«Primo Cell gana la carrera a la presidencia», decía el titular.

—Ha sido una victoria aplastante –farfulló Sinclair–. Las elecciones siempre se celebran el primer jueves de noviembre. Eso fue ayer, el 2 de noviembre. Este es el periódico de la mañana.

Durante un momento reinó el silencio. Después, el cerebro y la lengua de Molly retomaron contacto.

—¿Estás loco, Sinclair? ¿Por qué has esperado tanto tiempo antes de despertarnos? Podríamos haber saboteado su campaña, podríamos haber intentado descifrar sus contraseñas, podríamos haber hecho algo, pero en vez de eso, nos has dejado aquí todo este tiempo. ¿Eres tonto o qué? Lo siento, Sinclair –Molly hizo una pausa–, pero me parece que nos has despertado demasiado tarde.

—No podía correr el riesgo. Mi padre creía que estabais muertos, y eso es lo que os ha mantenido a salvo. Pero hoy... después de su victoria... –le temblaba la voz–. Deseaba que no ganara. Pero por supuesto ganó. Ahora es el hombre más peligroso del planeta.

Molly se imaginó a Cell como una enorme criatura viscosa, con tentáculos que se deslizaban hasta el último rincón del mundo.

—¿Por qué quiere ser tan poderoso? –dijo.

—Porque está loco –contestó Sinclair–. No lo sé.

De repente, Molly sintió mucha lástima de Sinclair. Debía de resultarle muy difícil traicionar a su propio padre. También pensó que tenía que ser muy buena persona. Después de todo, en su ascensión a lo más alto, Primo Cell se había llevado a Sinclair con él, pero este no había querido acompañarlo. Le importaban más los demás que sí mismo.

—Ojalá nada de esto hubiera ocurrido –gimió Molly–. No es justo. Para Cell, todo está saliendo según lo planeado. Para nosotros, todo se ha ido por el desagüe –entonces, al recordar la cámara de torturas, deseó no haber empleado esa palabra.

—Todavía no es el presidente –dijo Sinclair, con una chispa de alegría. Molly y Rocky lo miraron perplejos.

Sinclair se explicó.

—Hay una esperanza. Por ahora, mi padre es solo "presidente electo". Dispone de unos cuantos meses para organizar su gobierno. Así es como funciona: no será presidente hasta que jure el cargo el 10 de enero. Todavía tenemos tiempo de desbaratar sus planes.

—La seguridad que rodea a Cell será ahora dos o tres veces mayor –apuntó Rocky.

—Pero yo soy su hijo, y confía en mí –objetó Sinclair–. Por lo menos, hasta ahora. Y no sabe que estáis vivos, Molly, así que tenemos un as en la manga.

Molly empezaba a pensar que Sinclair estaba tan loco como Primo Cell. La realidad de que el siniestro hipnotizador se hubiera convertido en presidente de los Estados Unidos era más de lo que su mente podía asimilar. ¿Qué podía hacer ella para arreglarlo?

—No puedo ayudarte, Sinclair. No soy la solución mágica para todos los problemas.

—Te equivocas –contradijo Sinclair–. Todavía hay esperanza. Pero no quiero hablar de ello ahora –se incorporó de un salto, impaciente por cambiar de tema–. Os lo contaré todo en el coche –Earl le tendió una gorra de béisbol, unas gafas de sol y unas llaves–. No me cabe duda de que tendréis ganas de saber cómo están vuestros amigos en Malibú.

—¿Adónde vamos? –preguntó Molly.

—Volvemos a Hollywood. Os quiero presentar a alguien muy especial.

Capítulo 31

La cueva que se abría en la pared del acantilado era asombrosa. Sinclair Cell y Earl llevaron a Molly, Rocky y Pétula por un estrecho sendero hasta la espaciosa gruta, iluminada por una luz verde. Dentro había cerca de un metro de un agua tan cristalina que podían ver el fondo de arena.

Del techo cubierto de algas nacían estalactitas. En el extremo más alejado de la entrada se erguía una pared de cemento, sobre la que se abrían las puertas de acero de un ascensor. Unos minutos después estaban todos subiendo a toda velocidad por el interior del acantilado. Arriba se encontraron con una pared forrada con ante de color marfil y con una puerta de vidrio pulido. Sinclair pulsó un botón oculto en la pared. La puerta se abrió y se encontraron fuera del búnker de cemento que albergaba el ascensor.

La vista era espectacular y el Aston Martin de Sinclair estaba aparcado a la entrada.

—En esa dirección está Hawai –señaló Sinclair–.

Tal vez, cuando todo esto acabe podremos decirle a Primo que os preste su avión privado.

—¿Hemos aprendido a pilotar aviones? –preguntó Molly, arrugando la nariz y tratando de recordar las clases.

—No –contestó riendo Sinclair–. El avión incluye los servicios de un piloto.

Pétula le ladró para que abriera la puerta del coche. Hacía mucho viento en lo alto del acantilado, y el aire se le metía por los huesos. Todos subieron al coche. Sinclair encendió el motor. Sonaba como el rugido de un león. Poco después, el coche ascendía por un camino serpenteante que llevaba a la cima del acantilado. Ante ellos se extendía una autopista.

—Esta es la autopista de la costa del Pacífico –dijo Sinclair–. Bordea toda la costa oeste de Estados Unidos. Ahí –señaló hacia la izquierda– está el norte: San Francisco, y más arriba, Seattle, hasta llegar a Canadá. Y por ahí –señaló a la derecha– está el sur: Malibú, Los Ángeles y México.

—Impresionante –exclamó Rocky–. ¿Dónde estamos ahora?

—Este es un lugar llamado Dune Beach. Todavía nos quedan dos horas hasta llegar a Hollywood, así que vamos a pisar a fondo.

El Aston Martin atacó el asfalto de la autopista.

—Si pasamos por Malibú, ¿podemos parar un momentito para saludar a todo el mundo? –preguntó Molly. Sinclair negó con la cabeza y cambió de marcha.

—Lo siento, Molly, pero no es el momento. Ellos creen que estáis con el benefactor. Tuve que hipnotizarlos a todos para que no se preocuparan. Espero que no os importe. Se encuentran bien; pero si os reunís hoy con ellos, correremos el riesgo de que Primo se entere de que aún seguís vivos, y eso no nos conviene.

Molly abrazó a Pétula y se acomodó en el asiento tapizado de cuero azul. Cerró los ojos. Se notaba un poco rara. Como si hubiera viajado por el túnel del tiempo. De modo que eso suponía estar hipnotizado durante un largo periodo. Molly se sintió culpable por haber hurgado en la mente de algunas personas, aunque no se arrepentía de haber hipnotizado a Nockman para mejorar su carácter. Ahora disfrutaba más de la vida, no cabía duda. Pronto, su hipnosis se desvanecería por completo, y para entonces ya se habría convertido en una buena persona.

—¿Qué han estado haciendo Nockman y la señora Trinklebury durante todo este tiempo? ¿Algo emocionante? –preguntó.

—Sí, y tanto –contestó Sinclair sonriendo, mientras daba a un interruptor–. Si queréis entreteneros un poco, mirad la pantalla –entonces se encendió una pantalla sobre el techo del coche, y para sorpresa de Rocky y Molly, dio comienzo una película de vídeo casero.

Salían todos los niños del orfanato celebrando una fiesta con el señor Nockman y la señora Trinklebury. El micrófono capturó entonces el final de un discurso que estaba pronunciando Nockman.

—Y ahorrra por fin –decía–, sé lo marrravilloso que es el mundo.

Todos aplaudieron.

—¿De quién es el cumpleaños? –preguntó Molly–. ¿De Nockman?

—No, es la fiesta de compromiso de Nockman y la señora Trinklebury. Fue en julio.

—¿La fiesta de qué? –Molly y Rocky se miraron con caras de sorpresa.

—¿Estás seguro? –preguntó Molly–. ¿Se han enamorado?

—Sí, como dos tortolitos.

238

—Buaj –exclamó Rocky.

—Bueno, ellos son muy felices –añadió Sinclair.

Molly miró a Rocky.

—Mientras él no la lleve por la senda del delito.

—En absoluto –negó Sinclair–. Por lo que yo veo, ese tipo está loco por ella, y haría cualquier cosa por complacerla.

—Bueno, si la señora Trinklebury es feliz, me alegro por ella –comentó Molly–. ¿Y qué hay de los demás?

Sinclair aceleró las imágenes. Gemma y Gerry habían organizado un espectáculo para los demás niños del orfanato. Gemma invitó a Hazel a salir al escenario y le dijo que la iba a hipnotizar. Molly y Rocky no se lo podían creer. Gemma y Gerry la hipnotizaron, y la convencieron de que estaba en lo alto de un muro muy grande, y que cada vez que Gerry soplaba, el muro se tambaleaba. Hazel, tumbada, intentaba no salir volando por los aires.

—¿Pero quién les ha enseñado? –preguntó Rocky.

—Tú mismo –contestó Sinclair–. Bueno, por lo menos indirectamente.

—¿Yo?

—Sí –afirmó Sinclair–. Según parece, fotocopiaste el libro del hipnotismo y encontraron parte de las copias. Se les da muy bien hacer como que son hipnotizadores de verdad.

—Pero lo son de verdad, ¿no? ¡Su espectáculo es genial!

—Bueno, no os dejéis engañar. Hazel está actuando. Gemma y Gerry carecen de poderes hipnóticos, lo he comprobado. Pero ojo, son muy buenos adiestrando animales. Mirad esto.

En el centro de la misma habitación había una mesa con un gimnasio en miniatura. Tenía pequeños toboganes y columpios de todas clases. Molly y Rocky contemplaron embobados a Gerry. Este hacía bajar a sus ratones por el tobogán, y los montaba en todos los columpios. Incluso formaban torres de ratones, subiéndose unos sobre otros.

—Gerry se maneja muy bien con esos ratones –opinó Sinclair, mientras el vídeo llegaba a su fin. Pétula miró la pantalla y parpadeó.

Durante un momento prosiguieron el viaje sin decir palabra. Sinclair se concentraba en la carretera, pero parecía inquieto. Daba acelerones mientras golpeaba el volante con las manos. Parecía que estaba tratando de tomar una difícil decisión. Molly pensó en lo duro que debía de ser para él traicionar a su propio padre.

Entonces, como si fuera eso justamente lo que lo abrumaba, Sinclair dijo:

—¿Sabéis? Primo Cell no es mi verdadero padre. Me adoptó. Y a Sally también –abrió entonces un compartimento debajo de la guantera. Dentro había una pequeña nevera. Sacó unas bebidas.

—¿Eres adoptado? –preguntaron a coro muy sorprendidos. Rocky arqueó las cejas tanto como pudo. Pétula sintió una oleada más de sorpresa que provenía de sus queridos humanos.

—Pues sí –afirmó Sinclair, tendiéndole a Rocky una botellita de agua–. Sally y yo ni siquiera somos hermanos de verdad.

Molly y Rocky estaban fascinados. Al ser huérfanos, el tema de la adopción les interesaba mucho. Y lo que es más, ninguno de los dos había conocido a nadie, fuera del orfanato, que hubiera sido adoptado. Así que los dos lo escucharon atentamente mientras relataba la historia de su vida.

El director de un circo y su esposa los habían adoptado a Sally y a él cuando tenían cuatro y cinco años, respectivamente. Los dos habían sido tremendamente felices. El director del circo también era hipnotizador. Desafortunadamente, tenía tanto talento que cuando llamó la atención de Cell, este pensó que suponía una amenaza y terminó librándose de él. Hipnotizó a la pareja, y ahora eran los jardineros de la Mansión de la Urraca.

Sinclair y Sally se fueron a vivir con Cell. Los cautivó con un nuevo estilo de vida lleno de lujo y les daba todo lo que le pedían –coches en miniatura para conducir, fantásticos dormitorios, una mansión con sala de cine privada y piscina, una casa de campo con caballos, vacaciones en la playa con grandes yates para hacer esquí acuático, y todos los juguetes que se les antojaran. Les puso un profesor particular para que estudiaran en casa. Un día les dijo que dirigirían su imperio. Cuando cumplieron diez y once años empezó a enseñarles a hipnotizar.

—Pero yo lo odio porque quitó la libertad a mis padres adoptivos –dijo Sinclair con un poso de amargura en la voz–. Vi que no tenía corazón. Me prometí a mí mismo que haría todo lo posible para que no me hipnotizara a mí. Interpreté mi papel. Fingí que lo quería como un hijo quiere a su padre. Pero cn realidad lo odiaba. Sally cometió errores. Le llevó la contraria demasiadas veces. Primo la hipnotizó. Pero a mí, nunca. Le gusta pensar que por lo menos hay una persona que lo aprecia por propia voluntad, y no porque él la haya hipnotizado.

Molly miraba al mar, y a los millones de pequeñas olas que alteraban la superficie del agua. No sabía cómo reaccionar ante la historia de Sinclair. En ese momento se sentía abrumada por todas aquellas sorpresas. Sabía que tenía preguntas que dirigir a Sinclair, pero no recordaba cuáles. En lugar de eso, se quedó dormida, vencida por las vibraciones del coche y el ronroneo del motor. Pétula se acurrucó junto a ella, muy aliviada al sentir que, por fin, había recuperado a la verdadera Molly.

Capítulo 32

Sinclair vivía en una casa en las colinas de Hollywood. El motor del coche rugía mientras subían por la escarpada carretera. Elegantes edificios se erguían en las laderas de las colinas.

—Todas esas casas están diseñadas para resistir terremotos –explicó Sinclair–. La mía también.

Tomó por un camino de tierra. Su casa era un edificio moderno en forma de cubo que se sostenía sobre columnas.

Dejaron el coche en una zona de aparcamiento junto a la casa, donde las columnas estaban cubiertas de enredaderas y buganvillas. Sinclair los condujo hasta la puerta de un ascensor.

—Veo que no te gustan mucho las escaleras –dijo Molly mientras subían.

Entonces, tanto ella como Rocky dejaron escapar un gritito de admiración al entrar en el salón de Sinclair.

Una ventana panorámica ofrecía espectaculares vistas de Los Ángeles. El famoso letrero de Hollywood aparecía en la ladera de la colina a menos de un kilómetro de allí. Debajo de la ventana había un ancho alféizar. Pétula saltó sobre él y se puso cómoda. Molly miró por la ventana. Un estrecho acueducto, sujetado por pilares y lleno de agua, iba y venía por todo el jardín, describiendo un enorme bucle.

—Esa es mi piscina de curvas –dijo Sinclair–. Me encanta. Algunas veces hago todo el recorrido nadando, doy toda la vuelta y regreso a casa. Algunos días hago ese recorrido hasta diez veces seguidas.

—Es guay –comentó Rocky.

—Me encantaría darme un bañito –dijo Molly.

—Cuando quieras. Dejadme que os enseñe el resto de la casa –sugirió Sinclair.

Su habitación era circular, como también lo era su cama, situada en el centro del dormitorio.

—¿Habéis dormido alguna vez en una cama de agua?

Molly y Rocky la probaron.

—Qué raro –comentó Molly–. Es como dormir sobre gelatina.

—Es supercómoda –dijo Sinclair, activando un dispositivo. El agua empezó a agitarse–. Es muy relajante –a los dos chicos una cama así les daba risa.

Sinclair vivía a lo grande. Lo tenía todo.

Les enseñó su sala de proyecciones, donde veía los últimos estrenos; su sala de ordenadores y su laboratorio fotográfico. Colgadas de una cuerda se secaban las últimas fotos que Sinclair había revelado, en las que se veía a Molly y a Rocky remando en una barca, con Pétula en medio de los dos; a Rocky tocando la guitarra; a Molly acercando el oído a una concha para escuchar el sonido del mar. También había unas cuantas fotos de Pétula. En una salía Gloria Heelheart dándole un besito.

—Anda... se me había olvidado por completo –exclamó Sinclair–. Mientras estabais... lejos, Pétula actuó en una película. La dirigió Gino Pucci. Mirad, es este que sale aquí en esta foto. Es italiano.

—¿Pétula actuó en una película? –Molly se quedó mirando la fotografía–. ¿Y eso?

—Gino la conoció en la gala de entrega de los Oscar. Al parecer, Gloria Heelheart también –explicó Sinclair.

—Ah, sí –reconoció Molly–. Nos... nos conocimos en el lavabo de señoras.

—A Gloria le encantó, y a Gino también. La buscaron por todas partes. La señora Trinklebury le dio permiso para contratarla. La película se llama *El trueno* y se estrena dentro de diez días.

—¡Qué guay! ¿Podemos ir al estreno? –preguntó Rocky

—No lo creo. No podéis llamar la atención.

—¡Pétula, eres una estrella! –exclamó Molly radiante. Se sentía verdaderamente orgullosa–. Y qué inteligente, mira que organizar todo esto tú sola.

—Y además le pagaron muy bien –comentó Sinclair–. Va a poder comer solomillo el resto de sus días.

Molly le dio a la perra carlina un abrazo muy fuerte. Pétula se preguntaba a qué vendrían tantas alegrías. Entonces, Molly reparó en una foto de un diamante.

—¿Dónde está mi diamante? –quiso saber.

—Se lo tuve que dar a Primo –contestó Sinclair–. Quería que te lo quitara una vez muerta.

—Genial –dijo Molly.

—Yo aún tengo el mío –Sinclair se sacó el diamante de debajo de la camisa–. Te lo puedo prestar si lo necesitas.

—Gracias —a Molly le molestaba mucho que Primo Cell tuviera los dos diamantes, el de Molly y el suyo propio.

—Mira —dijo Sinclair—, si al final conseguimos controlar a Primo, le puedo quitar todos los diamantes y te puedo dar a ti tres o cuatro.

—¿Pero cuántos tiene?

—Dieciocho contando con el tuyo. Todos pertenecían a otros hipnotizadores. Los guarda celosamente, como una urraca.

—¡Dieciocho! Pues entonces no echaría de menos el mío si se lo quitaras, ¿no?

—Créeme, Molly, no puedo recuperar tu diamante. Lo siento. No vas a tener más remedio que esperar.

—Lo que yo quiero saber —dijo Rocky, examinando la foto— es por qué tantos hipnotizadores tienen un diamante. ¿Cómo podían saber el poder que les daban los diamantes? Molly no lo sabía. Se enteró por casualidad.

—La verdad es muy misteriosa —dijo Sinclair—. No creo que esos hipnotizadores supieran siquiera que necesitaban diamantes. Creo que los diamantes encontraron por su cuenta a sus dueños. Creo que resultan atraídos de una manera magnética hacia los hipnotizadores.

—¿Se mueven solos? —preguntó Molly, asustadísima.

—No. Pero parece que provocan impulsos en los humanos, y estos los atraen hacia ellos. Pueden hacer que las personas los trasladen a donde ellos quieran.

—¿Adónde?

—Pues cerca de los hipnotizadores.

—¿Pero por qué?

—Así ellos les darán el uso que les corresponda.

Tienen un instinto para saber encontrar su hogar, como las palomas.

—¿Como las palomas?

—Bueno, como las palomas no, porque a las palomas las adiestran. Más bien como las anguilas.

—¿Qué hacen las anguilas?

—Cada año, las anguilas recorren los ríos de Europa y cruzan todo el océano Atlántico hasta llegar al mar de los Sargazos, donde ponen sus huevos. Luego, las larvas de anguila vuelven a los ríos europeos, donde se convierten en angulas. Transcurridos diez años, cuando esas angulas han crecido y se han convertido en anguilas, tienen el instinto de nadar hasta el mar de los Sargazos para poner sus huevos. Nadie le dice a la cría de anguila lo que hicieron sus padres. Saben por instinto lo que tienen que hacer. Por supuesto, estos diamantes no están vivos, pero parecen tener un instinto, como los animales. Este instinto los lleva hasta los hipnotizadores. Pensaba que los científicos podrían explicar este misterio. He hipnotizado a algunos. Nadie ha podido averiguar hasta ahora qué vincula a los diamantes con los hipnotizadores, y por qué tienen el poder de detener el mundo.

—De modo que Primo tiene una colección de diamantes –dijo Rocky–. Como su colección de libros de hipnotismo.

—Exactamente.

—Es horrible –intervino Molly–. Por lo menos no robó el ejemplar de Lucy Logan –su voz dio un vuelco–. ¡Lucy Logan! Dije que la llamaría y llevo meses sin ponerme en contacto con ella. Pensará que estoy muerta.

Sinclair frunció el ceño. Molly se enteró entonces de una noticia terrible. Sinclair le contó que, poco después de su captura, había oído a Primo Cell hablar por teléfono con alguien llamado Lucy Logan. Después de la conversación, Sinclair rastreó la llamada y descubrió que el número era de Briersville. En ese momento no sabía nada de Lucy Logan, así que no se ocupó del tema. Pero unos pocos días antes, cuando la hipnotizada Molly había hablado de Lucy, había caído en la cuenta de quién podía ser esta persona. Entonces, Sinclair había llegado a una desalentadora conclusión. Tras la desaparición de Molly, Lucy debió de llamar a Primo Cell para tratar de hipnotizarlo por teléfono. Sin darse cuenta de lo bueno que era hipnotizando a distancia, ella misma había caído en sus redes, y no al contrario. Según Sinclair, ahora Lucy Logan se había pasado al enemigo.

Molly se llevó las manos a la cabeza mientras consideraba la espantosa noticia.

–Por lo menos ya no correrá peligro. Estar en el bando de Cell significa que ya no tendrá más "accidentes". Qué deprimente es todo esto. Pobre Lucy. Sabía cómo era Cell y lo odiaba –Molly pensó en la tarde que había pasado en el sótano de Lucy viendo sus cintas de vídeo–. Sinclair, ¿entonces, Lucy estaba en lo cierto con respecto a Davina? ¿La secuestró Cell?

–Totalmente –confirmó Sinclair–. Cell fue a Nueva York y no consiguió hipnotizarla. No sé por qué. El caso es que Davina sospechaba lo que estaba tramando, y le rechazó. Cell utilizó su diamante y detuvo el tiempo para que nadie viera que la secuestraba. Davina lleva todo el año viviendo en la Mansión de la Urraca. La tiene encerrada en una preciosa habitación, como un canario en una jaula. Le da todo lo que le pide mientras cante para él. La vigila como un halcón. Nadie puede acercarse a ella. Es muy extraño.

—¡Pobre Davina! Y en cuanto a Lucy, no puedo

soportarlo. Me sentía genial hoy en la playa, sin preocupaciones. Ahora tengo la cabeza a punto de estallar.

—Molly, me imagino cómo te sientes –dijo Sinclair–, pero tienes que sobreponerte. Todos tenemos que hacerlo, porque ahora, lo más importante es impedir que Cell jure su cargo como presidente. Para hacerlo, tenemos que romper su pirámide de poder. Tienes una misión, Molly. Tienes que hacer algo que yo nunca he conseguido. Tienes que descubrir cómo descifrar las contraseñas de Primo.

—¿Pero cómo puedo averiguar sus contraseñas? ¡Las guarda en su cabeza! –exclamó Molly.

—Molly, tienes un talento extraordinario para el hipnotismo. Creo que lo tuyo es puro instinto, ya sabes, como las anguilas. Ese instinto tal vez te indique cómo extraerle a Primo las contraseñas.

—No pienso acercarme a él –declaró furiosa.

—No hace falta que te acerques a él –dijo Sinclair–. La persona a la que quería que conocierais es un amigo que te va a enseñar algo muy útil para que puedas introducirte en la mente de Primo Cell sin necesidad de acercarte a él.

Molly parecía asustada. ¿Se había vuelto Sinclair completamente loco?

—Ya lo he intentado muchas veces –declaró–. Mira lo que le ha pasado a Lucy. Ya te lo he dicho, Sinclair, no soy la solución mágica.

—Estás agotada –dijo Rocky.

—Ha llegado el momento de que conozcas a Forest.

—¿Forest? ¿Quién es ese? ¿Un guarda forestal?

—No –contestó Sinclair riendo–. Forest es mi profesor de yoga y meditación.

Capítulo 33

Sinclair se acercó a la ventana y emitió un largo y penetrante silbido. Unos minutos después apareció un tipo alto y muy delgado, con el pelo gris hasta la cintura peinado a lo rasta y unas gafas de culo de vaso. Vestía unos pantalones de chándal blancos e iba calzado con calcetines y chanclas.

—Hola, me alegro de conoceros. He oído hablar mucho de vosotros.

Según supieron después, Forest llevaba diez años ejerciendo de profesor de yoga y meditación. Antes de eso, había viajado por todo el mundo. Había pasado tres años de ermitaño en una cueva, en Francia, contemplando el significado de la vida, comiendo tan solo bayas y frutos secos, unos cuantos insectos y sopa de lata. Más tarde había viajado a las profundidades de la selva amazónica con un grupo de monjes que no creían en la necesidad de cortarse el pelo. Había vivido con una tribu de inuits, que le habían enseñado a construir iglús. Había pasado once meses en la cabaña de un árbol en Sri Lanka, había hecho autoestop por toda la India, y había viajado con una caravana de camellos por el desierto del Kalahari.

Ahora vivía en Los Ángeles, donde era el profesor de yoga de Sinclair. Su pequeño apartamento estaba en la planta baja. Tenía un corral con pollos y un taller de soplado de vidrio. Era el autor de todas las preciosas figuras que adornaban la mesita de café. Molly se preguntó si Sinclair lo habría hipnotizado para conseguir que se quedara en Los Ángeles.

—¿Qué es eso de la meditación? –preguntó Molly, mientras Forest se sentaba en el suelo con las piernas cruzadas.

—Pues bien –empezó a decir Forest, con una voz que a Molly le recordó un río de montaña que transcurre entre rocas–, la meditación es relajar tu cuerpo de manera que puedas captar las vibraciones positivas del universo.

De repente, Forest se echó para atrás, levantó los pies por encima de la cabeza y se rodeó el cuello con ellos. Su cabeza asomaba por entre sus pantorrillas, mientras sus brazos reposaban sobre el suelo. Parecía un nudo humano.

—Humm, qué cómodo estoy –suspiró, cerrando los ojos–. Ahora me concentro en no pensar en nada; y cuanto más veo nada, más me envuelve la luz de la nada hasta que me...

Molly y Rocky aguardaron.

—¿Hasta que te qué? –preguntó Molly.

—Me parece que ya no está con nosotros –susurró Rocky.

—Está meditando –explicó Sinclair.

—¿Cuánto tiempo se queda así? –quiso saber Molly.

—Una hora; o quizá un día. Me encantaría poder

hacerlo, pero no soy capaz. A veces Forest recorre largas distancias dentro de su cabeza. Eso se llama meditación transcendental. Puede ir a visitar a sus amigos en la India, y si ellos también están meditando, tienen como una reunión transcendental.

—Parece una buena excusa para echarse una larga siestecita –dijo Molly.

Sinclair hizo como que no la había oído.

—A veces, Forest se concentra para poder andar sobre el fuego.

—¿Y sobre el agua? –preguntó Molly.

—¿Y sobre el aire? –añadió Rocky.

Sinclair hizo caso omiso de sus cínicos comentarios.

—Tengo la esperanza de que Forest te ayude a relajarte y concentrar tu mente, de manera que estés en el mejor estado posible para navegar por las ondas cósmicas y extraer a Primo sus contraseñas telepáticamente.

—¿De verdad? –preguntó Molly, como si Sinclair acabara de pedirle que agitara los brazos y se echara a volar. Había oído hablar de la forma de espiritualidad *new age* californiana, y creía que era una tontería monumental.

—No seas negativa –le reprendió Sinclair–. Forest te pondrá en contacto con tu instinto más puro. Espera y verás. Tú misma te sorprenderás.

Sinclair dejó a Molly y a Rocky solos, observando al nudo humano. Forest dejó escapar un sonoro pedo. Rocky y Molly apenas podían contener la risa.

—No sé cómo será mi instinto –dijo Molly–; el suyo, desde luego, muy puro no es...

A este siguieron unos días muy apacibles. Sinclair se marchó a Washington, en la costa este del país, donde

Primo estaba organizando su equipo de gobierno. Era muy importante que siguiera fingiendo ser el hijo leal y el brazo derecho de su padre. Y además, también necesitaba estar al tanto de todos sus movimientos.

Mientras, en casa de Sinclair, a Molly le parecía que Forest no le estaba enseñando nada para conseguir las contraseñas de la mente de Primo Cell. Pero aun así le gustaba pasar el rato con él.

Junto a su pequeño apartamento, Forest cultivaba un hermoso jardín de flores. Era un caleidoscopio de colores, con mosaicos en el suelo y enredaderas que trepaban por las paredes. Molly y Rocky vieron los pollos de Forest, y este les daba un huevo cada día. Les enseñó a soplar vidrio. Ponía un fragmento frío de vidrio en el extremo de un largo tubo, lo calentaba al fuego de una llama, y soplaba con cuidado por el tubo hasta que el vidrio caliente se inflaba como un globo. Forest también les enseñó a meditar.

Rocky trataba de concentrarse, pero le resultaba mucho más divertido jugar al *frisbee* con Pétula que sentarse junto a Forest con los ojos cerrados. Molly, por el contrario, lo encontraba muy relajante y se le daba bien. Siempre le había gustado desconectar su mente y flotar por el espacio.

En trance, su mente se elevaba como una nube, por encima del enorme letrero de Hollywood. La casa de Sinclair parecía tan pequeña que ya casi no se veía y la ciudad de Los Ángeles desaparecía de su vista. Molly reflexionaba sobre lo minúscula que era. En la ciudad vivían ocho millones y medio de personas, y ella no era más que una persona en esa inmensa masa de gente. Conforme seguía ascendiendo en su universo imaginario, pensando en los seis mil millones de personas que poblaban el mundo, Molly se sentía aún más insignificante.

Durante un momento creyó en su poder. Podía estar a punto de hacer algo verdaderamente grande. Si era capaz de descubrir las contraseñas de Cell, y si conseguían evitar que este jurase su cargo como presidente, convirtiéndose así en el hombre más poderoso del mundo, entonces su acción sería enorme. Más que enorme, colosal.

Mientras flotaba, Molly se sentía microscópica y a la vez gigantesca. La sensación de pequeñez impedía que Molly se creyese alguien importante, sobrehumano.

—¿Cómo se sienten los superfamosos cuando saben que tanta gente en el mundo los conoce? ¿Piensan que son sobrehumanos? –le preguntó a Forest un día que estaba sentada en el suelo, escogiendo fragmentos de vidrio para soplar.

—Las personas estúpidas, sí –contestó Forest–. Las inteligentes son conscientes de su fortuna por haber nacido como son, con talento, y afortunadas también por haberse topado con situaciones que las catapultan a lo más alto. Saben que la fama no te hace mejor persona. La fama es como una pirámide: en la cúspide están las personas muy famosas; por debajo, los menos famosos, y en la base, la gente a la que nadie conoce. Pero la felicidad es como un huevo. Las personas más felices están en lo alto del huevo; los medianamente felices, hacia la mitad, y los más desgraciados, en la base del huevo. Hay muchos famosos que se sienten desgraciados, están en la base de ese huevo. Yo preferiría estar en lo alto del huevo antes que en la cúspide de la pirámide.

–Pero entonces –insistió Molly–, ¿por qué piensa la gente que la fama es algo tan especial?

—Porque creen que la fama es la llave de la felicidad.

—Conozco a un montón de gente que se pasa la vida leyendo sobre la vida de las estrellas, y las conocen mejor que a sus vecinos.

—Yo también. Pero esas revistas están llenas de pamplinas, y a mí me interesaría más saber sobre la vida de un escarabajo pelotero. Con el tiempo, los que leen esas revistas empiezan a pensar que sus vidas son pura tontería. Y eso no está bien, pensar que tu propia vida no vale nada no está bien.

Molly miró al exterior y vio una gallinita que parecía estar poniendo un huevo sobre una de las botas de Forest.

—La vida es como unas vacaciones de verano, Molly. Se pasa volando. Todos estamos hechos de moléculas de carbono provenientes de una estrella, y cuando morimos, volvemos a convertirnos en polvo de estrellas.

—Así que a lo mejor no todos somos estrellas –concluyó Molly–, pero lo que sí somos todos es polvo de estrellas.

—Lo has entendido perfectamente –Forest cerró los ojos–. Cuando descubres que eres polvo, descubres también tu poder. Y muchas veces, también descubres la parte grande de ti mismo.

Molly dudaba mucho de que estas conversaciones le fueran a llevar a las contraseñas de Primo Cell, pues el gurú no parecía tener nada que enseñarle sobre la telepatía de la que había hablado Sinclair.

—Percibo que tu energía es buena, Molly. Tienes que buscar tu esencia...

—¿Quién es mi esencia?

—No es una persona. Lo más profundo y pequeño.

Si buscas lo más pequeño en tu interior, ahí encontrarás tu verdadero poder.

—Ah... ya, vale, gracias. Lo recordaré –Molly pensaba a veces que Forest estaba muy, pero que muy mal de la olla.

Capítulo 34

Los días tranquilos llegaron bruscamente a su fin. Primo Cell había decidido que ya tenía preparado su cuartel general en Washington. Ahora tenía nuevas oportunidades de ganar dinero, y estaba organizando un gran congreso para hombres de negocios de todo el mundo en la ciudad de Los Ángeles.

Una mañana, Sinclair llegó a casa muy nervioso. En cuanto se cerraron las puertas del ascensor y dejó su maletín en el suelo, les dijo a Molly y a Rocky:

—Le he dicho a Primo que tenía que hacer meditación con Forest, pero no le ha gustado nada.

Su aspecto era tan sombrío como el día gris que se veía desde la ventana. Sinclair explicó que le empezaba a resultar muy difícil escapar de Primo Cell. Primo quería que se mudara a su mansión para que estuviera disponible día y noche. Sinclair no sabía durante cuánto tiempo más podría seguir fingiendo. No quería obedecer las órdenes de Cell. Últimamente le había obligado a hipnotizar a militares de alto rango y personas importantes, para eliminar cualquier obstáculo en su carrera hacia el éxito. Tenía que esconder sus verdaderos sentimientos todo el rato, pero sabía que pronto su padre se olería el pastel, y entonces, estaba seguro, lo hipnotizaría a él también.

Molly y Rocky tenían permiso para bañarse en la piscina de Sinclair, y para pasear por el jardín; pero ahora, con sus sospechas, les prohibió salir de la casa. Le preocupaba que Primo pudiese estar espiándole, e insistía en que Molly y Rocky debían permanecer ocultos.

Durante los últimos días, los dos amigos se habían sentido muy nerviosos. Molly pensaba que en cualquier momento se abrirían las puertas de la casa y entraría la policía para detenerlos. Esas ideas le producían pesadillas.

Cada vez estaba más asustada, pero también empezaba a sentir rabia. Las expectativas que Sinclair había puesto sobre ella no eran nada realistas. Pensar que podría extraer telepáticamente las contraseñas de la mente de Cell era una soberana tontería. Solo podría conseguirlas con un milagro. No podía soportar que Sinclair colocara toda la responsabilidad sobre ella y todavía no tuviera un plan más sensato.

Molly estaba deseando poder salir de la casa. Empezó una partida de ajedrez con Rocky mientras Sinclair paseaba nervioso por la habitación, mirando de vez en cuando por la ventana, enfrascado en sus pensamientos. Por fin habló.

—Solo hay una manera de acabar con Primo.

—¿No te referirás a matarlo? –Molly levantó la vista del tablero de ajedrez–. No podemos hacerlo. No somos asesinos. Pero no se me ocurre nada que pueda detener a Primo salvo... la muerte.

—¿Y qué me dices de un buen hipnotizador?

Molly negó con la cabeza y dejó el peón que estaba a punto de mover. Sabía lo que pasaba en esos momentos por la cabeza de Sinclair.

—¿Alguna vez has conseguido tú hipnotizar a Primo Cell?

—Lo intenté una vez –contestó este–. Cuando era más joven. A Primo le resultó divertido. Sabe que yo nunca podría hipnotizarlo. Mi poder no es nada comparado con el suyo. Él tiene ese algo especial que lo hace diferente. Solo he conocido a otra persona que también tiene ese don.

Pétula gimió. Sentía que Molly estaba empezando a inquietarse.

—Molly, tú sí tienes ese talento –insistió Sinclair–. Cuando te salvé de la urraca, te pude hipnotizar porque se te habían agotado las fuerzas. De no ser así, habrías podido resistirte. Cuando vi ese anuncio que habías hecho en Nueva York, reconocí tu verdadero poder. Tus ojos son tan poderosos como los de mi padre.

Molly se levantó y se dirigió al otro extremo de la ventana.

—No me obligues a intentar hipnotizarlo, Sinclair –dijo, mirando al exterior–. Por favor, no lo hagas. No tengo la más remota posibilidad.

—Sí la tienes –insistió Sinclair–. De verdad pienso que podrías hacerlo.

—No tienes más remedio que decir eso porque soy tu última esperanza. Pero estoy segura de que hay otra persona capaz de hacerlo. Un hipnotizador adulto. Yo no puedo.

—Todos los demás han sido vencidos por Primo –dijo Sinclair.

—Exactamente. ¿Qué posibilidades tengo yo entonces? –exclamó Molly desesperadamente y a punto de llorar.

—Perdona, perdona. Lo siento –le dijo Sinclair–. No tienes por qué hacerlo. Por supuesto que no. Pero, por favor, piénsatelo. Es tu propia decisión, y entenderé perfectamente que optes por no ayu... por no correr el riesgo –Sinclair se dio la vuelta–. Por lo menos escúchame, Molly. Puedo acceder a Primo. Él confía en mí. Podemos pillarle desprevenido, cuando acabe de despertarse, o esté cansado al final del día. Piensa en ello –Sinclair consultó su reloj–. Maldita sea, tengo que marcharme o empezará a preguntarse dónde me he metido. Tengo que ayudarle a hacer de anfitrión en una cena. Ha invitado al jefe del FBI y al primer ministro de Japón para que conozcan a Suky y a Gloria –Sinclair les dedicó una sonrisa triste–. Espero que esta no sea mi última noche.

Luego acarició a Pétula, respiró hondo y se fue a buscar el abrigo.

Molly, Pétula y Rocky se quedaron solos en la habitación, mirando por la ventana.

Gruesas lágrimas resbalaban por las mejillas de Molly.

—Lo siento, Rocky –consiguió articular entre sollozos entrecortados–, pero no sé qué hacer.

Rocky se quitó un pañuelo que llevaba anudado a la muñeca y se lo tendió para que se sonara la nariz. Veía a su mejor amiga llorar desconsolada y se sentía fatal.

—Tiene que haber otra solución –sollozó Molly por fin–. No quiero terminar con el cerebro derretido.

—Creo que sí que hay otra solución –dijo Rocky pensativo–. Y creo saber cuál es.

Capítulo 35

Tal vez os preguntaréis cómo era posible que un hombre en la situación de Primo Cell, con su inmenso poder, fuera derrotado sin que Molly tuviera que recurrir al hipnotismo. La respuesta es la siguiente: atacándolo desde un punto totalmente inesperado.

La mejor forma de ataque es siempre la sorpresa, y la solución de Rocky se basaba en este factor. Dijo que un enfrentamiento directo con Cell nunca funcionaría. Cuando Molly escuchó su idea, se negó a que Rocky se arriesgara él solo e insistió en ser ella quien llevara a cabo el plan. Alguien tenía que enfrentarse a Cell, pero el plan era tan sorprendente que Molly quería ser ese alguien.

Dos días después, Sinclair se marchó con el cometido de supervisar las últimas gestiones para el congreso de empresarios. El congreso se iba a celebrar en el Cell Center, pero antes habría una recepción y un almuerzo en su casa.

Aquella mañana temprano llegaron a casa de Sinclair un maquillador y un experto en vestuario. Por supuesto, estaban hipnotizados.

Los dos profesionales se pusieron manos a la obra, y Molly contemplaba fascinada cómo el rey del disfraz transformaba a Rocky en una persona diferente. Desde las ocho hasta las nueve de la mañana trabajó en una nueva nariz para el chico. Utilizando una plastilina especial para prótesis, le moldeó una majestuosa nariz de rasgos finamente cincelados. De nueve a diez se dedicó a las arrugas y al pelo, creando para Rocky pobladas cejas negras y una barbita oscura. Rocky se puso ropa interior con relleno blando, para parecer más corpulento, y por encima se vistió con una túnica negra bordada y un tocado rojo y blanco que se sujetaba a su barbilla con una cinta. El resultado final era fantástico. Rocky parecía un auténtico árabe.

—Esta ropa me da mucho calor —se quejó a Sinclair—. ¿Cómo has dicho que me llamo?

—El jeque Yalaweet. Eres uno de los magnates del petróleo más ricos de Arabia Saudí.

—¿Y estás seguro de que no va a aparecer el verdadero Yalaweet?

—Completamente seguro. Le he dicho que el congreso se había retrasado.

—¿Y qué hay de su estatura? ¿Es tan bajito como yo?

—En cuanto te calces estos zapatos con plataforma, medirás exactamente lo mismo que él —prometió el experto en vestuario.

—Bueno, mientras no tenga que abrir la boca, creo que daré el pego —dijo Rocky nervioso.

Mientras le daban los últimos toques al disfraz de Rocky, Molly hizo una visita al taller de Forest. Estaba mojando un trozo de cristal en un cuenco lleno de productos químicos.

—Ya está casi listo –dijo. Molly pensó en lo mucho que le gustaría poder pasar el día entero con él. Como si le hubiera leído el pensamiento, Forest le dio una palmadita en la cabeza–: Tu esencia te protegerá, Molly, no te preocupes –aunque estas palabras no tenían ningún sentido, por alguna razón, Molly se sintió reconfortada.

Luego volvió arriba, pues era su turno de ser transformada. La disfrazaron de esposa del jeque Yalaweet. También le pusieron ropa interior con relleno para que pareciera más gorda, una túnica larga y suelta de color púrpura y zapatos de plataforma. Pero, salvo en los ojos, ella no necesitó mucho maquillaje, pues llevaba la cabeza cubierta con un velo de seda negra.

Por fin, a mediodía, algo envarados, Molly y Rocky se subieron a una limusina negra con chófer con el firme propósito de sentirse como dos árabes de verdad.

Llegaron a las verjas de la mansión de Primo Cell. Los guardias de seguridad dejaron pasar a la limusina.

Molly sintió náuseas al recordar la cámara de torturas que había en el sótano de la casa. Para distraerse, trató de pensar en Davina Nuttell y en la posibilidad de que permaneciera allí encerrada. Las esculturas de acero repartidas por el jardín brillaban a la luz del sol, lo que les daba un aspecto voraz y malévolo. A Molly le daba miedo tener que cruzar el patio empedrado con sus zapatos de plataforma. Tanto ella como Rocky tenían bastones, como si fueran muy viejecitos, ¿pero bastarían para mantener el equilibrio?

—Cell va a darse cuenta de que esto es un disfraz –le dijo Molly a Rocky desesperada–. Parezco un personaje de *Las mil y una noches*. A lo mejor deberíamos volver a casa.

—Pareces árabe –le aseguró Rocky–. Y ahora, vamos –la voz de Rocky llegó ahogada a los oídos de Molly porque, como él, llevaba tapones de cera para no verse afectados si Cell intentaba hipnotizarlos verbalmente.

Con la boca tan seca como el desierto del Sáhara y las manos sudadas por los nervios, Molly agarró su bastón de plata y salió con cuidado de la limusina.

La entrada estaba llena de coches y de invitados que se dirigían hacia la casa. A través de su velo, Molly pudo ver que el lugar estaba lleno de guardias de seguridad y eso le hizo quedarse rígida. Rocky tuvo que empujarla con su bastón de oro para que avanzara.

El huevo del patio soltó una llamarada de bienvenida. Aunque Molly estaba preparada para ello, se tambaleó peligrosamente por el susto.

Sinclair ayudó a la pareja de viejecitos árabes a bajar los escalones delanteros. Luego, poniendo de excusa su avanzada edad, los condujo por el vestíbulo de mármol, donde se reunían los delegados, y los llevó directamente a la sala de conferencias de Primo Cell. De esta manera eludieron cualquier diálogo con otros invitados o, peor aún, con el mismo Primo Cell. Pasaron por delante de unas pizarras que mostraban las riquezas de Cell. Primoturbo, la fábrica de coches; los ordenadores Compucell, el laboratorio médico One Cell y Petrocell. Enormes fotografías de sus empresas más famosas. Los cereales Pop de trigo y miel, los relojes Tempo, el detergente Espumoso, las chocolatinas Paraíso, el desodorante Superguay, el papel higiénico Septickex, las barritas de cereales Energía Ligera, la línea de ropa de La Casa de la Moda. La fotografía que más inquietaba a Molly era la de los cuchillos Ris Ras.

En una habitación vacía habían dispuesto una enorme mesa con veintiocho asientos. Delante de cada uno había un vaso, una botella de agua mineral, un cuenco de cristal lleno de cubitos de hielo y unas chocolatinas. Sinclair condujo a Molly y a Rocky al otro extremo de la habitación. Allí, hacia el centro de la mesa, unos cartoncitos con los nombres "Jeque Yalaweet" y "Sra. Yalaweet" indicaban los asientos que debían ocupar.

—Bien –dijo Sinclair con voz serena–. Ahora os tengo que dejar. Empezaré a hacer pasar a los invitados y a sus intérpretes. Cuando todo el mundo esté reunido, Primo hará su entrada. Molly, te he colocado a su izquierda. Suele empezar con las personas sentadas frente a él, y luego se ocupa de los demás en el sentido de las agujas del reloj, hasta llegar a la persona sentada inmediatamente a su derecha. Acto seguido se volverá hacia ti. Buena suerte y hasta luego.

Molly se sentó. Le temblaban las piernas y el corazón le latía a mil por hora. Sobre la mesa estaba el discurso de Primo Cell traducido al árabe. Molly cogió el papel y fingió que leía.

Sentados sobre los cojines que Sinclair había colocado en sus sillas, Molly y Rocky parecían convincentemente altos, sobre todo cuando dos filipinos muy bajitos vinieron a sentarse al otro lado de Primo Cell. Los filipinos estaban muy contentos. Charlaban animadamente, abriendo sus chocolatinas. Se presentaron a Molly. Esta asintió con la cabeza, se inclinó hacia ellos, estrechándoles las manos, y farfulló entre dientes: «Sabah alkheir. Eee... kalla doola beela». Intentó poner acento árabe. Luego se puso a juguetear con su velo, rezando por que no quisieran hablar más con ella.

Molly observó que la habitación empezaba a llenarse. Una elegante mujer india, vestida con un sari rojo y naranja, llegó acompañada de un hombre vestido de verde oscuro. Luego tomó asiento una pareja japo-

265

nesa. La mujer vestía un conjunto amarillo plisado de última moda, y un extraño sombrero triangular de tejido arrugado. Los invitados fueron tomando asiento unos tras otros. Molly nunca había visto un despliegue tal de personas de distintos colores, ni de vestidos de estampados tan distintos.

Estaba sentada en silencio, con la cabeza gacha, fingiendo leer el discurso, pero las letras bailaban ante sus ojos y sentía náuseas. Trató de relajarse meditando, pero la tensa situación la distraía demasiado.

Poco después, veinticinco hombres y mujeres de negocios estaban sentados a la enorme mesa. La habitación se llenó del murmullo de las conversaciones. Todo el mundo se sentía tremendamente halagado por haber sido invitado a la casa del presidente electo. Todos y cada uno esperaban que el futuro presidente de Estados Unidos firmara grandes contratos con sus compañías, que les hiciera ganar montones de dinero.

De repente se oyó un fuerte tintineo cuando Sinclair golpeó un vaso repetidas veces con una cucharilla.

—¡Damas y caballeros! –exclamó para acallar las conversaciones–. Hagan el favor de dar la bienvenida al futuro presidente, el señor Primo Cell.

Con mucho aplomo, Primo hizo su entrada en la habitación. Sonrió, hizo un gesto con la cabeza y saludó a todos sus invitados.

Vestía un traje negro de rayas blancas y sus ojos reflejaban una gran seguridad en sí mismo. Parecía tranquilo, pero Molly percibió la tremenda codicia que se ocultaba tras esa actitud. Cuando tomó asiento junto a ella, una vez más trató de respirar hondo para calmar su miedo.

—Os doy la bienvenida a todos –empezó a decir Cell–. Buenos días, *Bonjour!*, *¡Hola!*, *Buongiorno!*, *Hi!*, *Konnichiwa!*, *Marhaban!* Gracias por recorrer miles de

266

kilómetros para estar hoy aquí. Mi más sincero agradecimiento. Es maravilloso ver representadas a tantas naciones de todo el mundo, y me alegro de que, ahora que soy el presidente electo, puedo prometerles que Estados Unidos y las compañías a las que ustedes representan trabajarán codo con codo.

Los intérpretes tradujeron sus palabras a los invitados, que murmuraron su aprobación y siguieron escuchando atentamente mientras Cell proseguía con su discurso.

—En los negocios es esencial poder confiar en la persona con la que se trabaja. Si me miran a los ojos, espero que puedan ver que soy una persona digna de confianza –Cell había empezado a utilizar sus poderes hipnóticos.

Molly estaba anonadada al ver lo rápido que operaba. Todas las personas que estaban en la habitación volvieron obedientemente sus ojos hacia él.

—Sí –prosiguió Cell con su preciosa voz aterciopelada–, si me miran-a los ojos-verán que-pueden confiar-totalmente-en mí.

Y mientras hablaba, empezó a hipnotizar a todos sus invitados. Los tapones que Molly y Rocky llevaban en los oídos ahogaban el sonido de su voz. Ambos estaban sentados en silencio, concentrándose plenamente en no escuchar a Primo Cell. Molly cantaba mentalmente la letra de la canción de la urraca.

Sé fuerte.
Es el hombre urraca, oooooh.
Quiere el sol y las estrellas, y también te quiere a ti, ooooh.
Es el hombre urraca.

Ahora, Molly notaba que a su alrededor se extendía la sensación de fusión mientras Primo Cell, el maestro

supremo del hipnotismo, ejecutaba de manera siste-
mática su recorrido por la mesa, sometiendo una por
una a todas las personas allí congregadas. Como les
había anunciado Sinclair, Cell había empezado por los
invitados sentados frente a él. Ahora estaba empleán-
dose con los que estaban a su derecha. Iban cayendo
todos como moscas.

Estaba a punto de tocarle a Molly. Trató de respirar
como le había enseñado Forest, inspirando el aire por
un agujero de la nariz y exhalándolo por el otro. Pero
era imposible encontrar la calma cuando su corazón
latía a la velocidad de un caballo desbocado. Levantó
la cabeza en el ángulo exacto para mirar a los ojos a
Primo Cell. En unos pocos segundos, terminaría con el
filipino que se encontraba a su izquierda y se volvería
hacia ella.

Molly sostenía en la mano un aparatito de plástico
del tamaño de una moneda. Estaba conectado a un fino
cable que subía por debajo de su manga, hasta llegar a
su velo. Apretó entonces el botón. Un pequeño espejo
cóncavo, perfectamente realizado por Forest –y que había sido colocado bajo el velo– se movió hacia abajo,
cubriendo la ranura ante sus ojos como una pequeña
puerta. El espejo era de dos caras. A través de él, Molly
podía ver a Primo Cell. Esperaría hasta el momento en
que este se diera la vuelta y la mirara directamente a
la cara. En ese momento, Molly cerraría con fuerza los
ojos.

Primo Cell se sentía muy seguro de sí mismo. Como
se había imaginado, los empresarios eran todos muy
débiles. Ya solo le quedaban unos cuantos por hipnotizar. Ahora le tocaba el turno al jeque Yalaweet. Primo
giró la cabeza en dirección a la esposa del jeque. No

era frecuente que una mujer árabe participara en los negocios del marido. Tal vez fuera muy buena tomando decisiones. Pensaba dedicarle una mirada hipnótica especialmente seductora, una de la que no podría liberarse. Primo la miró directamente a los ojos.

Sus ojos resplandecían a través de la ranura de su velo y, para su sorpresa, Primo vio que eran del mismo color que los suyos. Uno turquesa, y el otro marrón. Cell pensó que era una combinación muy extraña y atractiva.

La señora Yalaweet se quedó mirando a Cell con un aplomo inquebrantable.

—Es importante confiar en la persona con quien se hacen negocios –dijo este con voz persuasiva, sonriendo. Los ojos de la mujer le devolvieron la sonrisa. Cell dio un respingo de sorpresa. ¿No estaría oponiéndole resistencia?

Primo Cell repitió despacio y con voz serena las pocas palabras en árabe que conocía.

—*Marha-ban dikoum* –a través de los tapones de cera, la voz llegaba ahogada y seductora a los oídos de Molly.

Era el momento de fulminar a la esposa del jeque con una última mirada aniquiladora. Así, con una violenta energía que reunió desde lo más profundo de su ser, envió un rayo altamente destructivo directamente a los ojos de la mujer.

Todo ocurrió en un segundo.

El proyectil de su mirada azotó el espejo de Molly y rebotó sobre su superficie. Su cabeza cayó hacia un lado como si acabara de recibir un puñetazo de King Moose. De un golpe, Primo Cell se puso a sí mismo fuera de combate y se quedó con la mirada fija en un vaso de agua que había sobre la mesa.

Molly levantó el espejo y lo ocultó dentro de su velo.

—Lo has conseguido –dijo Rocky con un hilo de voz, sin apenas poder creerlo.

A la izquierda de Molly, otros tres invitados y sus intérpretes miraban con preocupación al presidente electo. Sinclair se ocupó de ellos rápidamente. Ahora, todos miraban a Cell con ojos vidriosos, mientras este seguía contemplando estúpidamente el vaso que tenía delante. Sinclair se acercó fascinado a Primo, como si estuviera observando a un tigre durmiendo.

—Ha funcionado –dijo, atónito–. Siempre he querido ver a Primo Cell hipnotizado, y tú lo has conseguido. Míralo, como si le hubieran practicado una lobotomía.

—¿Una lobo qué?

—Ya sabes, como si le hubieran extirpado un trocito de cerebro. Lo has conseguido.

—En realidad se lo ha hecho él mismo –dijo Molly con satisfacción, quitándose el caluroso velo y el espejo–. Y todo gracias a la brillante idea de Rocky y al experto trabajo de Forest. Pero será mejor que no perdamos tiempo, no vaya a ser que se despierte.

Molly y Rocky se quitaron los zapatos de plataforma, y Rocky se deshizo de su nariz postiza y su tocado. Sinclair les lanzó una mochila que contenía sus zapatillas de deporte. Luego hipnotizó rápidamente a los intérpretes para que inventaran historias que contar a los empresarios extranjeros, y todos supieran así lo que había ocurrido después del almuerzo. Les dijo que Primo y él se habían marchado a pasar un largo fin de semana en la montaña, y que todos despertarían del trance una hora después.

Molly se acercó a Primo.

—Le voy a quitar el diamante.

Primo estaba ahí de pie, inmóvil como una estatua de cera. Parecía un zombi, pero uno que en cualquier momento podía despertarse y atacar. Molly abrió con sumo cuidado el cierre de su cadena de platino, la sacó de debajo de su camisa y se la colocó alrededor del cuello, donde tenía que estar. Primo permaneció inmóvil.

—Bien, es hora de detener el mundo –dijo la chica, poniendo su mano sobre el hombro de Rocky–. ¿Estás preparado? –este asintió con la cabeza. Entonces, concentrándose en una jarra de cristal tallado, Molly provocó la sensación de fusión fría y, como un experto profesional, detuvo el tiempo sin que le costara el más mínimo esfuerzo. Al instante, todos los invitados sentados alrededor de la mesa, incluido Primo Cell, se quedaron petrificados. Sinclair sonrió.

—Con la de veces que Primo les ha hecho esto a otras personas. Apuesto a que nunca imaginó que le pasaría también a él –entonces empujó a Cell hacia atrás y lo cogió por debajo de los brazos.

—Uuuuuf. Cuánto pesa.

Empezó a arrastrarlo con dificultad fuera del comedor, concentrándose mucho en no transmitirle ninguna onda de fusión fría. Le resultaba muy difícil.

—¿Estás bien, Molly? ¿Crees que podrás aguantar hasta que salgamos de aquí?

Molly asintió con la cabeza. En su opinión, el que podía tener problemas era más bien Sinclair. Este arrastró al presidente electo por el vestíbulo de mármol. Mientras Primo Cell subía pesadamente la escalera como un maniquí, se le salió uno de sus mocasines de ante. Molly, sin soltar a Rocky, recogió el zapato del suelo. Dirigió la mirada hacia las plantas superiores

271

de la casa e imaginó a Davina Nuttell oculta en algún lugar. Ahora no podían rescatarla, no tenían tiempo. Pero si todo salía según lo planeado, muy pronto Davina sería libre.

Sinclair arrastró a Cell por el patio empedrado. En ese momento salió una enorme llamarada del huevo gigante. Llegaron hasta el Aston Martin y Sinclair colocó a Cell con mucho esfuerzo en el asiento trasero. Secándose el sudor de la frente, saltó rápidamente al volante y, con un crujido de neumáticos, recorrió a toda velocidad el camino de grava.

—¡Acciona el mando a distancia! –le gritó a Rocky, y las verjas de hierro se abrieron justo a tiempo para dejar salir al coche. Unos minutos después bajaban a toda pastilla por Sunset Strip, escurriéndose por entre los coches congelados. Cuando había atasco, conducían por el arcén o por la acera, saltándose todos los semáforos en rojo. Molly estaba empezando a temblar por el esfuerzo de mantener el tiempo inmóvil.

De repente, Sinclair aparcó y detuvo el motor. Molly liberó el tiempo, y los coches volvieron a moverse otra vez. Primo Cell gruñó, pero no despertó del trance.

—¿Son imaginaciones mías o tú también lo has sentido? –preguntó Sinclair con voz serena.

—¿El qué? –quiso saber Rocky–. ¿Un terremoto?

Molly miró nerviosa por la ventanilla.

—Ha venido del cielo.

—Estaba lejos, pero parecía acercarse –corroboró Sinclair.

—Yo no he notado nada –dijo Rocky.

—Alguien estaba oponiendo resistencia al parón en el tiempo –explicó Molly.

—¿Extraterrestres?

272

Molly sintió que palidecía. Nunca en su vida se le había pasado por la cabeza que los extraterrestres pudieran existir de verdad, pero estos días había aprendido que no había nada imposible.

Sinclair no dijo nada.

Capítulo 36

Molly, Rocky y Sinclair estaban sentados en el salón, en la larga banqueta blanca bajo la ventana panorámica. Estaban agotados, pero al mismo tiempo, un excitante sentimiento de satisfacción los embargaba a los tres. Sinclair apenas podía contener su alegría.

—Esto es genial –dijo una vez más. Llevaba repitiendo esa misma frase desde que por fin habían conseguido meter a Cell en el ascensor y lo habían dejado dentro de casa. Lo cierto es que, además de encantado, Sinclair también estaba abatido. Ver a Primo, el hombre que había dominado su vida, reducido a un guiñapo resultaba más abrumador de lo que se había imaginado.

Cell estaba sentado en una silla con respaldo alto profundamente hipnotizado, como si se hubiese tragado un litro de cemento líquido. Molly le había dado una dosis altamente peligrosa de mirada hipnótica. Pétula le olisqueó las piernas.

—¿Y ahora qué hacemos? –preguntó Rocky tranquilamente.

—Tenemos que suprimir su deseo de ser presidente –susurró Sinclair–. Tenemos que poner fin a todas sus ambiciones de ser un hombre poderoso. Debemos lograr que deje de querer controlar el mundo. Hay que terminar con su codicia sin límites.

—Obviamente, también tenemos que impedir que vuelva a hipnotizar a la gente –añadió Molly.

—Sí –corroboró Sinclair–. Y luego deberíamos hipnotizarlo de forma permanente, con una contraseña, para que se quede así de por vida.

Molly se revolvió nerviosa. Nunca le había gustado la idea de programar a alguien para que siempre pensara de una determinada forma.

—Eso no es necesario. Quiero decir, nunca hipnotizamos a Nockman de forma permanente. Y mirad cuánto ha mejorado. ¿No podemos hacer que Cell mejore por sí mismo?

—Primo no es un caso fácil. Es harina de otro costal. Su cerebro no es normal. No podemos ser buenos y psicoanalizarle, Molly. No podemos correr ese riesgo.

—Supongo que no –convino Molly a regañadientes.

—Lo más importante –les recordó Rocky– es liberar a todas sus víctimas. Tenemos que descubrir dónde se encuentran y cuáles son las contraseñas para poder deshipnotizarlas.

—Si es que él mismo sabe dónde están ahora –objetó Molly.

—Si es que siguen vivas –añadió Sinclair.

—De acuerdo –dijo Molly–. Pongámonos manos a la obra.

Molly se colocó frente a Primo Cell, el cual, hasta hacía poco tiempo, había sido una de las personas más poderosas del planeta.

—Primo Cell, ahora contestarás a todas mis preguntas –le ordenó–. ¿Dónde está Lucy Logan? ¿Está a salvo? ¿Está viva?

—Logan-está en-California. Se hospeda-en el Hotel-Beverly Hills.

—¡Vaya! –exclamó Sinclair–. Así que la tiene cerca para que colabore con él.

—Es increíble –dijo Molly–. Pero qué buena noticia. Así podemos encontrarla y deshipnotizarla pronto –entonces, una vez aliviada por el paradero de Lucy Logan, Molly se atrevió a hacerle una pregunta aún más siniestra.

—A ver, Primo, ¿a cuántas personas has matado?

—A ocho –contestó Cell con la misma tranquilidad que si le hubiera preguntado a cuántas personas había ganado al ping-pong. Molly retrocedió horrorizada. Consiguió articular:

—¿No te arrepientes de lo que has hecho?

Sinclair suspiró.

—Molly, ya te lo he dicho, está loco. Por supuesto que no se arrepiente.

—¿Que si me arrepiento? –Cell vaciló–. Una parte de mí-en algún recóndito lugar sí siente remordimientos. Pero-no tengo acceso-a ese sentimiento. Davina... Nuttell-me ayudó-a conectar con-mis sentimientos. Pero quitando eso-hay un muro dentro de mí.

—¿Un muro? –preguntó Molly.

—Una prohibición.

—¿Una qué?

—Tengo prohibido llegar hasta mis sentimientos.

Molly frunció el ceño. Rocky y Sinclair se incorporaron. Como un minero que cavara en la roca para extraer el mineral de la información, Molly había dado sin querer con un inesperado filón.

—¿Estás diciendo que alguien te ha prohibido llegar hasta tus sentimientos? –preguntó despacio.

—Sí.

—¿Quién te lo ha prohibido? –Molly sintió que se le erizaba el vello de la nuca.

—Mi amo –dijo Cell.

—¿Quién es tu amo?

Primo Cell se estremeció como si estuviera tratando de recordar el nombre, pero le resultara imposible. Sinclair y Rocky se acercaron a él con los ojos abiertos como platos.

—Dímelo –insistió Molly. Primo empezó a sacudir la cabeza de un lado a otro, como si tratara de expulsar un insecto que se le hubiera metido en un oído.

—La respuesta-está encerrada-dentro de mí –dijo.

Molly tomó la mano de Primo y se quedó mirando fijamente sus zapatos.

—Sinclair, ayuda a Rocky para que no se quede congelado –con la misma facilidad con la que se pulsa el botón de pausa en un vídeo, Molly detuvo el tiempo.

—Y ahora –ordenó a Cell– olvidarás todas las instrucciones que has recibido sobre mantener secretos. Los secretos se han acabado. ¿Quién es tu amo?

Cell empezó a echar espuma por la boca mientras pugnaba por pronunciar su nombre.

—Slackg Clegg –escupió–. Slacgg Cllack –era como si el nombre estuviera encerrado en su garganta y no pudiera salir–. Slasss Shhludd –las sílabas sin sentido resonaron en toda la habitación. Pétula, inmóvil como un perro disecado, levantó la vista hacia él.

—Existe una contraseña –dijo Sinclair atónito–. El nombre está sellado dentro de él con una contraseña. A no ser que no nos esté diciendo la verdad. ¿De verdad puede él tener un amo?

—Tiene que haber alguna manera de descubrir la

contraseña –dijo Molly. Dirigiéndose a Cell, le preguntó–: ¿qué contraseña se ha utilizado para sellar en tu mente las instrucciones?

—No puedo-decirte-eso –contestó Cell.

—Vamos a tener que descifrarla nosotros –dijo Sinclair.

—Pero eso podría llevarnos millones de años –se quejó Molly–. Quiero decir que hay trillones de posibilidades.

—Vuelve a poner el mundo en movimiento –dijo Sinclair muy nervioso–. Esa sensación de resistencia se está aproximando –miró por la ventana hacia el horizonte, por donde venía la sensación eléctrica.

Molly asintió mientras liberaba el tiempo. El agua de la piscina volvió a fluir, y fuera oyó la voz profunda de Forest mientras cantaba una canción a sus pollos.

—Quienquiera que esté ahí fuera –prosiguió Sinclair– controla a Cell. Y ahora mismo lo estará buscando –Sinclair parecía muy asustado–. Si llega aquí, si hay más de una persona, tendremos serios problemas. Querrán recuperar a su presidente electo.

La mente de Molly trabajaba a mil por hora. Tal vez el amo o los amos de Primo Cell estuvieran a punto de derribar la puerta. Si esto era así, tenían que hacer algo antes de que llegaran. Cogió lápiz y papel y se volvió con urgencia hacia Cell.

—Bien, Primo, quiero que me des rápidamente todas las contraseñas que has utilizado con los otros hipnotizadores, con los famosos, y con toda la gente a la que has hipnotizado –pasara lo que pasara, por lo menos tenían que tratar de liberar a Gloria Heelheart, a Suky Champagne y a todos los demás esclavos de Primo Cell.

—Siempre-he utilizado-una única-contraseña –siseó Cell.

—¿Y cuál es? –Molly apoyó el lápiz sobre el papel. El aire estaba cargado de emoción mientras todos aguardaban, sin atreverse a respirar.

—La contraseña que utilizo es «con total puntualidad».

Molly sintió como si le hubieran pegado un puñetazo en el cerebro. Un porrazo tremendo.

—«¿Con total puntualidad?». Pero si... –no podía hablar. Esas palabras. Esa combinación de palabras la habían utilizado sobre ella. Habían servido para despertar a Molly la primera vez que la habían hipnotizado. Las había utilizado una persona en quien Molly confiaba. Y esas mismas palabras eran las que Primo Cell utilizaba para controlar a sus víctimas. Esas no eran las palabras de Cell, eran de otra persona.

El cerebro de Molly sumó de pronto dos y dos. ¿Era también «con total puntualidad» la contraseña utilizada para mantener a Cell bajo control?

Sin avisar, Molly agarró las manos de Rocky y de Cell y volvió a detener el mundo.

—Te ordeno que me digas quién es tu amo –le gritó a Primo–. Con total puntualidad.

Esta era la contraseña que Cell necesitaba escuchar. Molly había dado en el clavo. No era solo la contraseña que Cell utilizaba, sino también la que habían utilizado con él.

Inmediatamente, Primo venció su resistencia y pronunció obedientemente:

—Mi-amo-es-Logan.

Capítulo 37

Rocky abrió la boca de par en par. Sinclair parecía fulminado por un rayo. Pétula gruñó.

—¿Quieres decir que Lucy Logan es tu amo? –dijo Molly, tratando de asimilar la terrible noticia.

—Lucy Logan-es mi amo –confirmó Cell–. Casi todo lo que hago-me lo ha ordenado Lucy.

Molly volvió a sentir la resistencia al parón en el tiempo más cerca que antes. Inmediatamente, se liberó de la sensación de fusión fría y, en el exterior, un helicóptero que había estado parado en pleno vuelo recuperó el movimiento.

Lucy Logan era el enemigo. Lucy Logan, la dulce y apacible bibliotecaria había sido desde el principio el amo de Primo Cell. Y si Sinclair estaba en lo cierto, era Lucy Logan quien se movía por el mundo congelado buscando su preciada marioneta. Molly era presa de un horror sin límites. Que Lucy fuera el enemigo era una idea casi imposible de asimilar. Era el descubrimiento más amargo y doloroso. Molly creía que Lucy era su amiga.

Todos estaban terriblemente nerviosos. No sabían qué hacer. ¿Debían llevarse a Primo y escapar corriendo de allí antes de que Lucy llegara a la casa? ¿Pero adónde podían ir? No debían arriesgarse a que alguien descubriera que el presidente electo estaba hipnotizado. Molly casi podía oír las sirenas de la policía dispuesta a atraparlos.

Pero tal vez la bibliotecaria no se dirigiera a las colinas de Hollywood. Tal vez aún no supiera que habían capturado a Primo Cell. Lo que todos sabían era que cuanto más averiguaran de Primo, más posibilidades tendrían de escapar.

—¿De qué conoces a Lucy Logan? –preguntó Sinclair.

—Nos conocimos-en la universidad.

Molly daba vueltas en su cabeza desesperadamente a una serie de ideas imposibles. ¿Había diseñado Lucy la urraca asesina? ¿Había planeado ella que Molly y Rocky murieran en sus garras? Seguro que no. La intención de Lucy había sido acabar con los planes de Primo Cell.

—¿Y de dónde era Lucy Logan? –preguntó Molly, con la loca esperanza de que hubiera dos Lucy Logan.

—Lucy era-de Briersville.

Molly sentía que le iba a explotar la cabeza de un momento a otro. Esto no tenía ningún sentido.

—¿Por qué me enviaría Lucy a destruir a Primo Cell si ella estaba detrás de todos sus actos? –les preguntó a Rocky y a Sinclair–. Fue la que se aseguró de que yo encontrara el libro del hipnotismo, y de que aprendiera a hipnotizar a la gente. ¿Por qué se habría molestado si luego planeaba librarse de mí? –Molly se volvió hacia Cell–. ¿Sabes por qué me encomendó Lucy esta misión?

El hipnotizado se quedó un momento reflexionando y luego especuló:

—Tal vez fuera-por las sospechosas circunstancias-que rodearon la-desaparición de-Davina Nuttell. No pude hipnotizar-a Davina. Y eso no era-una cosa normal. Era la primera-vez que-fallaba en mi vida. Tal vez Lucy-sospechara de mí. Tal vez-le preocupaba-que su efecto hipnótico sobre mí-se estuviera desvaneciendo.

—¿Era ese el caso?

—No.

—¿Entonces, por qué no conseguiste hipnotizar a Davina? –preguntó Molly.

—Había algo que lo impedía... en su edad. Algo que-me recordaba una cosa-que yo había olvidado. La quería-como-a una hija. Mi poder no era eficaz-con ella. No pude hipnotizarla. Una vez que-ella supiera lo que yo tramaba-no podía dejar-que se lo contara a la gente. De modo que-tenía que secuestrarla. Todo esto-lo hice al margen de Lucy Logan. Tal vez Lucy te enviara-para asegurarse de que yo no-estaba haciendo-otras cosas sin seguir sus órdenes.

—¿Cuándo fue la última vez que viste a Lucy Logan?

—Hace once años-y medio.

Era asombroso. Eso era antes de que Molly naciera.

—¿Quieres decir que nunca vino a Estados Unidos a verte? ¿Se quedó en Briersville todo ese tiempo?

—Nunca vino a verme. Viajó a muchos lugares del mundo.

—¿Cómo te controlaba?

—Hablaba conmigo todas las semanas.

—¿Y cuándo fue la última vez que hablaste con ella? –quiso saber Molly.

—En junio. Justo antes de que-anunciara que me

iba a presentar-como candidato-a las elecciones presidenciales.

—Pero eso fue hace cinco meses –intervino Rocky–. ¿Por qué estuvo once años comunicándose con él todas las semanas, para luego dejar de hablarle en junio?

—¿Conoces la respuesta a esta pregunta?

Primo Cell se encogió de hombros.

—Tal vez-Logan pensara-que en junio-ya podía volver-a confiar en mí-y que todo estaba-listo para la campaña electoral-así que sintió que podía dejar-que me ocupara de todo ello.

—Y una vez que fueras presidente, ¿cuáles eran los planes de Lucy Logan? –preguntó Molly.

—Su plan-era convertirse-en la-primera dama.

—¿La primera dama? ¿Qué es eso?

—Así es como llaman a la esposa del presidente –explicó Sinclair, dejando escapar un silbido de sorpresa.

—Mi esposa –dijo Primo sin la mínima emoción–. Planeaba-reunirse pronto-conmigo. Se reuniría conmigo en la Semana del Libro, un acontecimiento benéfico, y allí nos enamoraríamos. Ella pensaba que la idea-de un presidente romántico-me haría aún más popular-entre el pueblo norteamericano.

Era una idea tan pasmosa que Molly, Rocky y Sinclair se quedaron estupefactos. Pero Molly pensó que la capacidad que tenían algunas personas de engañar a otras ya no la sorprendía.

—Es inteligentísima –dijo Sinclair con admiración–. Hipnotizó a Primo Cell para que le hiciera el trabajo sucio. Para que se librara de cualquier hipnotizador rival que pudiera representar una amenaza para sus ambiciones...

—Salvo Sally y tú –observó Rocky.

—Bueno –reflexionó Sinclair–, tal vez quisiera que tuviera a su lado a un par de hipnotizadores expertos que trabajaran para él; bueno, para ella –Sinclair se sumió en un apenado silencio.

Molly se compadeció de Sinclair. Tenía que ser horrible que una mujer hubiera controlado su vida para lograr sus objetivos.

—Y entonces –prosiguió Rocky– hizo que Primo ganara dinero para ella.

—El plan era gastar muchos más millones de dólares que todos sus rivales en la campaña electoral y ganar las elecciones –añadió Sinclair.

—Y todo porque quería ser la esposa del presidente –prosiguió Molly–. Debía de haber calculado que para cuando Primo venciera, sería ya tan rico y tan poderoso que ella no correría ningún peligro al hacer su entrada en esta historia. Como primera dama lo acompañaría en sus viajes por todo el mundo. Estaría siempre a su lado, susurrándole al oído como una serpiente. ¡No es Primo Cell quien quiere controlar el mundo, es ella! –Molly negó con la cabeza con decisión, como si con este gesto pudiera asimilar todo aquel cúmulo de hechos desagradables–. Lucy Logan –dijo con incredulidad– me ha estado utilizando desde el principio y al final quería matarme Y cuando fui a visitarla a su casa en Briersville, no me contó nada más que mentiras. Lo del accidente de coche, lo de la pierna escayolada, las quemaduras en su rostro, todo se lo inventó para convencerme de que tenía que ayudarla.

Molly recordó aquella extraordinaria tarde de domingo. Pensó en las habitaciones llenas de relojes; en la sala secreta, cerrada con llave, con los bonsáis sobre la mesa y los horribles zapatitos de seda dentro de la vitrina, esos zapatos que llevaban las niñas chinas para que no les crecieran los pies. Logan hacía lo mismo con las mentes de la gente. Molly recordó entonces sus setos meticulosamente podados en forma de animales. Ahora, en vez de ver a Lucy como una persona dulce que cuidaba de su jardín, Molly la veía como una loca, cortando sus setos para mantenerlos bajo control y no dejar que crecieran en libertad. Molly pensó en el gran arbusto en forma de pájaro. ¿Era una urraca? ¿Simbolizaba a Primo Cell? Pensó también en los otros arbustos en forma de animales. El mono, que Molly había confundido con un perro; la liebre... ¿Simbolizaba cada uno de ellos a una persona bajo el control de Lucy Logan? Entonces se le ocurrió una idea horrorosa. ¿Estaba ella misma bajo el poder de Lucy Logan? ¿Sería ella el mono?

—¿Creéis que Lucy me ha hipnotizado? –les preguntó a Rocky y a Sinclair.

—No, sé que no estás hipnotizada –contestó Sinclair–. Si lo estuvieras, me habría dado cuenta. Pero es asombroso que no lo estés.

—Me pregunto por qué no lo estoy.

—Considérate afortunada. Pero... –Sinclair cayó de pronto en la cuenta del poco tiempo de que disponían– ya pensaremos después en todo eso, Molly. Ahora mismo será mejor que nos concentremos en desprogramar a Cell.

Esa operación les llevó un buen rato, pues tenían que asegurarse de que no hubiera más instrucciones selladas dentro de su cerebro con distintas contraseñas. No las había. Todo estaba sellado bajo la contraseña "con total puntualidad". Era asombroso cuántas facetas de la vida de Primo Cell estaban bajo el control de Lucy Logan. Molly sintió lástima por él y se preguntó cómo habría caído en las redes de la bibliotecaria.

—¿Pero por qué te eligió a ti? –preguntó.

—Porque-me había amado-en el pasado –contestó

285

Primo–. En la universidad-me enseñó todo lo que sé-sobre hipnotismo. Me dio mi diamante. Tenía-grandes planes. Planes para detener el tiempo-y acabar con el sufrimiento. Para traer la paz-al mundo. Éramos felices.

—¿Qué ocurrió? ¿Cuándo empezó a volverse loca?

—Después de que naciera nuestro bebé –contestó Primo.

—¿Lucy Logan tuvo un bebé? –preguntó Molly. La idea de que la asesina Lucy Logan fuera también madre no encajaba en absoluto. Molly no había visto nada en su casa que diera a entender que tenía un hijo. No había juguetes, ni fotografías.

—Pobre niño. Vaya madre –comentó Rocky.

—¿Su hijo ya es mayor y se ha ido de casa?

—Nuestro bebé nunca vivió-en casa de Lucy –dijo Primo–. Lucy lo abandonó en un orfanato. Nunca conocí-a mi bebé. Lucy se aseguró-de que no lo viera nunca.

—Qué gesto más horroroso –comentó Molly–. ¿Pero en qué orfanato lo dejó? ¿En uno de otra ciudad? –Molly ya había pasado revista a todos los niños del orfanato de Briersville. Si la niña tenía trece años, entonces podía ser Cynthia, pero esta tenía un hermano gemelo.

—Hardwick House –dijo Primo Cell.

—¿Tuvo gemelos? –preguntó Molly.

—No. Lucy solo tuvo un bebé. Una niña.

Molly siguió reflexionando. Podía ser Hazel. Había llegado cuando tenía seis años. De pronto, el corazón de Molly empezó a latir con dificultad, y sintió que estaba despierta en medio de un sueño.

—Nuestra-hija tendría-once años-y-medio –prosiguió Primo, como una apisonadora.

Molly sintió que estaba rodeada de flechas que se

precipitaban sobre ella. Trató de esquivarlas mentalmente, pero saber la verdad ya era inevitable.

—¿Abandonó... abandonó a ese bebé... en... en... una... en una...? –Molly no podía decirlo. Respiró hondo y volvió a intentarlo–. ¿... en una caja de caramelos? ¿De nubes?

—Tal vez –contestó Primo con mucha naturalidad–. A Lucy le gustaban mucho-esos caramelos, sobre todo cuando estaba embarazada. Se comía-cajas enteras de nubes.

—¿De-de la marca Moon? –Molly no quería creer lo que estaba escuchando.

—Sí. Era su marca favorita –dijo Primo sin la más mínima emoción en la voz.

—No. No, no puede ser cierto –Molly apartó la mirada.

Dentro de su cabeza, dos voces rivales pugnaban por hacerse oír.

«No seas idiota, no es cierto», resonaba una de ellas, furiosa. «¿Por qué te fías de este hombre? No es cierto».

«No seas estúpida», gritaba la otra, «¿qué más pruebas necesitas? Tienes la verdad delante de las narices». Molly se tapó los oídos con las manos para acallar el ruido ensordecedor. Rocky apoyó su mano en su hombro.

—Has encontrado a tus padres –le dijo con voz serena. Molly aferró su mano.

—Pero... pero ¿quiénes son? –dijo, anonadada–. No lo creo. No quiero creerlo.

Molly se sentía totalmente engañada. Toda la vida había deseado conocer a sus padres, y ahora que sabía quiénes eran, se sentía decepcionada.

—Mira quiénes son, Rocky. Yo no quería encontrarlos aquí... ahora... de esta manera. No quiero que ellos sean mis padres.

—Siempre los has estado buscando, Molly –le recordó Rocky–. Los dos hemos estado buscando. Tú tienes suerte. Ahora sabes quiénes son tus padres.

—Pero mi padre es un asesino –exclamó Molly–. No lo quiero como padre.

Primo tenía la mirada perdida. Sinclair se levantó y se dirigió a la cocina. No se le daban muy bien las situaciones emotivas.

—No voy a decirle que soy su hija... no quiero –dijo estremeciéndose. Se aferró a la manga de Rocky–. Y sobre todo a ella no quiero verla nunca –Molly pensó en Lucy Logan y se llenó de tristeza.

—No tienes por qué decirle nunca quién eres. Pero, Molly, debes saber que la mayor tristeza de su vida tal vez sea no haberte conocido. Recuerda, le hipnotizaron para que tú no le importaras –luego añadió–: ¿Recuerdas lo que dijo sobre Davina? Dijo que había algo en ella que le ayudaba a sentir cosas, aunque se lo hubieran prohibido. Dijo que le recordaba algo que había olvidado, como si fuera su hija. Aunque Lucy Logan hipnotizara a Primo Cell para que te olvidara, Davina le recordaba a ti. ¿Te das cuenta, Molly? Nunca te ha olvidado del todo.

Molly asintió con la cabeza, pero estaba demasiado abatida como para poder hablar. Cogió en brazos a Pétula y salió de la habitación para pensar. Durante la siguiente media hora, Rocky y Sinclair terminaron de deshipnotizar a Cell. Le dijeron que a partir de ese momento tenía acceso a todos sus sentimientos, que estaba totalmente fuera del control de Lucy Logan, que era libre. Rocky le dejó todo su conocimiento sobre hipnotismo. Y luego se lo llevaron al dormitorio de Sinclair y le ordenaron que durmiera.

Sinclair contempló el cuerpo de Primo desplomado sobre la cama circular.

—Está agotado –observó–. Tal vez necesite dormir durante un siglo. Debemos dejarle descansar. Cuando despierte, su mente habrá asimilado correctamente la desprogramación. Y Rocky, en lo que al resto del país concierne, Primo Cell sigue siendo el presidente electo. Debemos mantenerlo oculto, porque si Lucy Logan lo atrapa antes de que él haya anunciado que no va a ser presidente, todavía tiene la posibilidad de llevar a cabo sus planes. Lo encerraremos en mi dormitorio para estar tranquilos. Cuando recupere el conocimiento y tenga la cabeza despejada, lo llevaremos a los estudios Iceberg para que declare por televisión que ya no quiere ser presidente. En cuanto hayamos hecho eso, Logan estará perdida.

De modo que cerraron la puerta del dormitorio y echaron la llave. Rocky sentía lástima de Primo Cell. Cuando despertara, tendría que asimilar la idea de que Lucy Logan le había robado once años de vida y los había utilizado a su antojo.

Molly todavía no se había recuperado de sus descubrimientos. Lucy la había traicionado y estaba detrás de Primo Cell; eso ya era bastante difícil de asimilar. El hecho de que fuera además su madre, una madre que había querido matarla, y de que Primo fuera su padre era una sorpresa tan enorme que Molly no sabía cómo reaccionar. Rocky no podía ayudarla. Necesitaba estar sola.

Capítulo 38

Molly pasó las horas siguientes con Pétula, plácidamente sentada en la cálida terraza de la casa de Sinclair. Se esforzó al máximo por asimilar sus tremendos descubrimientos.

Intentaba respirar profunda y serenamente. Cerró los ojos y se evadió, como le había enseñado Forest. En su imaginación se contempló desde lo alto. En su cabeza, mientras flotaba por el cielo, alejándose de Los Ángeles, una gruesa línea roja la conectaba con Primo Cell, y otra línea, brillante y roja, la unía a Lucy Logan, dondequiera que estuviese. Molly cayó en la cuenta de que esas líneas siempre habían estado allí, solo que ella nunca las había visto. Molly odiaba la línea que la unía a Lucy Logan. Pero por mucho que lo deseara, no podía borrarla. Esa mujer malvada y despiadada era su madre.

Para sentirse mejor, Molly se imaginó unas líneas doradas que la conectaban con la gente a la que mejor conocía y más quería: Rocky, la señora Trinklebury,

Gemma y Gerry, y los pequeños Ruby y Jinx. Molly se rodeó de líneas plateadas, color bronce, verdes, moradas y azules. Todas contribuían a ocultar la horrible línea roja que la unía a Lucy Logan.

Lucy Logan. Molly odiaba incluso su nombre. Cuando Logan descubriera que habían desbaratado sus planes, trataría de recuperarlo todo. Intentaría volver a convertir a Primo Cell en su marioneta. Trataría de hipnotizarlo. Los hipnotizaría a todos. A Molly le daba miedo pensar en lo poderoso que sería su talento hipnótico.

Molly se permitió a sí misma elevarse en el espacio, hasta que fue consciente de que su cuerpo no era sino una célula microscópica en la superficie de la Tierra. Era como si su mente se elevara por los aires y mirara hacia abajo, hacia el lugar donde estaba su cuerpo. Desde las alturas, trató de imaginar dónde podría estar Lucy. Cerró los ojos y se concentró mucho, al tiempo que relajaba su mente. Molly dirigió la mirada al otro lado de la sierra de San Gabriel, envuelta en la bruma, pero no percibió que Logan estuviera allí. Luego miró hacia la playa de Santa Mónica, pero su instinto le dijo que tampoco se encontraba allí. Ahora dirigió su mirada a Hollywood. Sintió una certeza absoluta de que en ese lugar se encontraba su rival. Y, como si ajustara la lente de un objetivo, Molly enfocó con precisión en su imaginación. Vio entonces un bosque iluminado por los rayos del sol. En ese momento, en su mente apareció la imagen de la coronilla de Lucy Logan. La chica inspiró y dejó que la extraña aparición se agrandara. Vio a Lucy recorriendo un sendero flanqueado de geranios y pimenteros.

Molly supo enseguida que ese sendero era el que llevaba a la casa de Sinclair. Y un segundo después, cuando abrió los ojos, cayó en la cuenta de que la visión de su mente era real.

Sonó el timbre de la puerta principal. Molly oyó la voz de Sinclair que respondía al telefonillo.

—¿Sí?

—Sinclair —pronunció una profunda voz de mujer desde el otro lado de la puerta—. ¿Te importaría salir un momento? Soy una vieja amiga de tu padre y me gustaría ponerme en contacto con él. Mi nombre es Lucy Logan.

Molly se incorporó de pronto como si le hubiera picado una avispa, y tapó con su mano la boca de Pétula para que no ladrara.

—Lo siento —oyó a Sinclair contestar—. Si quiere ponerse en contacto con Primo Cell, le sugiero que concierte una cita con su secretaria.

—Pero, Sinclair, tengo que hablar... —el telefonillo enmudeció con un sonido electrónico. Molly oyó un suspiro de frustración. Lucy seguía en el umbral. Molly giró el cuello y oyó sus pasos que se alejaban por el camino de grava. Y en cuanto le pareció que no había riesgo de que la descubriera, se escurrió por la trampilla de la terraza, la cerró a su paso, y ella y Pétula bajaron corriendo los empinados escalones hasta refugiarse en el interior de la casa.

Al llegar abajo, chocaron con Sinclair y Rocky. Molly dio un respingo.

—Molly, tengo...

—Malas noticias, ya lo sé. Está aquí, la he oído.

—Supongo que sabe que tenemos a Primo —dijo Sinclair presa del pánico, recorriendo la habitación de un lado a otro. Molly nunca le había visto tan asustado—. ¿Has visto hacia dónde se dirigía?

—Me pareció que cruzaba el jardín —contestó Molly.

—¿Está cerrada con llave la habitación de Primo? –preguntó Sinclair. Rocky le dio una palmadita en el bolsillo.

—La has cerrado tú mismo.

—También he cerrado con llave la puerta de atrás. No puede entrar por ningún sitio. Será mejor que no os acerquéis a las ventanas.

—Tal vez deberíamos despertar a Primo y sacarlo de aquí inmediatamente –sugirió Molly.

—Es demasiado arriesgado –contestó Sinclair–. Estará medio inconsciente. Podríamos estropear la desprogramación –Sinclair empezó a frotarse las manos la una contra la otra, como si estuviera dando forma a un trozo invisible de plastilina.

—Creo que deberías hacer unos cuantos ejercicios de yoga. Pareces a punto de explotar. ¿Quieres que llame a Forest?

—¡Forest! –exclamó Sinclair–. ¿Y si Lucy Logan se ha metido en su apartamento? Suele dejarse la puerta abierta. Espero que se encuentre bien.

—Dijo que pasaría la tarde fuera –recordó Molly.

—Ojalá no haya cambiado de idea –susurró Sinclair.

Pasaron varios minutos. Se quedaron donde estaban, en la puerta del salón, combatiendo el miedo que trataba de apoderarse de ellos.

—¿Creéis que ha venido con más gente? –preguntó Molly, mordiéndose la manga–. A lo mejor tiene un pequeño ejército, preparado para hacernos una emboscada.

De repente, Molly y Sinclair sintieron una oleada de frío en su piel, justo debajo de sus diamantes, y un escalofrío recorrió sus cuerpos. Molly agarró a Rocky y, mientras el mundo se detenía, le ayudó a oponer resistencia al parón. Fuera cesó el ruido del tráfico. El agua de la fuente que alimentaba la piscina de Sinclair se detuvo. Pétula se quedó inmóvil. El silencio era total.

—¿Qué está haciendo?

—La sensación viene de allá –Molly entró en el salón con Rocky y señaló allí donde los árboles ocultaban la carretera, en la base de la colina.

—¿Crees que puede haber detenido un coche de policía e hipnotizado a un agente para que venga a arrestarte?

—Yo iría a echar una ojeada –dijo Sinclair, reuniéndose con ella–. Pero no quiero que me alcance una bala perdida.

—Creo que deberíamos coger a Primo y salir de aquí ahora –propuso Rocky–. Si Logan está en el otro extremo de la casa, podemos meterlo en el coche sin que nos vea.

—Tal vez deberíamos intentarlo –convino Sinclair.

De repente, el mundo recuperó su movimiento.

—Fuera cual fuera el motivo por el que necesitara detener el tiempo, ya lo ha hecho –dijo Molly–. No estoy segura de que debamos marcharnos. Quiero decir, ella no sabe que Primo Cell está aquí; y piensa que Rocky y yo estamos muertos. Si nos vamos ahora, tal vez nos la encontremos de frente, o nos topemos en la carretera con algún policía al que haya hipnotizado. Nos arrebataría a Primo Cell. ¿Y quién sabe lo que hará entonces con él? Tendremos más posibilidades si esperamos a que lleguen hasta la puerta. Por lo menos aquí podemos cogerlos por sorpresa. Puedo hipnotizarla con mis ojos.

Todos se sentaron sobre unas incómodas sillas de alambre en forma de estrella que estaban en el fondo de la habitación. Esperaban que sonara el timbre en cualquier momento. Rocky metió los dedos en un agujero que tenía en el pantalón, agrandándolo conforme iban pasando los minutos. Sinclair consultaba los números de teléfono grabados en la memoria de su móvil, como si estos fueran a decirle lo que tenía que hacer a continuación. Molly contemplaba el estrecho canal de agua que recorría uno de los lados de la enorme habitación, hasta la fuente que lo alimentaba. El surtidor salpicaba sin cesar, pero no hacía nada para aliviar la tensión. Unas ondas que venían desde la dirección opuesta se unían a la corriente de la fuente, creando remolinos de agua junto a las paredes de la piscina. Los ojos de Molly siguieron el canal que describía una curva en dirección a la ventana y, con un ataque de náuseas, cayó en la cuenta de que había una entrada a la casa que todos habían pasado por alto. Entonces vio horrorizada de dónde provenían esos remolinos de agua. Alguien estaba nadando en la piscina. Como un pato en la galería de tiro al blanco de una feria, la cabeza de Lucy Logan asomaba por encima del agua, abriéndose paso en dirección a la casa.

Capítulo 39

La cabeza empezó a emerger despacio y, como un monstruo marino, Lucy Logan salió del agua. Chorreando, tenía un revólver de plata entre los dientes. Ya no llevaba las vendas ni la escayola que cubrían su cuerpo en Briersville. Pétula se puso a ladrar sin cesar.

Lucy observaba fijamente a Sinclair, Molly y Rocky con una mirada fría y penetrante. No se parecía en nada a la bibliotecaria de Briersville que había conocido Molly. Vestía la falda de *tweed* y la chaqueta de chica seria, ahora completamente empapadas, y su cabello rubio seguía recogido en un moño alto; pero parecía inquietantemente distinta. Sus ojos habían perdido toda su dulzura, y su nariz tenía un aspecto mucho más ganchudo.

—No la miréis a los ojos –advirtió Sinclair. No hacía falta que les recordara este detalle. Molly ya estaba mirando fijamente la pistola que Lucy tenía en la mano–. Y no la escuchéis.

—Pero tiene una pistola –añadió Molly, como si nadie se hubiera fijado en ello.

—Y está cargada –dijo Lucy, con la tranquilidad de quien está a punto de hacer una visita guiada por la casa. Apuntó con el arma a Pétula–. Dile a este perro que se calle o le pego un tiro –Molly cogió a Pétula y la hizo callar, retrocediendo instintivamente para alejarse de Lucy. Sinclair y Rocky la imitaron.

—¿Dónde está Primo? –preguntó Logan, levantando la pistola–. Será mejor que me lo entreguéis. Si no, os mataré y lo encontraré de todas formas.

—Nos matarás pase lo que pase –dijo Sinclair.

Molly tragó con dificultad. La idea de una bala, un duro proyectil de acero penetrando en su cuerpo a la velocidad del rayo, resultaba aterradora. Mezclado con este miedo también había un pensamiento que la atormentaba. La loca que tenía delante era su madre. Logan levantó la pistola.

—Si disparas, nunca averiguarás dónde está Cell –mintió Molly–. Lo hemos desprogramado y está en un lugar tan seguro que ni siquiera tú podrás encontrarlo.

Lucy Logan bajó el revólver. Miró de reojo la cocina y la otra puerta que llevaba al dormitorio de Sinclair. Se dirigió hacia allí, sin dejar de apuntarlos a todos con la pistola. Giró el picaporte, pero la puerta no se abrió. Con una voz fuerte, pero tan dulce como si fuera a avisarle de que el almuerzo estaba listo, llamó:

—¿Primo?

—¿Qué pasa? –contestó él con voz soñolienta. Logan sonrió de forma maliciosa.

—No cabe duda de que uno de vosotros tiene la llave –dijo con suma educación. Molly la miró fijamente. Era asombroso cómo ahora que la odiaba, Lucy le parecía muchísimo más fea de como la recordaba.

—Está desprogramado –dijo Molly–. Nunca más volverás a tener poder sobre él.

—Subestimas mi influencia –dijo Lucy con frialdad–. Igual que yo subestimé tu suerte.

—Pensaste que la urraca nos había matado a mí y a Rocky, ¿verdad? –preguntó Molly.

—Sí, pensé que moriríais. Tendría que haberos hipnotizado, por si acaso.

—Nunca podrías haberme hipnotizado aquella tarde en tu casa. Yo estaba demasiado alerta –dijo Molly, desafiante.

—Oh, claro que podría haberlo hecho –contestó Lucy–. Ahora todo sería mucho menos cansado si todavía te tuviera bajo mi control. Pero las probabilidades de que un espécimen como tú sobreviviera a Primo eran minúsculas –Pétula gruñó.

—Minúsculas a tus ojos, pero es obvio que tu microscopio está roto –dijo Molly. Logan no le hizo caso y apuntó a Sinclair con la pistola.

—Y supongo que tú tuviste algo que ver con que se escapara. Recuerdo haber visto fotos tuyas, Sinclair, cuando eras un chaval andrajoso y vivías en el circo. Primo y yo nos equivocamos contigo. Pensé que tenías potencial. Pensé que eras digno de confianza. Y tú –dijo, dirigiéndose ahora a Rocky–, tal vez tuvieras más talento del que creí ver –los ojos azules de Lucy los observaban a todos con desdén–. Supongo que sois conscientes de que me tengo que librar de vosotros, ya sea hipnotizándoos o pegándoos un tiro. ¿Qué preferís? ¿Mis ojos o una bala? La decisión es vuestra.

Nadie dijo nada. La paciencia no era desde luego una de sus virtudes, pues, al no obtener respuesta, Logan gritó bruscamente:

—¡El caso es que me tenéis harta! ¡Os voy a matar a todos! ¡Adiós! –apuntó a Rocky con la pistola.

Molly vio que el dedo de Lucy se acercaba al gatillo. En ese mismo momento se dio cuenta de que aquello no era ningún juego. Lucy Logan estaba a punto de pegarle un tiro a Rocky. Con una velocidad que a ella misma sorprendió, extrajo del propio aire la sensación de fusión fría e instantáneamente detuvo el mundo. En ese lapso de tiempo, la primera micra de segundo de un sonoro disparo golpeó sus oídos.

Todo estaba inmóvil, excepto Logan, Molly, Pétula y Sinclair. A seis centímetros escasos del cuello de Rocky había una bala suspendida en el aire como un misil congelado. Logan sonrió y apuntó a Molly con la pistola.

—Por los pelos —dijo—. Intenta parar esta bala.

Molly estaba confusa. Ya había detenido el mundo. ¿Podía volver a hacerlo una vez más, solapándola con la primera? Mantuvo inmóvil el mundo de la bala congelada. Observó la muñeca de Lucy, tratando de percibir cuándo iba a volver a apretar el gatillo. Sinclair corrió a refugiarse detrás de un sillón.

Molly vio que el tendón de la gruesa muñeca de Logan se tensaba ligeramente, y escogió su momento. Una vez más, el tiempo se paró. Molly lo había calculado perfectamente. Esta vez, la bala estaba suspendida en el aire a medio camino entre Lucy y ella. Esa bala apuntaba al pecho de Molly.

—Humm, esta te habría dado en el corazón —comentó Lucy.

Molly no podía ceder ante el miedo que le nublaba los sentidos. Debía permanecer lúcida o moriría. Hasta entonces no había descubierto que el tiempo se podía detener una vez sobre otra. Miró a Sinclair para espiar su reacción, pero ahora él también era una estatua, como Rocky. Molly dejó rápidamente a Pétula detrás del sofá y esta también se quedó rígida.

Molly se preguntaba cuántas veces podría detener el tiempo. Pero ahora no podía pensar en ello, porque Lucy estaba a punto de matarla. Disparó la tercera bala. Una vez más, Molly detuvo el tiempo. Durante un momento, las dos se distrajeron mientras oponían resistencia al parón.

Logan necesitó unos segundos para adaptarse al nuevo tiempo, y luego gruñó:

—Te atraparé, Moon –volvió a disparar.

Una cuarta bala. Una quinta. Una ola de terror invadió el cuerpo de Molly cuando vio que Logan la apuntaba a la cabeza, al corazón, al estómago. La chica tembló al detener el mundo por octava vez. Llegó a tiempo por los pelos. Una bala flotaba en el aire, a un centímetro de su frente. Molly se tiró detrás del sofá.

—Te quedan pocas balas –gritó a través de la helada niebla que subía desde el agua y estaba empezando a llenar la habitación.

—Has visto demasiadas películas. Acabo de recargar la pistola –dijo Logan. Molly miró desde un lado de su escondite. Logan la vio y disparó otra vez. El sonido se apagó inmediatamente cuando ella volvió a congelar el tiempo. Le dio un escalofrío. A Logan también. En la habitación empezaba a hacer mucho frío.

—Eres una cobarde –dijo Molly jadeando–. Esto solo sería justo si yo también tuviese una pistola.

—No soy una cobarde –negó Logan–. Lo único que pasa es que me gusta jugar con ventaja. Después de todo, tengo que ganar, Molly.

Logan frunció el ceño. No tenía ganas de jugar al ratón y al gato con esa chica. Quería terminar ya. Tanto parón en el tiempo resultaba agotador. Peor era saber que nunca había sospechado que Molly tuviera tanto talento. Detener el mundo una y otra vez requería una concentración extrema. Logan nunca había pensado que una chica de su edad fuera capaz de ello. Pero también sabía que, al igual que cuando se dobla una y otra vez un trozo de papel, al final ya no se puede volver a doblar; llegaría un momento en el que Molly ya no podría esquivar las balas. Entonces levantó la pistola.

Los dientes de Molly castañetearon. Cada vez que mandaba la sensación de fusión fría hacia el exterior para congelar el mundo, era como si el tiempo chupara el calor de su cuerpo. Ahora, una bruma helada lo cubría todo en la habitación. El cuerpo de Lucy Logan era apenas visible. Molly casi no podía detectar el movimiento de su dedo en el gatillo del arma. Más que ver cuándo iba a disparar, lo que Molly hacía era sentir.

Lucy Logan también estaba empezando a verlo todo borroso. Los sonidos llegaban ahogados a sus oídos. Era como si estuviera en un frío avión a mucha altitud. Apuntó a Molly, pero se dio cuenta de que el bulto hacia el que había disparado era un abrigo colocado sobre una silla, y no la chica. Entonces vio una borrosa silueta que se movía hacia su izquierda.

El mundo volvió a detenerse, y esta vez lo hizo antes de que Logan disparara. Mientras se resistía al parón, a Lucy se le entumecieron las piernas a causa del frío. Se agarró a algo para no perder el equilibrio. Debían de estar acercándose al momento en que el tiempo ya no podría detenerse más. Si ella se estaba debilitando, seguro que la niña debía de estar a punto de desmayarse. Lucy jugaba con ventaja. Llevaba años entrenando su mente para eso. Saldría vencedora de esa batalla, estaba segura. Palpó su diamante debajo de la chaqueta. Estaba más frío que el hielo. Con gran esfuerzo articuló:

—De modo que Molly, huerfanita Molly, ¿cómo te sentirías si te dijera que sé quiénes son tus padres?

Desde detrás de una silla junto a la ventana, Molly contestó:

—Te diría que la noticia ya es vieja. Llegas demasiado tarde, Logan. Ya lo sé... Ya sé que tú eres mi madre y Cell es mi padre, y no te preocupes, reniego de ti como madre.

Molly luchaba por su vida. Su espina dorsal estaba fría como un témpano. Sentía que podría partirse en dos de un momento a otro. El frío del diamante que llevaba al cuello se le clavaba en la piel, como si le estuviera congelando el alma. Molly pensó en lo mucho que odiaba a Lucy Logan. Le parecía increíble que alguien pudiera estar tan loco y pudiera ser tan malvado. Pero lo que empeoraba todo era que el inmundo ser humano que blandía la pistola era carne de su carne y sangre de su sangre. Durante toda su vida, Molly había querido saber quién era su madre. Había soñado que era una persona amable, inteligente y divertida. Pero en realidad era una asesina megalómana. Molly la odiaba por haber aniquilado sus sueños. No iba a dejar que también acabara con su vida. Pero tenía tanto frío... tanto, tanto frío... y se sentía tan cansada.

Molly cerró los ojos. Tras los párpados cerrados, se vio a sí misma en la habitación con Lucy. Luego, con la naturalidad con que siempre lo hacía, se imaginó saliendo de su cuerpo como un cohete, directa al espacio. Llegó allí en una milésima de segundo.

Esta vez, el espacio era diferente. Molly vio el mundo entero congelado debajo de ella. A su alrededor vio los planetas inmóviles en sus órbitas, las estrellas del sistema solar detenidas un momento en el tiempo.

Sintió que a su alrededor el espacio se extendía. En ese infinito espacio congelado se sintió minúscula, como una mota de polvo, e incluso más pequeña. Se sentía tan pequeña que no era prácticamente nada. Había encontrado en su esencia lo más pequeño.

Y sin embargo...

De repente se quedó impresionada de lo grande que era. Por su causa, el universo estaba en suspenso. Por su causa, todos los elementos –la tierra, el viento, el fuego y el agua– permanecían inmóviles. Molly se sintió pequeña, y luego, muy, muy, muy grande, y una vez más, infinitamente pequeña y gigantescamente grande. Se sintió una con el universo, y se llenó de un inmenso amor por todo lo que en él había.

Lejos, por debajo de ella, el movimiento de Lucy Logan se hacía palpable en el mundo. El universo parecía ofrecer a Molly la idea del Polo Norte. Entonces cayó en la cuenta de que el hielo no sentía frío. Si se concentraba en la esencia del hielo, tal vez ella tampoco volviera a sentir frío. Dejó que su mente se relajara, permitió que la noción de hielo invadiera su cuerpo. Y de repente, ya no tuvo frío. El diamante alrededor de su cuello estaba caliente. Molly sabía que podía volver a detener el tiempo.

Con los ojos cerrados, y con la misma facilidad como si estuviese soplando para apagar una vela, la chica detuvo el tiempo por decimoctava vez. Ahora, cada vez que exhalaba aire, volvía a detenerlo. Decimonovena vez, espirar, inspirar. Vigésima vez, espirar, inspirar... vigésimo primera vez.

Molly ya no experimentaba resistencia. Era el único ser que se movía en el universo. Por todas partes, la vida estaba inmóvil. Molly se sintió tan sola como si estuviera muerta, solo que no estaba muerta, estaba viva. Durante un segundo se preguntó si estaría sola. ¿Era ella la única criatura consciente de las dimensiones del tiempo y del espacio? Molly pensaba que, aun-

303

que todo estuviese inmóvil, la esencia de la vida, la fuerza dentro y fuera de ella, la estaba observando. Y ahora sí que se sintió como un espécimen bajo una enorme y misteriosa lupa. Era una sensación agradable. Y la misteriosa fuerza parecía darle las gracias.

Molly abrió los ojos. En ese momento, en lugar de brumosa y fría, la habitación estaba llena de color. Lucy Logan estaba congelada con una expresión de odio y dolor en su rostro.

Molly cruzó la habitación, recogió con sumo cuidado las balas que estaban suspendidas en el aire y las tiró todas por la ventana. Luego quitó la pistola de la mano de Lucy Logan y registró sus bolsillos para asegurarse de que no ocultara ninguna otra arma.

Satisfecha de que su enemiga ya no estuviera armada, Molly llevó sus ojos a la máxima potencia hipnótica. Se colocó de manera que los ojos de Logan miraran directamente a los suyos. Entonces, tocando su hombro, dejó que el movimiento volviera a fluir dentro de ella.

Si Lucy Logan tenía todavía algo de energía para combatir a Molly, esta le fue arrebatada en un segundo. Los ojos de Molly le habían ganado la batalla.

Lucy Logan estaba hipnotizada.

Capítulo 40

—Ahora estás en mi poder –dijo Molly–. ¿Entendido?

Lucy Logan asintió con la cabeza y Molly la miró a la cara, tratando de ver si había algún parecido entre ella y esa horrible criatura. Su mandíbula era mucho más cuadrada y su rostro más huesudo de lo que Molly recordaba. Su cuerpo era fibroso. Molly esperaba que ese no fuera el aspecto que tendría ella misma cuando fuese mayor.

—De ahora en adelante –declaró– aceptarás que tus planes nunca se van a realizar. Ahora tienes todo lo que necesitas. No recordarás cómo hipnotizar. No recordarás cómo detener el tiempo. Cuando salgas del trance, serás tan mansa como... –Molly trató de pensar en algo que fuera siempre plácido–... como un corderito –Molly calló un momento. El próximo paso era esencial para alguien tan peligroso como Lucy Logan–. Y estas instrucciones permanecerán selladas dentro de ti para siempre mediante unas palabras que no recordarás. Esas palabras serán... –Molly miró la mesita de café–. Nubes de azúcar Moon –luego añadió–: Y cuando dé una palmada, despertarás.

Molly soltó el hombro de Lucy e, inmediatamente, la bibliotecaria volvió a quedarse congelada. Molly le quitó el diamante que llevaba al cuello. Por fin, se quedó inmóvil, con los brazos colgando a ambos lados del cuerpo, y se relajó. Dejó que la sensación de fusión fría saliera de su cuerpo. Las capas de hielo que había acumulado sobre el tiempo para detenerlo se fueron fundiendo una a una, hasta que Rocky, Sinclair y Pétula quedaron libres, y con ellos, el resto del mundo. Las balas que Molly había tirado por la ventana explotaron una tras otra. Molly se derrumbó sobre el sofá.

Rocky y Sinclair tardaron un segundo en caer en la cuenta de lo que había ocurrido.

—No os preocupéis –dijo Molly–. No nos ha dado. Y ya no es peligrosa.

Logan les sonrió a todos plácidamente y dijo:

—Beeeeee, beeeeee, beeeeee.

Rocky lanzó un cojín por los aires.

—¡Yupiiii, Molly, lo has conseguido!

Molly reclinó la cabeza sobre el respaldo del sofá.

—Sí, y tanto que lo he conseguido, pero ahora estoy agotada.

Sinclair recogió la pistola de plata de Logan y la examinó. Luego se la llevó para guardarla bajo llave en un armario.

Rocky se sentó junto a Molly y le puso una mano en el brazo.

—Gracias, Molly –le dijo.

Primo se puso a golpear la puerta del dormitorio.

—¿Está ahí Lucy? –preguntó–. ¿Qué ha ocurrido?

—Ya le podemos dejar salir –dijo Molly. Rocky abrió la puerta.

—¿Está aquí Lucy Logan? –preguntó Primo saliendo de la habitación. Primero miró a Lucy y luego recorrió el resto de la habitación con los ojos–. ¿Dónde está?

Molly miró a la mujer que había tenido hipnotizado a Cell durante todos esos años. Era obvio que llevaba tanto tiempo sin verla que no la reconocía.

—Ahí –la señaló Molly–. Ha envejecido.

—No seas ridícula –dijo Primo Cell–. Esta no es Lucy. Esta persona es... una impostora –y dirigiéndose hacia ella, la cogió del brazo.

—¿Quién eres? ¿Dónde está la verdadera Lucy Logan? –preguntó con agresividad.

Con voz de cordero, la mujer contestó:

—Está en Briersville Park.

Molly se quedó atónita. Observó a la mujer que tenía delante y de pronto se dio cuenta de que esa no era la Lucy Logan que ella conocía. Esa persona se le parecía bastante, pero sus rasgos eran mucho más toscos. Su nariz era más grande; su figura, más musculosa. A Molly le había parecido antes que Lucy estaba más fea que la amable mujer que había conocido en la biblioteca, pero no había dudado de su identidad. Ahora, cuando examinaba ese rostro y ese cuerpo, resultaba obvio que no eran los de Lucy. Y esa persona no era su madre.

—¿La verdadera Lucy está a salvo? –preguntó Molly.

—Sí, está a salvo, prisionera.

—¿Y entonces quién eres tú?

—Yo –dijo la persona con dulzura, y luego, como si le costara pronunciar las palabras, declaró–: pues yo soy C-Cor... nelius Logan.

—¿Cornelius? Pe-pero ese es un nombre de chico –tartamudeó Molly.

—Sí –su voz se hizo de pronto más grave, más masculina–. Pues claro que es un nombre de carnero. Yo soy un carnero.

Capítulo 41

—¿Un qué? –preguntó Rocky, y arqueó tanto las cejas que casi salen despedidas de su cara–. Estás de broma.

Cornelius Logan asintió con la cabeza.

—Es cierto. Soy un carnero –dijo, y se puso a brincar por la habitación, como si contárselo a todos le aliviara–. Beeeee –baló mientras pasaba trotando por delante de la ventana panorámica. Pétula le gruñó.

—¿Un hombre? ¿Pero por qué?

—Porque así es como nací –declaró Cornelius Logan, dando brincos alrededor del sofá.

—¡Cornelius Logan! –exclamó Primo Cell–. Hacía años que no escuchaba ese nombre –se volvió hacia los demás–. Es el hermano gemelo de Lucy. Por eso se le parece.

Todos se quedaron mirando a la extraña criatura que ahora golpeaba el suelo con una pata imaginaria. Su disfraz de la bibliotecaria, que durante los últimos veinte minutos los había convencido –el pelo recogido en un moño, el atuendo serio, con falda y chaqueta a juego y con el collar de perlas–, ahora estaba empezando a fallar. Cuando sacudía la cabeza, su peluca se ladeaba. Luego, cuando empezó a galopar por el borde de la piscina, se le desgarró la falda mojada y todos pudieron ver que las piernas que había debajo eran peludas y musculosas; no tenían nada de femeninas. Cuando se abrió la chaqueta, y dejó al descubierto un jersey de manga larga, también desveló sus bíceps.

La mente de Molly retrocedió hasta aquella tarde del mes de marzo, cuando visitó a Cornelius disfrazado de Lucy Logan en Briersville.

De repente cayó en la cuenta de lo bien que le había engañado ese hombre. La pierna escayolada y los vendajes habían sido una inteligente distracción. Cornelius sabía que a los niños se les enseña que no deben mirar fijamente a una persona herida o con alguna malformación. Y por supuesto, Molly no había querido quedarse mirando su cara quemada. En su lugar, había observado las uñas pintadas que sobresalían de la escayola y se había dejado engañar. Molly pensó y pensó. Tenía que haber algún indicio. De pronto recordó lo grave que le había parecido su voz cuando le llamó desde el hotel. Le había pillado desprevenido.

—¿Normalmente vistes con ropa de hombre? –le preguntó.

—Pues claro. ¿Acaso te crees que me gusta disfrazarme de mujer? –baló Cornelius–. ¿Te crees que disfrutaba poniendo esa estúpida voz aguda? –soltó una risa de loco–. ¡Beeee, beeee! Tenía que convertirme en Lucy, tenía que hacerlo para conseguir que Molly Moon viniera aquí a investigar a Cell. Era necesario vigilar a Cell, ¿sabéis? Se estaba comportando de una forma tan extraña: ni siquiera podía hipnotizar a Davina. Y luego aquel secuestro que nunca autoricé. Y, por supuesto, yo tenía que quedarme en casa para volver a debilitar a Lucy –Cornelius golpeó el suelo con el pie.

—¿Volver a debilitarla? ¿Qué quieres decir?

—La verdadera Lucy Logan –explicó Cornelius con un balido–, mi hermana gemela, llevaba años bajo mi control. Once años y medio. Tantos como Cell. Los tenía a los dos bajo control. Era genial. Era maravilloso. Planeaba mandar a Lucy para que se casara con él. Iba a ser la esposa del presidente. Y yo, Cornelius, los hubiera controlado a los dos. ¡Beeeee, jajajá!

En ese momento, Primo Cell se sentó. Se había puesto del color de una aceituna.

—Me parece que voy a vomitar –dijo, y se precipitó hacia el cuarto de baño.

—Pobre hombre –se compadeció Rocky.

—Esto tiene que ser una horrible sorpresa para él –apuntó Molly.

Cornelius, ajeno al dolor de Cell, prosiguió.

—Todo estaba saliendo bien, hasta que Lucy conoció a esa Molly Moon en la biblioteca.

Molly pensó en su primer encuentro.

—¿Qué pasó entonces? –preguntó.

—Bueno, algo con lo que yo no había contado –baló Cornelius–. Aunque la había hipnotizado para que olvidara a su hija, y aunque la hipnosis de Lucy era permanente, cuando conoció a Molly Moon y habló con ella, la hipnosis empezó a desvanecerse de forma inexplicable. ¿Teeee teee-lo puedes imaginar?

Molly sintió un nudo en la garganta.

—En cuanto recordó a su beeeeebé –dijo Cornelius–, Lucy me desafió, lo cual fue una tontería por su parte, pues yo, por supuesto, tenía todas las de ganar. Siempre se dejó llevar por el corazón. Qué mujer más estúpida. Debería haber empleado la cabeza.

311

—¿Qué le hiciste? –preguntó Molly.

—La encerré en una habitación en Briersville Park. Eso fue a principios de enero. Desde entonces he estado tratando de debilitarla, para luego volverla a hipnotizar, y poder así realizar mis planes. ¿O es que crees que pensaba ir vestido de mujer para siempre? –Cornelius soltó una risa de loco y se arrancó el collar de perlas. La cadena se rompió y las perlas rodaron por el suelo como canicas–. Nunca debeeeeería haber dejado que Molly Moon encontrara el libro del hipnotismo.

—¿Por qué dejaste que lo encontrara?

—Porque estaba impaciente por comprobar sus poderes. La dejé en ese orfanato hace mucho tiempo para que no creciera como una niña normal. Quería que fuera dura, que se curtiera. Esperé once años hasta que sus poderes empezaran a desarrollarse. Luego dejé que encontrara el libro. Beeee. Qué tonto fui. Se parecía demasiado a su madre como para que me pudiera resultar útil. Y, por supuesto, era más poderosa que yo. Yo tengo una hermana gemela, por lo que mis poderes se diluyen al compartirlos con mi hermana; pero los de Molly estaban concentrados. Qué ciego fui, nunca debí haberla utilizado para vigilar a Cell. Nunca pude imaginar que sus poderes serían tan fuertes siendo tan joven –Cornelius empezó a tirar violentamente de su chaqueta.

—Creo que será mejor que le prestes algo de ropa –le dijo Molly a Sinclair–. Tiene tantas ganas de volver a ser él mismo que dentro de nada se quedará desnudo –en efecto, Cornelius ya se había quitado el jersey, revelando una extraña camiseta interior. Llevaba relleno para que pareciera que tenía pecho.

—¡Increíble! –exclamó Rocky–. No ha escatimado con su disfraz.

—No tenía más remedio –dijo Sinclair, que reía ahora muy aliviado–. Anda, Cornelius, ve a mi habitación y elige lo que quieras. Hay un chándal azul en el armario que creo que te estará bien.

Cornelius se fue zumbando al dormitorio de Sinclair. Cuando desapareció, Molly miró a Rocky y ambos se echaron a reír. Ver a Cornelius corriendo por la habitación mientras se quitaba la ropa era algo muy inesperado y daba un poco de miedo, pero ahora les hacía tanta gracia que no podían parar de reír.

Cinco minutos después seguían desternillándose.

—Tampoco tiene tanta gracia –dijo Sinclair. Pero Molly y Rocky ni siquiera lo oyeron. Cuando Cornelius salió vestido con un chándal, maquillado y con peluca, y se puso a mordisquear una planta que había junto al televisor, otra vez les volvió a entrar la risa.

Por fin consiguieron contenerse.

—Caray –dijo Molly–. He llegado a pensar que ese hombre era mi madre.

—Sí, no era una noticia muy agradable –corroboró Rocky–. Así por lo menos no es más que tu tío –y otra vez les volvió a dar la risa floja.

Su histeria era en realidad una manera de librarse de todo el estrés acumulado. Desde su llegada a Los Ángeles, Molly y Rocky habían estado bajo mucha presión. Era genial sentirse por fin liberados.

Cuando se les pasó la risa, Molly fue a la cocina y se preparó un bocadillo de *ketchup* y medio vaso de zumo concentrado de granadina. Rocky se hizo un bocadillo de patatas fritas y se sirvió una Skay. Cuando volvieron al salón, Sinclair estaba interrogando a Cornelius y, relajados en el sofá, escucharon la verdad que salía de la boca maquillada de Cornelius.

Este se había subido a la piscina desde la carretera que circulaba por debajo del acueducto de Sinclair. Detuvo el mundo para colocar un camión justo debajo, de manera que le sirviera de plataforma para poder subir a la piscina. Una vez resuelto este pequeño detalle, Sinclair exigió respuestas a preguntas mucho más importantes.

Mientras que la verdadera Lucy Logan vivía en la casita de Briersville, desde la cual investigaba bajo hipnosis para Cornelius, este vivía en Briersville Park, una enorme finca a las afueras de la ciudad. Desde ahí había dirigido todas las operaciones. Se había pasado años construyendo los cimientos de su poder, de manera que en muchos países controlaba a los jefes de policía y del ejército, a los directores de los periódicos y los estudios de televisión.

Pero el centro de su ingeniosa estrategia se hallaba en Estados Unidos. Cornelius planeó que Primo Cell, su presidente hipnotizado, se casara con la tranquila y modesta bibliotecaria, la también hipnotizada Lucy Logan. En cuanto esta se hubiera mudado a la Casa Blanca, él también se trasladaría. Desde ese momento, Cornelius recorrería el mundo con su hermana gemela y su marido, el presidente Cell.

—Habríamos sido un trío inveeeencible. Yo habría sido infinitamente poderoso. Otros países se habrían sometido, beeeee, a Estados Unidos, que un día habría sido rebautizado con el nombre de "Logania".

Se enteraron de que Cornelius había sentido unos celos locos por su hermana gemela. En efecto, cuando, hacía muchos años, Lucy Logan se había quedado embarazada, Cornelius envidiaba tanto su felicidad que había hipnotizado a su joven prometido, Primo Cell. Cuando Lucy dio a luz, se había aprovechado de su agotamiento y la había hipnotizado a ella también.

Se había librado de la niña metiéndola en una vieja caja de caramelos y dejándola en los escalones del orfanato de Hardwick House. Y así era como había empezado todo.

Cuando terminó de contar su historia, Cornelius parpadeaba sin fuerzas.

—Nunca tuve don de gentes, beeee. Por eso utilicé a Primo Cell, para que hiciera de presidente en mi lugar.

Molly estaba harta de oír su voz. Aborrecía a esa persona loca y cruel que había cambiado su vida.

—Bien, de ahora en adelante olvidarás tu pasado –dijo de pronto–, y estarás encantado de hacerlo. Y ahora vas a dormir mucho tiempo. Cuando despiertes, no quiero volver a oír una palabra más sobre tu horrible vida, a no ser que yo te pregunte.

Cornelius Logan asintió con la cabeza y, acurrucándose en el suelo junto a la chimenea, cayó en un profundo sueño. Molly se tapó con una manta y se quedó mirando el fuego, reflexionando. Sus pensamientos solo se veían interrumpidos por los murmullos sin sentido de Cornelius.

—Beeeeee –balaba–. Nooooooo –suplicaba–. Por favor, no me comáis –decía.

Capítulo 42

Cuando Molly se despertó, la acogió una luz crepuscular. Había dormido tanto que tenía un lado de la cara caliente y colorado. Cuando abrió los ojos, vio que Cornelius Logan seguía acurrucado en el suelo. Rocky y Primo estaban sentados alrededor de la mesa de café, bebiendo algo de unas tazas, y a su espalda, la ciudad de Los Ángeles brillaba con un resplandor eléctrico. Primo parecía agotado. Le estaba contando a Rocky las cosas que había hecho durante la época que había sido controlado por Cornelius. Molly se envolvió en la manta y se acomodó junto a ellos. Durante un segundo dudó si Rocky le habría dicho a Primo que ella era su hija. Tras reflexionar, estuvo segura de que su amigo nunca haría una cosa así.

—Hola, te has despertado –dijo Primo sonriendo. Señaló entonces a Cornelius–. Supongo que tiene *jetlag*.

—Más bien *hipnolag* –sugirió Molly.

—Me gustaría que no se despertara nunca –deseó Rocky, y todos se rieron.

Serenándose, Primo dijo:

—Me va a llevar mucho tiempo asimilar que he pasado once años como un robot manejado por control remoto. Habría vivido mi vida de una manera diferente.

Molly y Rocky no sabían qué decir. Ambos sabían lo engañados que se habían sentido cuando les habían robado el tiempo, y habían decidido por ellos cómo emplearlo. Suponían que, en ocasiones, Primo se lo habría pasado bien; pero al contrario que ellos, él se había visto obligado a hacer cosas horribles.

—Intenta pensar en las cosas buenas que te han pasado –sugirió Molly–. Has conocido a muchas personas. Ahora puedes hacerte amigo de ellas de verdad.

—Los había hipnotizado para que me apreciaran, Molly. Cuando los libere, ya no me verán tan inteligente, ni tan divertido, ni tan maravilloso.

—Algunos a lo mejor sí.

—Tal vez.

—Y mira, todavía eres el dueño de un montón de buenos negocios, y puedes dirigirlos. Aún tienes tus estudios de televisión. Y puedes hacer un montón de cosas que antes Cornelius Logan no te permitía.

—Eso es verdad.

—Y eres muy, muy rico –añadió Rocky–. Por lo menos tienes un montón de dinero.

—El tiempo no se puede comprar –dijo Primo sobriamente–. Me han arrebatado once años de mi vida. Y peor aún, el amor no se puede comprar. Nadie me quiere. Nadie. Ni siquiera tengo un perro, ni un pececito que me quiera.

Molly sentía mucha lástima de Primo porque lo que decía era verdad. No sabía cómo animarlo. Desde luego, no pensaba decirle que ella era la hija que había perdido hacía mucho tiempo. No quería una escenita de mocos y lágrimas.

—Escucha, Primo —dijo—. Lo siento mucho, ¿y sabes una cosa? No te lo diría si no te quisiera un poquito.

—Lo mismo digo yo —dijo Rocky.

—El amor tiene que empezar por alguien y, como puedes ver, ha empezado por nosotros dos. Así que no estás solo. Nos tienes a nosotros —Pétula emitió un pequeño ladrido compasivo, como si ella también quisiera a Primo un poquitín.

—Gracias a los tres —dijo Primo—. Pero no me lo merezco —su semblante se ensombreció y se estremeció sin querer—. Lo siento, no dejo de recordar cosas que ocurrieron, y de repente me lleno de sensaciones horribles y, oh... —Primo cerró los ojos por el dolor.

—Eso es porque, durante años, Cornelius impidió que tuvieras sentimientos —dijo Molly—. Así que ahora estos están saliendo en tropel de las jaulas donde habían estado encerrados.

Primo suspiró lastimeramente.

—Desde luego que sí —dijo—. No puedo creer lo que he hecho.

Molly miró a su padre. Comprendió que le llevaría años superar su pasado. No había manera de que Rocky, Sinclair y ella misma le pudiesen ayudar. Entonces se acordó de Forest.

Molly lo encontró comiendo brotes de alfalfa y desenvolviendo unos cristales curativos que había comprado.

—Hola, Molly —la saludó Forest—. Me alegro de que estés aquí. Me puedes ayudar a colgar en la pared este mapa del cuerpo humano. ¿Ves? Si tienes dolor de cabeza, te lo puedes curar ejerciendo presión sobre el dedo pulgar.

Resultó que Forest lo sabía todo sobre Primo Cell y la hipnosis. De hecho, era él quien había animado a Sinclair a que rompiera con su padre. Cuando Forest se enteró de que Cornelius había controlado once años de la vida de Cell, levantó los ojos al cielo y se echó a reír.

—Caray. Algunas personas están más locas que una cabra –y cuando Molly le pidió que ayudara a Primo a recuperarse, contestó–: Molly, será un placer cósmico para mí.

—Por supuesto, no será siempre una tarea agradable –dijo Molly–. Ha matado a gente.

—Matar es terrible –dijo Forest–. Pero no olvides que Cell no controlaba su vida cuando eso ocurrió. Puedo ocuparme de ello, Molly, no te preocupes. Recuerda, he vivido con caníbales.

Molly le dio un abrazo.

—¿Y también nos ayudarás a resolver el problema de Davina? ¿Podremos devolverla a su vida sin que sepa nunca dónde ha estado todo este tiempo?

—Si tú quieres, sí –dijo Forest.

—Y, Forest... –dijo Molly–, ¿me harías un último favor? No le digas a Primo que soy su hija. Ahora no tengo ganas de toda esta historia. Así soy feliz.

—Y tanto que sí. Eres una chica con muy buenas vibraciones.

—Gracias, Forest.

Capítulo 43

M olly y Rocky estaban impacientes por reunirse con todos sus amigos del orfanato. Al día siguiente surgió la oportunidad perfecta.

Aquella noche se celebraba el estreno de *El trueno*, la película en la que había actuado Pétula. La velada prometía estar llena de estrellas, *glamour* y emoción. Primo no había deshipnotizado aún a ninguna de sus celebridades y, a petición de Molly, había invitado al estreno a la mayoría de ellas. Molly sabía que a todos sus amigos de La Casa de la Felicidad les encantaría, especialmente a la señora Trinklebury y a Hazel. Quería ofrecerles una noche inolvidable.

De modo que, al día siguiente, mientras Primo Cell se ocupaba de la delicada tarea de informar al Congreso y al mundo de que no quería ser presidente, Molly se encargó de una misión mucho más agradable: llevar a Pétula al salón de belleza canina. Y también se aseguró de que Rocky y ella tuvieran algo elegante que ponerse.

Aquella tarde a las seis, Cell aparcó su Rolls-Royce

favorito junto al Aston Martin de Sinclair delante de la casa de este. Rocky, Molly, Pétula, Sinclair y Forest bajaron en el ascensor, todos elegantísimos y preparados para comerse el mundo. Forest seguía con sus chanclas y sus calcetines, pero al tratarse de una ocasión especial, llevaba su traje marrón y su camiseta favorita, en la que ponía: «Salva el planeta: Recicla». Desgraciadamente, Cornelius tenía que acompañarlos, porque a ninguno le gustaba demasiado la idea de dejarlo solo en casa. Con un chándal gris y una barba de tres días tenía un aspecto relativamente normal, aunque mientras iban en el coche sacó la cabeza por la ventanilla y se puso a balar de puro contento. Nadie le hizo caso.

Llegaron a Hollywood Boulevard, y allí todos se bajaron del coche para dirigirse hacia el cine.

Cuando se acercaron a la entrada iluminada y llena de gente, a Molly le dio un vuelco el corazón. Estaba deseando ver a su familia del orfanato.

Y de repente, ahí estaban todos, de pie en la acera, elegantísimos y tan emocionados como Molly y Rocky.

—¡Yuuuju, aquí están! —chilló la señora Trinklebury, lanzándose hacia ellos como un cohete de gasa color violeta—. Es increíble cu-cuánto os he echado de menos —al abrazarlos, a punto estuvo de hacer chocar sus cabezas y de ahogarlos.

Molly y Rocky se dejaron invadir por el olor de la señora Trinklebury, que tan bien recordaban. Era un olor como a casa de campo, a pasteles y a agua de rosas, a vainilla, a miel de lavanda y a mantequilla. Un olor que les recordaba a las nanas que les cantaba y al juego del escondite.

—Oh, señora Trinklebury —dijo Molly, con los ojos llenos de lágrimas—. Oh, es maravilloso volver a estar todos juntos otra vez.

—Desde luego que sí, cielo —le dijo la señora Trinklebury, dándole un achuchón que le demostró que por fin estaba en casa.

—Y enhorabuena... por lo del compromiso y eso.

—Gracias, ca-cariño. Todavía ta-tardaremos un poco en casarnos, pero mira mi sortija –la señora Trinklebury le enseñó un brillante pedrusco amarillo que adornaba su dedo regordete.

—¡Es preciosa!

Molly sintió que alguien tiraba de su vestido. Ruby y Jinx la miraban desde su corta estatura.

—Ya sé leer, Molly –dijo Ruby–. Y escribir. Mira –abrió un sobre que decía *Bienveidos a kasa*. Dentro había una tarjeta con un dibujo de Pétula.

—Es para los dos –dijo, tendiéndosela a Molly, mientras unos y otros se abrazaban.

Molly se quedó asombrada por lo mucho que habían cambiado los niños. Todos estaban más altos, especialmente Gemma y Gerry. Gordon, Cynthia y Hazel habían adelgazado mucho. Craig estaba más fuerte. A quien más le costó reconocer fue a Hazel, pues se había teñido el pelo de rubio platino. Y todos parecían rebosantes de salud, como si ellos también hubieran pasado un fantástico verano en la playa.

—¿Qué hay, colegas? –dijo Hazel, dándoles un beso.

—¿Qué le pasa a tu acento? Pareces norteamericana –observó Molly.

—Estoy ensayando para un papel de extra que he conseguido en una película –dijo Hazel–. Tengo un montonazo de cosas que contaros.

—Hola, qué alegría veros a los dos –saludó Nockman, sonriendo por detrás de Hazel. Llevaba un traje de terciopelo verde y una camisa hawaiana con un estampado de loros. Molly estaba atónita: su acento alemán había desaparecido por completo.

La única persona que faltaba del grupo de La Casa de la Felicidad era Roger. Molly lo vio a diez metros de distancia, hablando con una palmera. Parecía totalmente ajeno a Cornelius, que balaba como loco, dando brincos a su alrededor, gritando:

—Beeee, es mía, beeeee, es mía, beeee, es mía.

Sinclair se acercó a tranquilizarlo.

Las cámaras disparaban sus *flashes* mientras todos pasaron a la alfombra roja que había frente a la entrada del cine. Ya empezaban a llegar las estrellas. Hércules Stone besó la mano de la señora Trinklebury y la tomó del brazo para atravesar las vallas abarrotadas de admiradores que los aclamaban. La señora Trinklebury parpadeó y les hizo un saludo con la mano como si fuera la reina de Inglaterra. Cosmo Ace se presentó a Hazel. King Moose entró con Cynthia, y Stephanie Goulash tomó de la mano a un ruborizado Nockman y a Gordon. Dusty Goldman entró con Jinx y Ruby, mientras Sinclair se ocupaba de Cornelius. Rocky se puso a intimar con Billy Bob Bimble, y Molly acompañó encantada a Gemma, Gerry y Primo Cell al interior del cine.

Pétula y Gloria Heelheart se comportaban como las verdaderas profesionales que eran. Pétula ladraba a la multitud que la aplaudía, mientras que para los fotógrafos describía círculos sobre las patas traseras, dejando que Gloria la mimara con sus caricias perfumadas. Todo el mundo la adoraba.

La película era el mejor trabajo de Gino Pucci hasta la fecha. Y no había duda de que las partes más entretenidas eran aquellas en las que salía Pétula. Todos aplaudían y la vitoreaban, sobre todo cuando tuvo que saltar en paracaídas con Gloria para escapar de un avión en llamas.

Tras el estreno, todos se fueron a cenar con las estrellas hipnotizadas para celebrarlo.

Los Ángeles es una ciudad famosa por sus restaurantes. Se puede probar la cocina japonesa, china, tailandesa, española, inglesa, mexicana, india, marroquí, persa y, por supuesto, americana. Pero el restaurante que Primo Cell eligió para la fiesta era francés. Se llamaba L'Orangerie, y tenía un cocinero muy famoso. Era el reino de la sopa de langosta y de los caracoles al ajillo, de complicadas salsas y platos que requerían horas enteras de preparación, de las *frites*, y de enormes *soufflés* y flanes que goteaban caramelo.

Fue una velada preciosa. Se armó un buen caos al pedir la comida, pues nadie entendía la carta escrita en francés, pero todo estaba delicioso y los invitados se pusieron las botas. Molly y Rocky estaban deseando enterarse de lo que habían estado haciendo todos los demás.

—Craig sabe hacer surf superbién –dijo Jinx, llenándose la boca de patatas fritas–. Pero dice que al principio te sientes como una mosca que se cae a un váter y tiran de la cadena. Yo también voy a aprender. Solo que no sé si estaremos aquí durante mucho tiempo –Jinx se volvió hacia la señora Trinklebury–. ¿Nos vamos a quedar en California? –preguntó.

El murmullo de conversaciones se apagó cuando los oídos de los niños del orfanato reaccionaron como un radar a la pregunta de Jinx. La habitación quedó en silencio.

—Ca-cariño –tartamudeó la señora Trinklebury, con el tenedor lleno de ensalada–. No lo sé, de verdad.

¿Qué-qué pensáis los demás? Ya han vuelto Molly y Rocky. Tal vez haya llegado el momento de regresar a ca-casa. Sabéis que no po-podemos esperar que Sinclair pague nuestros gastos toda la vi-vida. Y Simon podrá trabajar si pasa sus exámenes de ce-cerrajero en Briersville.

Primo Cell la interrumpió.

—Podéis venir todos a vivir a mi casa –dijo.

La señora Trinklebury tosió al atragantarse con una hoja de lechuga. El señor Nockman le dio palmaditas en la espalda.

—Por supuesto, usted y el señor Nockman están invitados –dijo Primo–. A no ser que prefieran vivir en otro sitio. Pero creo que los niños les echarían de menos si vivieran más allá de la casa del guarda.

—Bueno, es una idea maravillosa –aprobó la señora Trinklebury–. ¿Verdad, Simon, querido?

—El único problema es que tenemos muchos animales y muchos pájaros –objetó Nockman.

—Sí, ahora tengo treinta y tres ratones –dijo Gerry–. Bueno, creo incluso que Bolita estará pariendo a sus crías en este preciso momento.

—Mi casa es enorme. Podríamos abrir un zoo –dijo Primo.

Entonces se decidió que se procedería a una votación. Todos querían ir a vivir a casa de Primo Cell. Todo parecía decidido, hasta que Molly se acordó de Roger, que estaba sentado bajo un naranjo en el patio del restaurante.

Roger se estaba comiendo un plato de nueces del Brasil.

—¿Qué tal estás, Roger? –preguntó Molly con voz tranquila. Roger parecía nervioso y le lanzó un avioncito azul.

Molly lo abrió. Dentro había escrito:

Lo siento, pero sé demasiado.

—¿Sobre qué sabes demasiado, Roger?

Roger la miró con tristeza.

—Sé demasiado sobre el hombre-mujer –dijo lastimeramente.

La mente de Molly se llenó de recuerdos sobre los otros mensajes que Roger había escrito.

¡Enviad refuerzos enseguida! ¡Los extraterrestres se han comido mi cerebro!
¡Cuidado! ¡Los ciempiés comecerebros están aquí!
Las apariencias engañan.

Molly pensó en el seto en forma de liebre de la colección de arbustos en forma de animales de Cornelius. Esa liebre tenía aspecto de loca. ¿Representaría ese seto a Roger, que estaba también un poco loco?

Movida por su instinto, Molly detuvo el mundo. Tomó la mano de Roger y le envió una oleada de frío para que pudiera moverse, y le miró intensamente a sus perplejos ojos.

—De ahora en adelante –declaró–, tú, Roger, ya no estarás bajo el poder de nadie. Serás tú mismo –luego añadió la vieja y útil contraseña–: ¡Con total puntualidad!

Y con eso, Roger guiñó los ojos y su mirada vidriosa desapareció.

Molly dejó que el mundo recobrara el movimiento. Roger miró a su alrededor y tomó la mano de Molly como si le costara mantener el equilibrio. Parecía totalmente desorientado, como si todo estuviera del revés. Luego se llevó la mano al pecho, como para comprobar que seguía vivo. En un momento había comprendido lo que le había sucedido.

—Oh, gracias, Molly. ¡Molly, me has salvado! –exclamó. Rodeó a Molly con los brazos y la apretó fuerte. Olía a hojas, a corteza de árbol y a hierba–. Estaba atrapado dentro de mí mismo, ha sido horrible –sollozó–. Todo el tiempo trataba de decírselo a los demás, pero no podía comunicarme. Lo hizo Cornelius. Y me obligó a tener alucinaciones. Me hipnotizó para que creyera que oía voces. He pasado tanto miedo. No te imaginas cuánto.

—No te preocupes, Roger, ahora ya ha pasado todo –dijo Molly, devolviéndole el abrazo.

—Gracias, Molly –sollozó–. Me has liberado. Gracias, gracias, gracias.

—¿De modo que llegaste a saber demasiado sobre Cornelius Logan? –adivinó Molly–. ¿Cómo?

—¿Recuerdas que me gustaba hurgar en la basura? –preguntó Roger–. Pues bien, hurgué en los cubos de basura de la biblioteca, los de Lucy Logan. Encontré instrucciones que había escrito Cornelius. Vi a Lucy discutiendo con él. Se parecían mucho. Era extraño. Le vi meterla a empujones en un coche, y luego se la llevó de allí. Cornelius me vio. Yo sabía demasiado. Me hipnotizó. Llevo loco varios meses.

—Bueno, ya no, Roger –lo tranquilizó Molly.

Molly pensó en Forest. Este invierno iba a tener que ocuparse de dos casos perdidos. Roger, al igual que Primo, necesitaría quedarse ahí con Forest hasta recuperarse por completo. Y la decisión de que todos debían permanecer en Los Ángeles no presentaba ya ninguna duda.

Todos salvo Molly. Molly tenía que marcharse. Sabía que Primo pronto descubriría que era su hija, y todavía no estaba preparada para ese momento. Quería acostumbrarse a la idea de que tenía un padre, antes de presentarse y decirle que era su hija. Además, tenía algo mucho más importante que hacer.

Aquella noche, cuando todos llegaron a la mansión de piedra gris de Primo Cell, muy felices de encontrar su nuevo hogar, Molly, Pétula y Rocky estaban en la pista de despegue del aeropuerto de Los Ángeles. Un *jet* privado, con un símbolo dorado y negro pintado en la cola, aguardaba a su única pasajera.

—Te echaré de menos –dijo Molly.

—Y yo a ti –dijo Rocky–. ¿Estás segura de que no quieres que vaya contigo?

—No, Rocky. Esto es algo que tengo que solucionar yo sola. No sería nada divertido para ti. Necesitas unas vacaciones. Y Billy Bob Bimble parece muy interesado en componer música contigo. Tienes que ir a por todas. Yo volveré pronto.

—Mientras pienses que vas a estar bien, Molly, no puedo decirte nada. Pero si me necesitas para algo, cuando sea, incluso en mitad de la noche, llámame.

—Lo haré.

Los dos amigos se abrazaron y luego Molly emitió un silbido.

—Vamos, Pétula.

Rocky contempló a su mejor amiga mientras subía los escalones del avión. Los motores se pusieron en funcionamiento, Molly esbozó otro gesto de despedida, y desapareció.

Capítulo 44

El vuelo de vuelta a casa en el lujoso *jet* de Primo Cell fue una delicia. La cabina estaba decorada como el salón de una casa, con alfombras color crema, mesitas y sillones de cuero verde.

La azafata era muy amable, y muy pronto Molly estuvo sentada en su butaca, con el cinturón abrochado, una bebida en la mano y su perra carlina junto a ella. Los motores ronroneaban, y Los Ángeles, iluminada por un billón de bombillas y de estrellas artificiales, se alejaba por la ventanilla del avión.

Molly se pasó la mayor parte de las once horas de vuelo dormida en una cómoda cama. Cuando aterrizaron se sentía totalmente despejada.

Un coche la esperaba en el aeropuerto; así que enseguida se encontró sentada en el asiento trasero de un espacioso Mercedes, recorriendo carreteras comarcales.

*

El trayecto hasta la casa de Cornelius Logan duró cincuenta minutos.

Cornelius no había vivido todos esos años en una modesta casita como su hermana. Había tenido a su disposición todo el dinero que había querido, el dinero que había ganado Primo Cell. De modo que, con su loca pasión por el lujo y los excesos, Cornelius se había comprado una suntuosa mansión en el campo.

Briersville Park tenía una entrada de coches de dos kilómetros de larga. Una vez que Molly hipnotizó al portero, el coche la recorrió sin hacer ruido. Ella y Pétula observaron por la ventanilla el rebaño de llamas que pastaban bajo los centenarios robles. En el inmenso parque había arbustos de color verde oscuro. Todos eran setos podados con distintas formas de animales. Uno en forma de caballo, otro de elefante, un gato, un ratón, un mono. Aquí y allá, Molly vio personas vestidas de amarillo, encaramadas en lo alto de escaleras con tijeras de podar en las manos, cortando las hojas de las esculturas. Molly estaba segura de que cada uno de estos animales representaba a una persona que Cornelius Logan había hipnotizado.

Por fin, el coche tomó por una ancha curva, y ante ellos apareció la mansión. Blanca, señorial y espléndida, tenía cuatro altas columnas que soportaban el peso de su porche palaciego, y unos escalones que llevaban a una entrada circular cubierta de gravilla. En los jardines delanteros había también setos en forma de animales, que parecían querer entrar en la casa. En el círculo central se erguía un gigantesco arbusto en forma de urraca.

Molly tomó en brazos a Pétula y detuvo el mundo.

Salió del coche y subió los anchos escalones. Pasó por delante del mayordomo petrificado que custodiaba la puerta principal y penetró en el vestíbulo. De las

330

paredes colgaban cabezas de animales –bisontes, tigres, leopardos, antílopes y ciervos– que parecían mirarla al pasar. Pétula les gruñó. Una colección de cabelleras indias le recordó la casa de un loco.

Consultó el mapa que le había dibujado Cornelius Logan y subió por la escalera principal. Las paredes estaban cubiertas de relojes. En lo alto de la escalera había una camarera, inmóvil como una estatua. Molly corrió por un pasillo lleno de mesas en ambos lados. Sobre cada una de ellas reposaba un bonsái. Después, Molly subió otro tramo de escaleras.

Ahora estaban en lo más alto de la casa. Esas habitaciones eran las dependencias del servicio. Molly abrazó a Pétula para infundirse valor y recorrió el largo pasillo.

En el extremo se encontraba un guardián inmóvil sentado junto a una puerta roja.

Aguantando la respiración, Molly descorrió el pestillo lentamente.

Dentro de la habitación estaba Lucy Logan, tan inmóvil como la ventana por la que miraba. Vestía una bata blanca y parecía delgada y cansada. Pero era, al fin, la verdadera Lucy Logan, la bibliotecaria de los ojos azules como el cielo.

Molly se aproximó a ella. Sobre el alféizar de la ventana había un papel con lo que parecía un poema. La chica no pudo evitar reparar en él:

> *Encontrarme en una isla*
> *en medio del océano*
> *puede parecer la libertad.*
> *Tumbarse sobre una arena dorada*
> *puede parecer el paraíso.*
> *Puede parecer el paraíso,*
> *pero no lo es.*

No, señor.
Millones de olas me separan de ti.
Solo tú puedes hacer
que mi vida sea dichosa.

Parecía la letra de una antigua canción.

Molly se detuvo un momento, consciente de que ante ella tenía un futuro incierto. Se preguntaba cómo sería en realidad Lucy Logan y si se gustarían mutuamente.

Ahora que iba a despertar a su madre, Molly no estaba del todo segura de querer una madre. Una cosa era saber quién era su madre, y otra muy distinta, tener una. ¿De repente se encontraría con que tenía que obedecer órdenes? Esa idea no le gustaba en absoluto. Estaba acostumbrada a no responder ante nadie. Mientras reflexionaba, sus ojos se tropezaron de nuevo con la canción. Definitivamente, dejaría las cosas muy claritas a Lucy Logan. Ahora, cuando ya casi estaba preparada, un nuevo miedo se apoderó de ella.

Si Molly era en realidad la hija de Primo Cell y de Lucy Logan, ¿tendría que cambiarse el nombre? Tal vez tendría que convertirse en Molly Cell, o Molly Logan, y eso no le gustaba nada. Molly sentía ya que se estaba cerrando en banda ante esa idea.

Pero peor que eso era verse obligada a ser diferente. No quería convertirse en la persona que sus padres tal vez querían que fuera. Quería ser siempre ella misma, Molly Moon.

Se sentó en una silla. Miró los pies de su madre, calzados con unas zapatillas de fieltro, y luego se miró sus propias zapatillas de deporte. De repente comprendió que daba igual quiénes fueran sus padres. Ellos eran ellos, y ella era ella. ¿En qué estaba pensando?

Sus padres no intentarían lavarle el cerebro. Ella era libre.

Entonces, en la silenciosa habitación, Molly se prometió a sí misma que, pasara lo que pasara, ella siempre tendría sus propias ideas. En cualquier circunstancia no traicionaría su forma de ser.

Molly miró por la ventana una hoja de otoño suspendida en el aire, y reflexionó sobre lo mucho que había cambiado desde la última vez que había visto a Lucy Logan. Había pasado casi un año, y en ese tiempo había estado a punto de desaparecer. Había habido momentos fantásticos, pero también otros espantosos.

Mientras Molly seguía manteniendo el mundo inmóvil, sintió miedo por el futuro. Nadie podía saber qué sorpresas le deparaba la vida.

Pero la chica cayó entonces en la cuenta de que la vida era siempre impredecible. Eso es lo que la hacía emocionante. Nadie sabía nunca lo que iba a ocurrir. Por supuesto que podía haber situaciones desagradables, pero la vida estaba tan llena de gente buena e inteligente y de cosas interesantes, de animales maravillosos y de belleza, que verdaderamente no había nada que temer. La vida había que vivirla, no guardarla en una caja fuerte.

Al otro lado de la ventana, el cielo era de un azul irresistible.

Molly sintió que su espíritu era como un pájaro enjaulado impaciente por echar a volar. Ya estaba preparada para recibir tanto los rayos de sol como las tormentas, Molly volvió a la realidad y dejó que el tiempo fluyera de nuevo.

En las colinas de Hollywood, una niña estaba sentada con las piernas cruzadas en el suelo empedrado de un corral de pollos. Llevaba un pijama color púrpura y gafas de sol. Junto a su mano, una gallina picoteaba el suelo en busca de granos de maíz, y frente a ella se encontraba sentado un hombre alto de aspecto bohemio. Sus grandes ojos daban vueltas tras sus gafas de gruesos cristales. Tenía el pelo largo y gris.

—¿Te apetece más *tofu*, Davina?

—Sí, por favor. Forest, ¿podemos comérnoslo haciendo el pino otra vez?

—Por supuesto que sí. Será un placer cósmico para mí.

FIN

Si no lo has leído ya, no te pierdas: